Santiago Martín

# EL SUICIDIO DE
# SAN FRANCISCO

www.edaf.net

MADRID - MÉXICO - BUENOS AIRES - SANTIAGO

2018

Diseño de interior y cubierta: Editorial Edaf

Editorial EDAF, S. L. U.
Jorge Juan, 68. 28009 Madrid
http://www.edaf.net
edaf@edaf.net

Algaba Ediciones, S.A. de C.V.
Calle, 21, Poniente 3323, Colonia Belisario Domínguez
Puebla, 72180, México. Tfno.: 52 22 22 11 13 87
jaime.breton@edaf.com.mx

Edaf del Plata, S. A.
Chile, 2222
1227 - Buenos Aires, Argentina
edaf4@speedy.com.ar

Edaf Chile, S.A.
Coyancura, 2270, oficina 914, Providencia
Santiago - Chile
comercialedafchile@edafchile.cl

*Febrero, 2018*

Depósito legal: M-2.348-2018
ISBN: 978-84-414-3821-7

PRINTED IN SPAIN                                        MPRESO EN ESPAÑA
Impreso por Cofas

# ÍNDICE

# ÍNDICE

«Dios mío, Dios mío, por qué me has abandonado».
*Jesucristo*

«Concédeme, Señor, sufrir como tú has sufrido
y amar como tú has amado».
*Francisco de Asís*

«Solo a través del hielo del dolor se llega
al incendio del amor».
*Chiara Lubich*

# INTRODUCCIÓN

Fue Madre Teresa de Calcuta, experta en conocer y aliviar sufrimientos ajenos a base de hacerlos propios, quien dijo que en nuestra época sabemos muy bien medir la resistencia de un puente, pero que no somos capaces, o no nos interesa averiguar, el peso que pueden soportar las espaldas de un hombre. Esta indiferencia ante el dolor del otro se pone de manifiesto también en lo que hace referencia a los santos. De ellos se busca y se admira el milagro espectacular o la frase sabia, incluso se detienen los hagiógrafos en momentos especialmente amargos de su vida si estos van ligados a enfermedades físicas. Pero pocas veces se profundiza, quizá por motivos apostólicos o por una falsa concepción de lo que es «edificante», en los problemas psíquicos y morales que tuvieron esos santos a los que se venera.

El resultado de esta actitud, más utilizada en el pasado que en el presente, ha sido el de presentar a los santos como personajes de ficción, como *supermen* o *superwomen*, que ni sienten ni padecen. Casi nunca se nos da a conocer lo mal que lo pasaron cuando fueron asaltados por las tentaciones que también ellos tuvieron que soportar –curiosamente a Cristo sí que le vemos tentado, pero a los santos no–, o lo que sufrieron por las incomprensiones que encontraron en la jerarquía de la Iglesia o en la propia institución religiosa por ellos fundada. Por este afán de ocultar todo lo que pueda ser utilizado por los enemigos de la Iglesia contra esta, se priva al cristiano de conocer la verdad de lo que ocurrió y, por lo tanto, se le hurta una parte considerable de la grandeza de los santos a los que admira, grandeza tanto mayor cuanto más elevados fueron los obstáculos que debió superar para amar a Dios, al prójimo y a la Iglesia. Como consecuencia, la figura de muchos santos no resulta cercana, sino que al leer sus vidas da la impresión de que se está ante un personaje de madera o de escayola, una figura de altar, alguien irreal que está permanentemente sosteniendo una calavera –tal y como el Greco, por ejemplo, pinto a San Francisco– o que tiene siempre una pluma en las manos mientras espera la inspiración de Dios para escribir sus libros, como le sucede a Santa Teresa.

Pero los santos fueron otra cosa. Fueron hombres y mujeres normales, de su época, con sus condicionantes culturales, familiares, nacionales. Fueron personas con un temperamento determinado, con carácter y con mucho genio la mayor parte de ellos. Tuvieron momentos de caída y pecado, y esto no solo antes de su conversión –que era lo «políticamente correcto» en las hagiografías–, sino también después y en no pocas ocasiones. A pesar de ello, fueron santos. Y si lo fueron se debió precisamente, y esta es la gran lección que los acerca al hombre corriente, a que no dejaron de luchar, a que no cesaron de creer en la gracia de Dios y a que no renunciaron a empezar una y otra vez el tejido de la santidad después de que, por sus defectos, lo habían roto.

No se trata, por supuesto, de hacer lo contrario de lo que hicieron los biempensantes que nos han precedido. Es decir, no hay que irse ahora al extremo contrario y pintar a los santos como malvados y crápulas que consiguen salvarse. Cada uno tuvo su vida, su grandeza y su miseria. Pero tuvo la que tuvo, ni más ni menos. Lo que conviene es mostrar la realidad, tal como fue, con sus lados oscuros y con la luz brillante que, al final, todo lo ilumina, lo embellece, lo santifica.

En el caso de San Francisco de Asís estamos ante alguien que fue calificado como *alter Christus*, el «otro Cristo», por su maravillosa reproducción de la vida de Jesús de Nazaret. Francisco, de familia acomodada, renunció a todo lo que tenía para seguir al Señor e intentar amarlo, imitarlo y servirlo. En este camino fue seguido por muchos rápidamente. Fue apoyado siempre por la Iglesia, a la que mantuvo la fidelidad y el aprecio más absoluto. Sin embargo, este éxito no fue completo. Las enfermedades físicas se cebaron con él, hasta el punto de que murió a los 44 años, casi ciego y unas condiciones tan precarias que él mismo llegó a pedir perdón a su propio cuerpo –el «hermano asno» lo llamaba– por lo mal que le había tratado durante su corta vida. Los problemas mayores le vinieron al santo de Asís de la familia religiosa por él fundada. Y no porque hubiera deseos en nadie de hacerle sufrir, sino porque el crecimiento de los Hermanos Menores fue tan espectacular y tan rápido que hubiera sido necesario el genio organizativo de un Ignacio de Loyola para controlar aquel aluvión de religiosos que procedían de todos los rincones de Europa.

Ese genio Francisco no lo tenía. Débil físicamente como era y consciente de que no poseía dotes de mando, no tuvo inconveniente en obedecer a la Iglesia y en delegar primero en uno y luego en otro de sus hermanos el gobierno de la Orden. El segundo de estos superiores generales que gobernaron en vida del santo fue fray Elías de Cortona. Era un hombre excepcional en muchos aspectos y un honesto y buen religioso. Los historiadores de hoy no dudan en defender muchos aspectos de su persona y de su obra y ya nadie lo acusa de desprecio o animadversión a San Francisco. Hizo lo que pudo, también con sus luces y con sus defectos, para poner orden en aquella gigantesca Orden. Era inevitable que chocara con los deseos del fundador, tan distinto a él en personalidad y en cualidades. Algunos episodios de ese choque son francamente reprobables, como cuando destruyó la Regla escrita por Francisco porque la consideraba inadecuada. En otros, probablemente estamos escasos de datos para juzgarlos de forma conveniente.

En todo caso, lo que sucedió fue que para Francisco se inició, en los últimos años de su vida, una terrible «noche oscura», usando la terminología de Santa Teresa. La enfermedad que maltrataba su cuerpo coincidió con la angustia que atenazaba su alma. ¿Hacia dónde caminaba su querida Orden? Algunos de sus compañeros sufrían con él, e incluso por fidelidad a él. Otros se marchaban porque consideraban que se estaba introduciendo la relajación, aunque estos eran siempre muchos menos que los que llegaban nuevos. La institución empezó a copiar algunos modos de las viejas y nuevas Órdenes religiosas, como la posesión de grandes conventos –por más que se usara la fórmula de que la propiedad fuera del Papa o de los municipios–, la dedicación al estudio y la creación de categorías dentro de los hermanos. Todo eso era contrario al espíritu de sencillez que Francisco quería para los suyos, por más que fuera lo que la Iglesia requería de los franciscanos en aquel momento histórico concreto.

Se equivocan, no obstante, los que creen que detrás de toda esta historia no había nada más que una lucha por el poder o un episodio negro de la vida de la Iglesia. El santo lo comprendió al fin cuando, en el monte Alverna, culminó su trayectoria espiritual y se identificó plenamente con Cristo crucificado. Ese momento vino acompañado por la impresión en el cuerpo de Francisco de las llagas que Jesús sufrió en su carne mortal en el suplicio de la cruz. La existencia de esas llagas es rigurosamente histórica, lo mismo que es histórica la crisis de la

Orden y la sublimación de los sufrimientos espirituales que Francisco llevó a cabo por amor a Cristo. Por eso se puede decir de esa etapa que fue, a equivalencia de la de Nuestro Señor en la Cruz, la de la plenitud espiritual del santo de Asís. Por eso se puede decir también que, una vez más, Dios escribió derecho con renglones torcidos y que de lo que era fruto del pecado o de los defectos de los hombres supo sacar grandes bienes, que en este caso fueron los de la plenitud espiritual y mística de uno de los más grandes santos que ha tenido la Iglesia.

Esta novela se sitúa en ese momento concreto. Intenta mostrar el alma de Francisco por dentro, ofreciendo un retrato que aspira a ser parecido al original, por más que en ese campo solo se pueda avanzar mediante las conjeturas, pues lógicamente lo que él vivió solo lo saben Dios y él. Desde esa mirada interior, contemplando las cosas con los ojos con que Francisco posiblemente las contempló, se ve la historia de otra manera. Ya no se está ante una figura de escayola o ante un hermoso cuadro que contempla una calavera. Nos encontramos ante un hombre corriente, como cualquiera de nosotros, que, enfermo, ve llegar el final de sus días y tiene entre las manos el fracaso de su obra. Ese hombre resuelve su problema por la vía de la unión con Dios. Supera la desesperación, la depresión, haciendo uso de las armas de que disponía, armas que son asequibles a todos: la oración, la confianza, la fe, el amor. Y ahí reside precisamente lo mejor de su ejemplo, lo que nos era hurtado mediante muchas de las biografías precedentes: que se puede vencer el sufrimiento, la angustia, las ganas de morir o incluso de quitarse la vida, con ayuda de Dios y con confianza en Dios.

Sobre el suicidio de San Francisco, con el que empieza esta obra, permítanme los lectores que deje en el aire la intriga. Solo les recomiendo que no dejen el libro en el primer capítulo, pues ya las primeras letras del segundo dan la clave de todo lo que se ha leído con anterioridad. No olviden que este libro es una novela y que intenta, sirviéndose de las posibilidades que ofrece el género literario de la narrativa, entrar en la realidad de las cosas al margen de que esa realidad no sea descrita con exactitud en cada párrafo. No olviden tampoco que el tratamiento que se da en el primer capítulo del libro al destino de los suicidas es el de la época medieval, bien distinto, gracias a Dios, al que se aplica hoy en día.

Pero este episodio, el del suicidio, es el único en que no respeta estrictamente la historia. En lo demás, a excepción de algún personaje secundario introducido a propósito, se ha procurado ser muy fiel a lo que ocurrió, a lo que Francisco hizo, dijo y enseñó. Todo eso, por supuesto, según las capacidades del escritor que, aunque ama profundamente al santo de Asís, está, también él, limitado por su propia experiencia personal, por sus defectos y por sus luces.

No deseo otra cosa que el lector disfrute con este libro, que aprenda de San Francisco a amar a Dios por encima de todas las cosas, a amar también a la Iglesia y a los pobres, y a no perder nunca la paz, la alegría y la esperanza.

Filadelfia, 2017

# 1. UNA MALA NOCHE DE VERANO

Convento de La Porciúncula. Asís. Agosto de 1224. Fray Elías de Cortona, guardián general de la Orden de los Frailes Menores, está en su despacho hablando con otro religioso sobre la reciente campaña de difusión de la Orden en Inglaterra. Bruscamente se abre la puerta y entra, asfixiado, un hermano.

—Se ha suicidado —dice, sin dar más explicaciones, mientras se queda de pie en la entrada de la humilde habitación, retorciendo, nervioso, sus manos y con los ojos desencajados. Fray Elías y su compañero se levantan de un salto. Tras un momento de silencio, el general de la joven Orden pregunta:

—¿No podemos ocultar la noticia?

—Excelencia, es imposible. Sus amigos estaban allí. Fueron los primeros en verlo, colgando, ahorcado de su propio cordón en la celda que el conde Orlando le hizo construir bajo el gran haya. Enseguida armaron tal alboroto que, aunque yo dispuse que se mantuviese el secreto hasta que su reverencia fuera informada, estoy seguro de que toda la comarca lo sabe ya, pues he tardado un día entero en llegar desde el monte Alverna hasta aquí.

—¿Y el Papa, lo sabe?

—Es probable, Excelencia, porque no creo que fray León me haya obedecido. Estoy seguro de que apenas partí yo, alguien salió tras de mí para llevar la noticia a Roma. Mañana a más tardar ya estarán enterados en San Juan de Letrán. Va a ser terrible.

—No hay que ponerse nerviosos. Es un momento decisivo para el porvenir de nuestra Orden y precisamente ahora, cuando tan bien nos estaba yendo. Sin embargo, quién sabe, quizá esto haya sido lo mejor que podía suceder. Ahora tú, Anselmo de Arezzo, regresa cuanto antes al Alverna y llévate a tres hermanos leales a nuestra causa a fin de que puedan estar trayéndome noticias constantemente. A León y a los demás de su grupo, tenlos a buen recaudo y no permitas que se marchen del convento; si es preciso, enciérralos. En cuanto a Francisco, me imagino que sus amigos ya habrán embalsamado su cuerpo. No lo entierres de momento, ya te avisaré. Pero que no se hagan funerales y que nadie rece en público por él, como está mandado por la Santa Iglesia que se haga con los suicidas. Ha elegido el camino del infierno y no vamos a correr el riesgo de enfrentarnos con la Santa Sede para impedírselo. En cuanto a ti, Alberto de Pisa, te ordeno que guardes silencio absoluto sobre lo que acabas de oír. Puedes retirarte y aguarda en la Porciúncula hasta que yo te dé nuevas órdenes. Quizá necesitaré pronto de tus servicios, pues habrá que pensar en cómo comunicamos la noticia. Marchaos y decidle al hermano Luca que venga inmediatamente.

Los dos religiosos salen sin dar la espalda y hacen una reverencia. Cierran la puerta tras ellos. Fray Elías se derrumba entonces sobre su sillón y mete la cabeza entre sus manos mientras llora y habla entrecortadamente: «Francisco, Francisco, ¿por qué me has hecho esto? Estoy seguro de que ha sido tu última venganza contra mí, tu manera de acusarme, de decirle al mundo que yo te estaba haciendo la vida imposible. Pero yo te quería y quiero también a esta Orden que tú mismo pusiste en mis manos. Por amor a ti y por amor a ella es por lo que hago lo que hago. Si todo hubiera seguido como tú querías, ahora no seríamos nadie. En cambio, ahí lo tienes, Francia, Alemania, Inglaterra, España, Italia e incluso Marruecos, llenas de hermanos que van predicando el altísimo nombre de Jesucristo. Somos influyentes en los palacios lateranos. Los cardenales nos tienen respeto. El Papa nos aprecia y nos beneficia. Pronto, aunque ya sé que eso no te gustaba, vamos a empezar a tener obispos propios y no tardaremos en superar a los benedictinos en casas y en hermanos. En París ya somos alguien, lo mismo que en Nápoles, en Palermo, en Bolonia, en Padua. Y todo eso, Francisco, era también gracias a ti, porque tú fuiste quien lo empezó todo. Pero era en cierto modo contra ti, porque el mismo que lo empezó podía haberlo destruido. Yo he salvado la Orden de tus manos, la Orden que tú creaste y que podías haber matado con tus sueños excéntricos y tus exigencias imposibles de cumplir. Y ahora me haces esto. Todo puede venirse abajo, porque en el fondo todos te siguen considerando como el modelo y ahora ese modelo muestra su verdadero rostro: el de un hombre desequilibrado y caprichoso, que no ha sido capaz de asumir con humildad que ya no era él quien mandaba. Pero, te lo aseguro, yo te quería, te quise mucho en aquellos primeros años, cuando todo empezó. Y aún ahora tú ocupabas el primer lugar en mi corazón, después de Cristo y de la Orden. Me obligaste a elegir entre la Orden y tú y no pude obrar de otra manera, pero no fue culpa mía, sino tuya, que no quisiste ser razonable y que ahora has hecho esto...»

En ese momento golpean suavemente a la puerta, tres veces, como se acostumbra entre los frailes. Elías se incorpora y con un pañuelo de fina tela de Holanda se seca los ojos.

—Adelante —grita, repuesto ya el semblante y con la decisión pintada en los ojos.

—Excelencia, el hermano Anselmo me ha dicho que Su Reverencia quería verme.

—Sí, Luca. Atiende bien lo que voy a decirte y no olvides ninguna de mis instrucciones. El porvenir de nuestra Orden se juega esta mañana. Supongo que te habrás enterado ya: el hermano Francisco se ha suicidado. «Muerto el pastor se dispersará el rebaño», así se dice incluso en los Santos Evangelios. Nosotros debemos evitar que esto ocurra. Se nos echarán encima todos nuestros enemigos, que no tardarán en pedir al Papa que nos suprima, pues si el fundador ha elegido el camino del infierno, dirán, poco se puede esperar de sus seguidores. Pero tenemos que salvar la Orden; tenemos que seguir salvándola, como estábamos haciendo ya, solo que ahora no se trata solo de modificar las exigencias de Francisco en contra de su voluntad. Hay que hacer ver a todos que él se había extraviado y que, en realidad, ya no pertenecía a nuestra familia, sino que aceptábamos su presencia en ella por caridad y para no dar mal ejemplo, pues, de lo contrario, hace varios años que deberíamos haberlo expulsado.

—Pero, Excelencia, esto que me decís es terrible. Sabéis que os he apoyado en todo y no solo desde que fuisteis nombrado ministro general hace tres años. Sabéis que podéis contar con mi lealtad más absoluta, porque os considero el hombre providencial que tiene que salvar a nuestra querida familia. Pero yo amaba a Francisco y no puedo decir cosas que son absolutamente mentira. Todos nosotros lo queríamos, creo que incluso también vos, si no me equivoco. No sé qué ha pasado para que se haya suicidado. Quizá hayan sido sus muchos dolores, quizá la pena de ver que algunas cosas se hacían en contra de su voluntad. En todo caso, podemos decir que se había vuelto loco, pero de ahí a decir que ya no pertenecía a nuestra Orden y que solo le tolerábamos en ella porque nos daba pena, va un abismo.

—Luca, querido Luca, sé que me eres absolutamente fiel y, como comprenderás, es por eso por lo que te he llamado en un momento como este. Te he llamado a ti y no a otros que tienen cargos de mayor importancia en la Orden. Siempre has sido mi mano derecha y no he necesitado contigo muchas explicaciones. En fin, estas objeciones tuyas me contrarían un poco e incuso me preocupan, pero comprendo que el asunto es más grave que otras veces y tendré que tener paciencia también contigo. ¿No comprendes que eso de la locura es poca cosa? Quizá sería suficiente si no tuviéramos enemigos tan poderosos como los que tenemos. En París los señores del Estudio General están incómodos, y eso que todavía no hemos entrado en su santuario. Los mismos Hermanos Predicadores, a pesar del indudable cariño que Domingo de Guzmán nos profesaba, nos miran con una cierta envidia pues estamos creciendo mucho más que ellos. Ni digamos de los Benedictinos o de los Canónigos Regulares. Junto al Papa hay cardenales que le hablan mal de nosotros. Todos ellos estaban bloqueados por nuestros éxitos apostólicos, porque nos hemos convertido en el mejor instrumento para contener la difusión de las sectas de los cátaros y de los valdenses, e incluso por la presencia de mártires en nuestras filas, como los que murieron en Marruecos hace cuatro años. Pero, no te engañes, el principal argumento a favor de nuestra joven Orden era la santidad de su fundador. Si ahora Francisco se muestra como un condenado al infierno, los que nos envidian y nos temen se conjurarán para acabar con nosotros. ¿Qué Orden es esa —dirán— que ha sido fundada por un suicida, por un condenado? ¿Te imaginas lo que dirán de nosotros los Benedictinos, cuando ellos celebren gloriosamente la fiesta de San Benito? No, por muy duro que sea, no es suficiente decir que Francisco se había vuelto loco. Hay que decir que se había ido alejando de Dios poco a poco, que bajo la capa de humildad que le caracterizaba se escondía un corazón soberbio y que en realidad ya no pertenecía a nuestra Orden, la cual había aprendido a organizarse no solo sin él sino contra él. Además, si la tesis de la locura es la que triunfa, no solo no le beneficiará a él, sino que se volverá contra nosotros, pues muchos, especialmente los que le querían, no tardarán en decir que esa locura fue culpa nuestra debido a que le hicimos la vida imposible. Y así, entre unos y otros, acabarán con nuestra familia.

—Excelencia, perdonad que me haya obcecado durante un momento. Tenéis toda la razón. Mis luces son mucho más cortas que las vuestras. ¿Qué queréis que haga?

—Tenemos dos frentes y hay que actuar de inmediato en ambos. Por un lado, hay que contener y aplastar la rebelión interna que rápidamente se va a producir. Por otro, convendría ganar para nuestra causa las voluntades de los protectores poderosos que tenemos a fin de que sigan sosteniendo la Orden y no se inclinen hacia las tesis de nuestros enemigos, tanto los de dentro como los de fuera. He mandado al hermano Anselmo de regreso al Alverna. Tú dispón de algún religioso fiel para que suba inmediatamente a San Damián y haga venir al instante a Clara. Tú mismo debes partir para Roma, pero debes hacerlo solo, para que no haya testigos. Entrevístate con Hugolino, nuestro cardenal protector y, si él no estuviera, intenta ver al Papa a través de su secretario personal, el señor Sinisbaldo. No te doy cartas, pues cuanto menos haya escrito, mejor. Llévate dinero; te doy un permiso especial para manejarlo sin tener que dar cuentas de los gastos. Que no falte en ningún momento la comunicación entre nosotros, cueste lo que cueste.

Fray Luca se despide con una reverencia. Pocas horas después cabalga hacia Roma, pero antes, justo cuando salía de la Porciúncula, se cruza en el camino con sor Clara, que acude a la llamada de fray Elías y va acompañada por la hermana Isabel. Luca ve a Clara pero no la saluda; al contrario, espolea al caballo y parte al galope. El polvo molesta a las dos religiosas que se cruzan miradas llenas de preocupación.

—Yo pensaba que los caballos no estaban hechos para los hermanos pobres del buen Francisco —dice Isabel, a lo que Clara, meneando la cabeza, contesta:

—El buen Francisco no solo sufre por el uso de caballos, como si fuéramos ricos potentados, sino que hay cosas más sencillas que también se olvidan. En fin, hermana, confiemos en que el motivo que lleva a fray Luca a irse incluso sin saludar sea para la gloria del Altísimo.

—Amén —responde Isabel, y juntas cruzan la entrada del convento.

Rápidamente les sale al paso un fraile regordete que se precipita hacia ellas y, temeroso, les dice:

—Rápido, hermanas, venid aquí antes de que los demás os vean.

Clara e Isabel, sorprendidas aún más por esta extraña aparición, siguen al religioso que las conduce hacia una pequeña habitación próxima a la entrada.

—¿Qué pasa hermano Juan, a qué vienen tantas prisas y por qué nos ha hecho venir con tanta urgencia el superior general? —pregunta Clara.

—¡Ay, Sor Clara! —exclama el religioso—. Veo que estáis ignorante de todo, como yo me temía. No tengo tiempo para muchas explicaciones, pero no quiero que entréis a ver a ese diablo de fray Elías —Clara le corta inmediatamente la conversación y le prohíbe seguir hablando si va a insultar a su superior—. Perdón, hermana, me olvidaba de con quién estoy hablando —añade el religioso—. Decía que no es bueno que entréis a ver a nuestro hermano guardián sin saber para qué os ha llamado.

—¡Hablad ya de una vez! —dice, nerviosa, Isabel.

—Es terrible lo que tengo que deciros, pero es mejor que lo sepáis por mí que por él. Francisco se ha suicidado en el monte Alverna. A eso le han conducido los disgustos continuos que le han dado esos a los que vosotras no me dejáis maldecir a gusto. Y ahora, ya podéis entrar. Dios os inspirará lo que tengáis que decirle a ese hombre.

Fray Juan da media vuelta y se va. Las religiosas se quedan rígidas. A ninguna de las dos le cabe duda de que lo que dice Juan es cierto, pues saben que, aunque muy sencillo y algo arrebatado, es uno de los religiosos que se han mantenido fieles al fundador y que ha tenido que sufrir por ello numerosas marginaciones. Isabel reacciona antes que Clara y, con delicadeza, le pasa una mano por el hombro. Clara está a punto de echarse a llorar, de dejarse llevar por el profundo dolor que la está desgarrando el alma, pero, en el último momento, aprieta los puños y mira de frente a su compañera:

—Ahora no es el momento de dejarse dominar por los sentimientos —le dice a sor Isabel—. Ahora solo tenemos una cosa que hacer: demostrar cómo ama una mujer y que nuestro amor es como el de Dios, que no depende de la bondad del ser amado. Querida Isabel, ahora que ha caído, Francisco nos necesita más que nunca. Vamos a defenderlo.

Clara se santigua, da un profundo suspiro y se encamina decididamente hacia el interior del convento. Según avanzan por los pasillos y claustros, las dos comprenden que son observadas, pero, al contrario que otras veces, nadie sale a su encuentro; todos las miran desde sus celdas entreabiertas, pero ningún religioso quiere enfrentarse con ellas, bien porque no saben si ellas están enteradas de lo sucedido, bien porque prefieren no inmiscuirse en el desagradable asunto. Como las dos conocen dónde está el despacho del superior general de la Orden, no tienen dificultad en llegar allí. Ante la puerta, sin embargo, está situado fray Pietro de Verona, un gigantesco hermano que hace las veces de guardia personal de fray Elías. Las saluda con la cabeza, sin atreverse a hablar él tampoco y, con suavidad, con los tres toques preceptivos, golpea la puerta. Cuando oye el «Adelante», abre y exclama:

—Excelencia, las damas pobres que su reverencia esperaba han llegado.

—Que pasen —se oye decir a fray Elías.

El superior general está solo. Al verlas, se incorpora, bordea su mesa de trabajo y se dirige a ellas con las manos extendidas y una expresión de dolor en el rostro.

—Vaya, hermano Elías —dice Clara entrando—, veo que no hacéis caso de los consejos de fray Francisco y seguís haciéndoos llamar «Excelencia», como si fuerais un importante prelado. A qué se debe que nos hayáis hecho llamar. Ya sabéis que a nuestro fundador no le gusta que abandonemos San Damián y que él prefiere que seáis vos quien vaya a vernos. Así que el asunto debe ser muy grave cuando nos habéis urgido tanto para que viniéramos.

—Sor Clara —dice Elías, de pie en la habitación, evidentemente contrariado y con el tono de voz cambiado ya, lejos del inicialmente plañidero—, veo que seguís sin aceptar el hecho de que el superior general de nuestra Orden soy yo y que, en virtud de mi autoridad, puedo incluir modificaciones, incluso en el trato que se me debe dar, el cual no representa para mí ningún aliciente, sino que lo he adoptado para que se vaya introduciendo un poco de disciplina en esta

Orden tan díscola. En cuanto al objeto de mi llamada, deduzco por vuestra pregunta que no sabéis nada—. En ese momento baja la mirada, pues no puede seguir soportando los ojos dulces y firmes de Clara—. Antes de deciros algo, preferiría, si no os importa, que la hermana Isabel os esperara afuera, con fray Pietro.

Clara se vuelve hacia Isabel y, dulcemente, le hace una seña. Ella, contrariada pero sin rechistar, da media vuelta y sale. La puerta se cierra. Elías regresa a su sitio tras el escritorio y con un gesto invita a Clara a que se siente en la cómoda butaca que hay ante él, con la mesa de por medio, mientras él se deja caer en su sillón.

—No, gracias —dice Clara—. Prefiero estar de pie. Tengo muchas cosas que hacer en San Damián y cuanto antes regrese más útil seré para Nuestro Señor.

Elías, de nuevo contrariado porque ve que Clara es quien toma siempre la iniciativa, se levanta y, siempre con la mesa por medio, le contesta:

—Como queráis Sor Clara. No deseo otra cosa que ser amable con vos y os pido disculpas por haberme sentado antes que vos. Había olvidado que sois la hija del noble Favarone de Offreduccio y siento haber ofendido vuestro orgullo.

—Por favor, hermano Elías, decidme ya lo que tengáis que decirme y dejad de provocarme. No vais a conseguir que me enfrente con vos, ni siquiera que me defienda. Al grano.

—Querida Clara, vamos allá —Elías aspira fuertemente y traga saliva—. Francisco ha sido encontrado muerto en su celda del Alverna. El hermano guardián, fray Anselmo, me lo ha comunicado hace unas horas, después de viajar un día y una noche para que supiéramos la noticia cuanto antes. Sus queridos León y Maseo, así como vuestro propio primo, fray Rufino, han sido testigos del desgraciado suceso. Os he hecho llamar no solo para comunicaros la noticia, sino también para informaros de cuáles son mis planes para evitar que esta catástrofe perjudique a nuestra Orden. Naturalmente que se trata solo de una información, pues de sobra sé que vosotras, las Damas Pobres, tenéis autonomía con respecto a mí, pero creo que sería mejor que estuviéramos de acuerdo en todo. Por cierto, no queréis que nos sentemos, estoy agotado y lo que quiero deciros puede ser largo.

—Seguid, por favor. La noticia ya la sabía y he tenido tiempo de asimilarla, aunque, al contrario que vos, no he sido capaz aún de hacer planes. Solo me preocupa el sufrimiento que habrá tenido que pasar nuestro querido Francisco.

—¿Quién os ha informado, sor Clara? —pregunta Elías, de nuevo sorprendido.

—Eso no viene al caso. Habéis dicho que Francisco ha sido encontrado muerto en el Alverna. No me parece que haya que hacer otra cosa más que organizarle rápidamente unos dignos funerales y comunicarle la noticia al Vicario de Cristo. Después, según la Regla, habrá que convocar a los hermanos en un Capítulo Especial para elegir a un nuevo sucesor de Francisco.

—No, hermana Clara, veo que no habéis entendido bien, o que vuestro informador no ha sido preciso. Francisco no ha muerto. Se ha suicidado. Ha aparecido ahorcado en su celda y no hay ninguna posibilidad de que haya sido asesinado, pues en el convento no había más que seis hermanos, uno de los cuales era él, y nadie, absolutamente nadie, ha podido hacerle eso. Además, al lado de su celda dormían fray Maseo y fray León, que hubieran oído algo si alguien hubiera intentado atacar a Francisco. Por tanto, la situación es muy distinta, ya que, como sabéis, un suicidio no es cualquier cosa. La Iglesia prohíbe rotundamente que se entierre en sagrado a los suicidas y que se les honre con el sacrificio de la Misa. Francisco, por muy duro que nos resulte, está condenado y a estas horas debe arder ya en el fuego del infierno. Pero, por favor, vamos a sentarnos, no me obliguéis a estar de pie por más tiempo. No busco con vos el enfrentamiento. De sobra sabéis el cariño y la admiración que os tengo. No es hora de que discutamos, sino de que afrontemos una terrible calamidad pensando en salvar la obra de Francisco que está a punto de irse a pique.

En ese momento Clara se derrumba. Hasta entonces, su fuerza de voluntad titánica le había permitido resistir como si no pasara nada, cuando todo en su interior estaba en desorden. Apenas habían pasado unos minutos desde que fray Juan le diera la noticia, a quemarropa, del suicidio de Francisco. Su deseo, su necesidad, hubiera sido irse a un lugar apartado y dejarse llevar por la inmensa pena, ponerse a rezar inmediatamente para intentar rescatar a Francisco de las garras del Infierno. En cambio, tuvo que aguantar, como si no pasara nada, las intrigas de fray Elías, que, de sobra sabía ella, tanto había contribuido a que Francisco se desequilibrase y llegase al extremo de locura al que había llegado. Pero ahora ya no podía más. Una oleada de lágrimas empezaba a surgir por sus ojos. Necesitaba descansar, pararse, pensar, poner orden en su caos interior, y las palabras de Elías, tan dulces, tan razonables, la invitaban a hacerlo, a bajar la guardia, a confiar en él. Por eso se sentó. Ya no podía seguir luchando. Era demasiado fuerte el dolor que pulverizaba su corazón. Apoyó los brazos en la mesa y escondió allí su cabeza. No pudo ver cómo Elías, con una sonrisa de triunfo, se acercaba a ella. Solo oyó su voz, más dulce aún, más seductora, que le decía:

—Querida Clara. Ya sé que es terrible lo que estáis pasando. Quizá deseéis regresar a San Damián y recogeros allí en oración junto a vuestras compañeras. Es lo mejor que podéis hacer. Quedaos allí y no salgáis hasta que yo os lo diga. No habléis con nadie, ni siquiera con nuestros queridos León y Maseo, o con vuestro primo fray Rufino. No os dejéis arrastrar a la polémica. Recordad que yo represento a Francisco por propia voluntad suya y que mi interés es precisamente salvar su obra, evitar que un mal momento de nuestro querido hermano ponga fin a su sueño. Permanecedme fiel, querida Clara, y yo os prometo que no interferiré en las Damas Pobres y que vos seréis siempre la superiora de esta rama de nuestra familia, a la que podréis guiar según vuestro criterio. Solo os pido una cosa más, que no hagáis duelo público por nuestro querido Francisco. Haced como yo, que le lloro en secreto. Pensad que la Iglesia podría acusarnos incluso de herejía si mostráramos algún tipo de condolencia formal por alguien que se ha suicidado. Nosotros sabemos que en ese momento él ya no era él y confiamos en que Dios lo haya perdonado, pero ante los demás debemos reprobar el pecado y, sin condenarlo explícitamente, pues nuestro corazón no lo permite, sí tenemos que mostrar un cierto desapego público.

Clara, que ya se había puesto en guardia cuando le oyó aconsejarle que no hablara con nadie, especialmente con los compañeros más queridos de Francisco, comprendió que su instantánea debilidad había dado ventaja a fray Elías y que si no reaccionaba pronto se vería recluida en el convento de San Damián, con la prohibición incluso de rezar por su amigo y fundador. Sin dar muestra de haberse percatado de la celada, alzó la cabeza y, con un pañuelo, se enjugó los ojos. Después, se levantó y, en silencio, se separó de Elías y se dirigió a la puerta que seguía cerrada. El superior general de la Orden estaba sorprendido al ver que parecía dispuesta a marcharse sin decir palabra, cuando poco antes tenía la impresión de haber vencido su resistencia y tenerla a su merced. Impaciente, hizo un movimiento hacia ella e intentó cogerla del brazo. A la hija de los Offreduccio la misma que había sido capaz de enfrentarse con su padre y sus hermanos para seguir a Francisco, le bastó una mirada para parar en seco la mano del religioso que se quedó, ridículamente, en el aire.

—Es inútil que lo intentéis, fray Elías. Vuestros ardides no pueden socavar mi fidelidad a Francisco. Los dos sabemos por qué ha muerto. Vos algún día habréis de dar cuenta ante el Altísimo de todo el daño que le hicisteis y que lo han conducido a una desesperación tan profunda como para buscar su propia muerte. Él, el hermano alegre de la vida, ha terminado por morir desesperado por culpa vuestra. Pero estad tranquilo, no voy a hacer ningún escándalo. Vuestras razones tienen peso y yo también amo esta Orden que, por cierto, colaboré a fundar antes que vos entrarais en ella. Aconsejaré a todos mis amigos paz y concordia, pues ese y no otro era el espíritu de nuestro padre. Pero no dejaré de defender la memoria de aquel que fue el instrumento querido por Dios para hacerme suya. Si el Romano Pontífice me pregunta, le diré la verdad. Si lo hacen el obispo Guido o el cardenal Hugolino, haré lo mismo. Francisco estaba ya muerto antes de ahorcarse. El hombre al que tanto quisimos había muerto de dolor y de pena. El que se suicidó era solo su sombra, su despojo, el guiñapo que vos habíais hecho de él. No temáis, no voy a pedir para vos ningún castigo. No entraré en políticas de aldea que me separen de mi Dios y de este dolor que quiero custodiar como un tesoro. Esos asuntos los dejaré para los que entienden de ello. Que ellos decidan sobre vos, sobre la Orden, sobre mí misma y mis hermanas. No tengo miedo a nada. Solo temo no ser fiel a la promesa de amistad y de obediencia que un día le hice a ese hombre cuya memoria queréis destruir después de haberle matado. Rezaré por él todo lo que me apetezca y os aseguro que será mucho. Eso sí, lo haré en el interior de mi casa. Y, por cierto, si un día decidís que yo también os estorbo, no tenéis más que decírmelo. Dejaré San Damián tan pobre y tan libre como el día que llegué allí.

—Hermana Clara, me duelen mucho vuestras palabras. Más aún, las considero gravísimas, pues bajo la capa de una aparente docilidad esconden una acusación terrible. Pero, con todo, os agradezco que intentéis mediar entre los hermanos de nuestra Orden, pues no es otro mi deseo. Os lo repito, yo no quiero otra cosa más que continuar lo que Francisco me encomendó...

Clara hace un brusco gesto con la mano y le dice:

—Por favor, fray Elías, más retórica no. No tengo fuerzas para escuchar otra vez el mismo cuento. Disculpadme.

Y dejando al superior general de la Orden con la palabra en la boca abre la puerta y sale. A dos pasos se encuentran la hermana Isabel y fray Pietro. Ambos, de rodillas, rezan la Corona y desgranan Avemarías y Padrenuestros, sin dejar de llorar ni un momento. Sor Clara se dirige a ambos.

—Vámonos, Isabel. Nos esperan en casa y la noche está ya encima.

Fray Pietro, sorprendido, se incorpora a la vez que la religiosa e intenta hablar con sor Clara, pero no tiene tiempo de nada, la voz de fray Elías se oye desde dentro, como un rugido:

—¡Pietro de Verona, ven aquí inmediatamente, rápido!

Clara e Isabel desandan el camino hacia la salida. Los mismos rostros curiosos detrás de las puertas entreabiertas de las celdas. Solo que ahora ya todos saben que ellas han conocido la noticia. Sin embargo, ninguno se atreve a salir a hablar con ellas. Y no es solo por miedo a fray Elías y a sus represalias, que ya son célebres, sino también porque el hecho de que Francisco se haya suicidado los ha dejado tan anonadados que no aciertan a reaccionar. Los que más lo amaban son los más desconcertados. Las dos religiosas, en silencio, dejan el convento de La Porciúncula y emprenden el camino hacia San Damián, su propio hogar. La tarde declina y aunque ha sido un día caluroso, ahora la temperatura es magnífica. La jornada se despide con una puesta de sol roja, de sangre, como si Francisco, al marcharse, hubiera teñido los cielos con su sufrimiento. Pero ni Isabel ni Clara se percatan de ello. Su camino les hace dar la espalda al poniente y, además, ellas llevan en el corazón su propio ocaso. Las Avemarías salen suavemente de sus labios mientras suben por la ladera de la montaña. Aparentemente no ha pasado nada. Pero eso es solo una apariencia. Cuando llegan a San Damián, discretamente Isabel deja sola a Clara, que va a la capilla. Entra y cierra la puerta. A continuación solo se oye un grito. Un terrible y desesperado grito.

## UN OBISPO COMO DIOS MANDA

Por otro camino, el que conduce directamente a Asís, salen fray Elías y fray Pietro de Verona de La Porciúncula. No hace mucho que se han marchado las dos religiosas, pero ya no se las ve. Tampoco se hubieran preocupado mucho de ello los dos hombres que, a caballo, ponen enseguida sus animales al trote, escalando la empinada colina con el fin de entrar en la ciudad antes de que cierren sus puertas.

Aunque muchos en Asís saben que fray Elías no siempre hace sus viajes andando o en borrico, como fray Francisco ha pedido a sus hijos, les sorprende verlo a caballo en la ciudad. Hasta ahora las formas habían sido guardadas escrupulosamente y los cambios internos que se estaban produciendo en la Orden de la mano del superior general, todavía no habían trascendido. Por eso muchos se quedan sorprendidos al ver a dos frailes a caballo por las calles y no faltan los comentarios y las críticas, mezclados con la curiosidad por saber a dónde van tan deprisa.

Todo lo que les rodea les resulta indiferente a los dos religiosos. Arriesgándose incluso a atropellar a alguien, siguen caracoleando por las calles, no muy transitadas ya a esas horas pero todavía con bastante gente. Así hasta que llegan ante la iglesia de San Pedro, junto a la cual tiene su residencia el obispo de Asís, Guido. Rápidamente desmontan y mientras Pietro de Verona se queda fuera cuidando a los caballos, fray Elías entra decididamente en el Obispado.

—Quiero ver a Su Excelencia. Es muy urgente —le espeta al primer criado que sale a su encuentro.

—Van a dar las ocho. El señor Guido está cenando y tiene invitados, hermano Elías. No creo que pueda recibirle ahora. Pero entraré a decirle que estáis aquí y que os urge verlo.

Elías se queda solo en la gran antesala del palacio episcopal. Sabe bien el discurso que debe hacer. No ignora la amistad del obispo con Francisco, como también sabe que si la Orden existe es, en buena medida, porque el prelado apoyó en todo momento al fundador, no solo al principio, sino también contra los numerosos enemigos que fueron surgiendo dentro de la propia Iglesia. Por eso está nervioso. Si Guido no reacciona bien, las consecuencias pueden ser gravísimas. Aunque en los últimos meses ha mantenido con él unas relaciones cordiales y le ha parecido hallar apoyo en el cambio de rumbo que ha introducido en la Orden, no sabe si ante la noticia del suicidio de Francisco ese apoyo se convertirá en reproche. La espera, con todo, no dura mucho. Pronto aparece el criado y le dice que pase. Elías es introducido en el gran comedor del Obispado, con su enorme mesa en el centro y el prelado presidiéndola. Dos ricos comerciantes de Asís y uno de Foligno lo acompañan en la cena. Entre ellos y por debajo de la mesa, tres magníficos podencos se aprovechan de los huesos y los pedazos de carne que les tiran los comensales. Los animales levantan la cabeza al ver entrar al religioso y, antes incluso que el obispo pueda decir algo, le saludan con un gruñido de fiera hostilidad.

—Pasad, pasad, mi buen Elías. Sentaos a cenar con nosotros, si es que vuestra Regla os lo permite. Aquí estoy, con estos buenos amigos, gestionando la compra de unos bellísimos iconos recién traídos de Constantinopla. ¡Ah, qué hermosa debe ser esa ciudad y qué suerte para nosotros que allí haya ahora un emperador católico!

Los tres comerciantes hacen un gesto de respeto hacia el recién llegado y aguardan, curiosos, a que este diga algo. Saben quién es y uno de ellos ha tenido ya tratos de negocios con él. Comprenden que algo raro está pasando y no desean marcharse a mitad de la cena para perderse la noticia. Los perros, en cambio, se han ido acercando a Elías y dan muestras de la misma agresividad que a su llegada, tanto que el obispo tiene que pedir a un criado que se los lleve del salón.

—Excelencia, señor don Guido —empieza diciendo Elías con una reverencia, más tranquilo ya al ver que los perros se alejan—, os pido perdón si interrumpo vuestra cena. Acaba de ocurrir un suceso extraordinario y muy grave, por lo que os suplico que me escuchéis lo antes posible. De la gravedad del mismo os puede dar idea no solo lo insólito de la hora sino también el que me atreva a pediros que dejéis de cenar inmediatamente y me dediquéis unos minutos.

—Me parece atrevida puesta petición —contesta el prelado, contrariado—, así que estoy seguro de que será muy justificado el negocio que aquí os trae como para pedírme que levante la mesa y haga un desaire a mis invitados. En fin, señores, os ruego que me disculpéis. Espero estar de regreso enseguida.

El obispo se levanta y hace un gesto a fray Elías para que pase con él a un cuarto próximo que está separado del comedor por un grueso tapiz a modo de puerta. Es uno de sus gabinetes y tiene solo un escritorio y tres sillas. Pero el obispo no se sienta. Quiere darle a entender al religioso que tiene prisa. «Hablad», le dice, con un tono de voz más duro que el que había empleado momentos antes delante de los comerciantes. Elías comprende que tiene que ir directamente al grano para no granjearse la enemistad del obispo.

—Excelencia, os pido de nuevo disculpas. Lo que tengo que deciros se resume en una frase: Francisco, nuestro querido hermano y fundador, se ha suicidado. Estaba en el monte Alverna y, según me ha contado hace apenas una hora el hermano guardián que ha venido rápidamente a traerme la noticia, ayer puso fin a su vida ahorcándose con su propio cordón en su celda.

El obispo se queda rígido al escucharlo. Apoya una mano en la mesa, mientras con la otra se tapa la cara. Entonces se deja caer en una de las sillas situadas ante el escritorio. Solo después de unos minutos levanta la mirada hacia el religioso, que está de pie ante él.

—No me cabe duda de que lo que me contáis es cierto, pues sois lo bastante inteligente como para no inventar algo así y ni siquiera para haberlo provocado. Os supongo, pues, inocente de lo que ha ocurrido. Inocente al menos en lo que respecta al gesto terrible llevado a cabo por vuestro fundador. Como comprenderéis, me veo obligado a comunicar la noticia inmediatamente a Roma y también a abrir una investigación.

—Excelencia, no pretendo contrariaros —responde con mucha suavidad fray Elías—, pero no os corresponde a vos hacer ese trabajo. Somos una Orden exenta. Dependemos directamente del Sumo

Pontífice y, en cuanto a la muerte, al haber tenido lugar en otra diócesis, se sale también fuera de vuestras competencias. Por mi parte, solo quería comunicaros personalmente la noticia, pues sé el cariño que teníais a Francisco y a su Orden. Me gustaría saber también qué tenemos que hacer con relación a los funerales.

—Elías, Elías —dice el obispo Guido—, yo ya estoy mayor para luchar contra un zorro astuto como vos. Sé que en Roma tenéis amigos poderosos y no me cabe duda de que echarán tierra al asunto si eso es lo que a vos os conviene. Pero esta Orden no es solo de Francisco y mucho menos vuestra. Es también mía. Aquí nació. Fui yo quien acogió a este pobre loco que ahora ha puesto fin a sus sufrimientos de una manera tan terrible. Fue ante mí que se desnudo para entregarle a Pietro Bernardone, su padre, la ropa que llevaba. Fui yo quien le arropó con mi capa y quien ordenó que le dieran la túnica del jardinero de mi huerto que ahora os sirve de hábito. He sido yo quien ha peleado ante el Papa para que os aprobaran, cuando todos os miraban con recelo y creían que erais unos iluminados como los valdenses o los cátaros. Me habláis de exenciones jurídicas y parecéis olvidar que he sido también yo quien ha insistido para que los sacerdotes que pertenecen a vuestra familia estén bajo la autoridad de los superiores de la Orden como los demás religiosos, y no bajo la autoridad del obispo. ¡Así que —en ese momento, cada vez más airado, se levanta de la silla y se encara abiertamente con el religioso—, no me digáis que no tengo autoridad para inmiscuirme en vuestros asuntos. Haré lo que deba hacer y si me salto todos los cánones por ello, que me castigue el Papa si quiere!

Elías baja la mirada y guarda silencio. Sabe de sobra que solo una actitud humilde puede tranquilizar al viejo león, que lleva en la sangre el genio de los Frangipani, uno de cuyos predecesores, Cencio Frangipani, había llegado a apoderarse en dos ocasiones y en plena

Roma del papa Gelasio II, el cual tuvo que huir a Francia para salvarse. Tras unos momentos de silencio por ambas partes, mientras el obispo jadea de dolor mezclado de indignación, el religioso, sin atreverse a mirar a la cara al obispo vuelve a la carga y plantea de nuevo la cuestión que más le preocupa.

—¿Qué hacemos con los funerales?

—¡Cállate, zorro maldito! —contesta Guido—. Es a eso a lo que has venido, ¿verdad? Quieres que yo cargue con la responsabilidad. Quieres poder decir a los que amaban a Francisco que no habrá misas por él, porque así lo ha decidido el obispo o, dé lo contrario, poder acusarme ante el mismísimo Papa de que he contravenido una ley sagrada y he rezado por alguien que está condenado. Sabes qué te digo: mañana voy a abrir la catedral de par en par y voy a pedirle a todo el pueblo de Asís, sobre todo a los pobres a los que Francisco tanto amaba, que acudan a ella. Vamos a rezar durante todo el día y durante todo el día vamos a guardar ayuno. Yo celebraré la misa y la aplicaré por los difuntos. No mencionaré a Francisco, estate tranquilo, pero lo que diga mi corazón eso lo sabrá solo Dios. Y ahora márchate. Estoy demasiado irritado y herido para hablar contigo sin que me envuelvas en tus artimañas. Te haré llamar mañana.

Elías hace una reverencia y, sin intentar besar el anillo del prelado, sale del pequeño gabinete. Apenas ha levantado la cortina cuando oye al obispo que le pregunta, llorando de nuevo:

—¿Lo sabe Clara?

Con el tapiz en la mano, Elías se gira y, mirando al obispo, asiente con la cabeza.

—¡Cuídate de hacerle daño a ella y a sus hijas —dice Guido con la cara desencajada y a voces—, pues entonces sabrás lo que es capaz de hacer un Frangipani con tu esqueleto!

Elías se gira de nuevo y sale.

Los tres comerciantes están de pie. No cabe duda de que se han enterado de todo, o al menos han captado lo esencial. Lo miran con curiosidad y con un poco de miedo. El religioso les dedica una inclinación de cabeza y se aleja rápidamente de la sala. Afuera, anochecido ya, espera fray Pietro con los caballos. Se ha hecho con dos teas para alumbrar el camino. No se atreve a preguntar nada, pues comprende, a juzgar por el gesto de su superior, que las cosas no han ido bien en el palacio. Él, por su parte, ha estado contando a los criados del Obispado lo que había sucedido. Los dos suben a los caballos y se alejan, despacio ahora por la oscuridad, hacia el valle, hacia La Porciúncula.

## EL CARIÑO DE LOS POBRES

La noche no transcurre en Asís de forma serena. Nadie duerme en la hermosa ciudad. De casa en casa van y vienen los vecinos, se forman conciliábulos e incluso se traman pactos y estrategias. Odios añejos que parecían dormidos, surgen con nuevo ímpetu. Alianzas con las que ya no se contaba, se estrechan de improviso. De nuevo la ciudad está dividida en dos, como años atrás, como cuando empezó todo.

Francisco, por cuna, pertenecía a la facción de los burgueses. En contra estaba la de los nobles. Estos vivían en la parte alta de la ciudad, cerca del gigantesco castillo, la Rocca. Los burgueses, en cambio estaban distribuidos por el centro y los arrabales, mezclados con los artesanos, de cuyas filas habían salido muchos de ellos. A finales del siglo precedente había tenido lugar una revolución interna en la ciudad, que se enmarcaba en el contexto de los muchos conflictos políticos y sociales que sacudían a las numerosas ciudades-estado italianas. Los burgueses habían vencido y los nobles habían sido expulsados de la ciudad. No habían ido muy lejos, pues en la vecina y rica Perugia había sucedido justo lo contrario, con lo que el exilio apenas suponía un alejamiento de algunos kilómetros. Desde allí, continuaban intrigando para regresar a Asís y recuperar tierras, casas e influencia. En 1202 había tenido lugar una batalla decisiva entre aristócratas y comerciantes, en los llanos de Collestrada. En ella había participado Francisco y, derrotado junto a los demás jóvenes burgueses, había sido llevado prisionero a Perugia. Allí había empezado precisamente su itinerario hacia Dios, en aquella mazmorra oscura y húmeda en la que estuvo a punto de perder la vida por las enfermedades. La victoria de los nobles en Collestrada decidió su regreso triunfante a Asís. Entre los que volvieron estaba, precisamente, el padre de Clara, que recuperó su viejo palacio junto a la catedral de San Rufino. Si Francisco tenía entonces solo 20 años, Clara era apenas una niña de ocho.

El triunfo de la facción «di sopra», de arriba, no había supuesto la paz para Asís. Los de abajo, derrotados, siguieron intrigando, aunque sin muchas oportunidades de lograr la revancha. Con todo, las luchas internas de la ciudad pasaron pronto a un segundo plano con la vuelta a la escena del joven Francisco. Liberado de la cárcel a precio de oro por su rico padre, tras algunas peripecias y dudas, había puesto en marcha un movimiento de espiritualidad tan profundo e intenso que incluso sus escépticos vecinos se vieron inmersos en él. Entre otros «milagros» había conseguido que se firmase la paz entre las dos facciones de la ciudad, a lo cual había contribuido no poco el hecho de que Clara, que procedía del bando de los nobles, hubiese conseguido romper la oposición paterna para seguir los pasos del revolucionario fundador.

Ahora, de golpe, esa paz estaba en peligro y la muerte insólita y brutal de aquel hombre que hasta el día anterior tenía fama de santo, ponía al descubierto las pasiones que se habían mantenido ocultas en los corazones de unos y otros.

A las cinco de la mañana, sin que hubiera llegado a amanecer todavía, las campanas de la catedral de San Rufino sonaron a duelo. El obispo Guido, que era uno de los que no habían dormido en toda la noche, estaba ya allí. Le habían llegado noticias de que el suicidio de Francisco había conmocionado a la ciudad entera y de que se estaban formando rápidamente dos bandos. Uno, integrado por comerciantes y artesanos, acusaba al otro, el de los nobles, de ser culpable de la muerte del fundador de los Hermanos Menores, como se conocía a la familia religiosa de Francisco. Acusaban a sus eternos rivales de haber provocado su desesperación porque no podían consentir que alguien que no tuviera rancio linaje estuviera alcanzando tan grande fama de santidad. Los nobles, por su parte, se habían puesto del lado de la hermana Clara y reprochaban a los burgueses que, si bien Francisco tenía en ellos su origen, enseguida habían intentado hacer negocio con la Orden religiosa fundada por él, convirtiendo a Asís en un centro de peregrinación al que acudían gentes de todos los alrededores y aún de fuera de Italia, para ver al santo vivo; les hacían culpables de su muerte porque habían traicionado su mensaje y habían convertido al que decían amar en una especie de talismán mágico que convertía en oro todo lo que tocaba, provocando así su desesperación y su suicidio; fray Elías, también de baja extracción, sería según los nobles el máximo exponente de esta política.

En lo que ambos grupos estaban de acuerdo era en que no se debía celebrar la Santa Misa por el difunto. Reprochándose el uno al otro la causa de su muerte, lo que ninguno discutía era su condenación eterna. Por lo cual, ni nobles ni burgueses se sentían en aquella mañana de finales de agosto de 1224 identificados con el cadáver de aquel al que, pocas horas antes, todos querían hacer suyo, como querían hacer suyo el éxito de su iniciativa religiosa.

Por eso, a unos y a otros, les había molestado mucho la decisión del obispo Guido de celebrar una misa por los difuntos, por más que ya estuvieran enterados de que en ella no se iba a pedir explícitamente por el alma de Francisco. La larga noche que había transcurrido, con sus idas y venidas de casa en casa, había producido en ambos grupos y por separado el mismo pacto: no hay que ir a la catedral. Los dos bandos se hacían recíprocamente culpables de la muerte del fundador de los Hermanos Menores, pero en el presente ninguno quería aparecer como identificado con él, ni siquiera para atacar al otro grupo con esa identificación. El suicida ya no era de ninguno y su muerte solo servía para reavivar el odio que su vida santa había logrado aplacar.

Las campanas tocaban a muerto en medio de la oscuridad. Eran las cinco de la mañana. Las antorchas y las velas alumbraban en las buenas casas de Asís. Todos estaban despiertos. Pocos habían dormido aquella noche. En cada casa, de nobles o de burgueses, alguien estaba instalado en la ventana o en la azotea observando las calles. No faltaban en muchas de ellas hombres armados dispuestos a echarse a la calle para atacar a sus rivales si los veían salir. Los maridos habían prohibido a las mujeres moverse de casa, los padres a las hijas, mientras que los hombres, viejos y jóvenes, estaban preparados para empezar una nueva guerra si hacía falta. Nadie, ni siquiera los que más habían colaborado con Francisco o aquellos que tenían hijos e hijas en los Hermanos Menores o en las Damas Pobres, nadie se atrevía a secundar la llamada de las campanas y a dirigirse hacia el templo para rezar en silencio por el alma de aquel pobre y desgraciado hombre. Ni siquiera el hecho de que el obispo hubiera llevado a cabo un gesto tan valiente a su favor, les movía a ello. Tampoco los animaba a actuar el pensamiento de que Francisco podía estar debatiéndose entre el cielo y el infierno y que sus oraciones podían influir de alguna manera en la salvación eterna de su alma. El que había empezado solo la divina aventura de amar a Dios con un corazón puro y pobre estaba también ahora solo, sin la asistencia de sus amigos y de su pueblo.

A las cinco y media volvieron a tocar las campanas. La Santa Misa debía comenzar a las seis en punto y era, pues, el segundo aviso. Ya no se daría otro hasta momentos antes de empezar el Santo Sacrificio. La iglesia seguía vacía. Algunos criados del Obispado, con la librea de don Guido Frangipani bien visible para no despertar las iras de los que oteaban desde las ventanas, iban y venían desde el templo hasta las moradas de los más significativos representantes de ambos bandos, intentando convencerles de que acudieran al funeral. Unos ni abrían las puertas, mientras que otros dejaban pasar a los emisarios para ponerles de nuevo fuera poco después con un «no» rotundo y el encargo de que fuesen a llamar a la casa de los rivales, que, según todos ellos, eran los verdaderos culpables de lo que había ocurrido.

La iglesia estaba vacía, excepto en una capilla lateral, la que custodiaba el Sagrario. Allí, de rodillas, estaba el obispo. Solo de tanto en tanto era distraído en sus oraciones por alguno de los criados que volvía con malas noticias y que partía de nuevo a probar fortuna en otra casa, de nobles o de plebeyos.

—Señor —decía el buen obispo Guido—, no sé si está bien lo que voy a hacer. Me refiero a que no sé si es del todo correcto a tenor de lo que mandan los cánones. Sé que si Francisco se ha suicidado en plena posesión de sus facultades no hay nada que hacer ya por él y su condenación es irremediable. Pero si cabe todavía alguna posibilidad, estoy dispuesto a luchar por él incluso ante ti, como luchó nuestro padre Jacob con el ángel para arrebatarle la promesa de la descendencia numerosa. ¡Cuánto quise a ese muchacho! Y a la vista de lo que está sucediendo creo que fui yo, junto con Clara, León y algunos pocos más, el único que lo quise. Ya sabes que no creí en él desde el principio. Me pareció un loco, un iluminado, uno de esos que tienen afán de notoriedad y que se las van dando por ahí de fundadores cuando lo que tienen que hacer es meterse en algunas de las instituciones que ya existen y contribuir a su reforma. Pero cuando lo vi desnudo en la plaza de esta misma iglesia, con aquella mirada limpia y la inocencia más absoluta pintada en su rostro, comprendí que era un enviado tuyo. Su pobreza me acusaba a mí mismo y yo me dejé acusar y me dejé convertir por él, que te representaba a ti. Fui su padre, el padre que necesitaba en sustitución de aquel obtuso Bernardone que le había abandonado. Le defendí ante los demás obispos. No me importó que se metieran conmigo y que me criticaran por el apoyo que le daba. El «obispo bueno» me llamaban mis colegas con ironía, cuando nos encontrábamos en alguna reunión o cuando coincidíamos en Roma. Ni siquiera me importó que en los Palacios de Letrán me miraran con sospecha cuando les di permiso para vivir juntos y dejé incluso a algunos de mis sacerdotes, como Silvestre, irse con ellos. La sombra de la herejía cayó sobre mí durante algún tiempo y los enemigos de mi familia, tan hostil hace años a tu Vicario, Señor, aprovechaban la ocasión para pedirle al Papa que me quitara de esta sede. No, no me importó nada. Yo había comprendido que Francisco era tuyo y que tú estabas con él, así que estaba seguro del terreno que pisaba. Por el contrario, me convertí en su discípulo, sin que él lo notase, y quise aprender de él ese mensaje de sencillez, humildad y paciencia que, sin darse cuenta, a todos predicaba. Si los demás, si en Roma o en los palacios de mis colegas no tenían ojos para ver lo que era evidente, era un problema suyo. Demasiados obispos hay que buscan solo hacer carrera como para que no exista alguno que sea capaz de arriesgar algo por ti y por tu Iglesia, apoyando lo que nace fresco y nuevo, para darle la oportunidad a lo débil de que crezca y se fortalezca, oh Cristo. Luego, cuando la cosa prosperó y tuvo éxito, casi todos los que se reían de mí y me criticaban por apoyar la insólita pretensión de ese muchacho de vivir con tu pobreza y la de tus apóstoles, me dieron la enhorabuena. Algunos incluso me dijeron que era un astuto político, que había apoyado a un caballo ganador sabiendo de sobra que iba a vencer en la carrera. Ninguno de ellos se dio cuenta de que era un asunto de fe en ti y de cariño hacia él. Por eso a veces me pregunto, Señor, ¿tienen fe tus ministros o el ser hombres de gobierno les ha hecho tan insensibles al Espíritu como los médicos se tornan indiferentes ante el espectáculo de los enfermos y los cadáveres? También por eso ahora no sé lo que me espera de ellos. Seguro que se volverán todos contra mí. Todos, incluso los de Roma. Este funeral, por más que he intentando camuflarlo, se me volverá en contra. Hasta en la ciudad se niegan a participar en una misa por el alma del que fue su vecino y hermano. Bien que le aplaudían y sacaban lejanos parentescos cuando acudían aquí los peregrinos y necesitaban posada y comida. Bien que decían que tenían objetos que «el santo», como lo llamaban, había tocado siendo niño o siendo joven, para vendérselos a los devotos como si fueran preciadas reliquias de los mártires antiguos. No les importaba entonces desafiar el riesgo de pecar de simonía, mientras que ahora dicen que temen desafiar a la Iglesia por participar en una misa en la que, sin nombrarlo, se va a rezar por un suicida ya condenado. ¡Qué duros somos los hombres, Dios! ¿Cómo es posible que nos ames tanto a pesar de esta miseria que nos envuelve y que nos hace forzosamente repugnantes ante tus ojos? Y cuando de nuestro estercolero surge una flor bellísima, casi inmaculada, como esta pobre víctima, nos encargamos de hacerle la vida imposible para que él mismo se destruya ¡Qué sagaz es el enemigo, que no solo le ha vencido con la muerte, sino que ha manchado para siempre su memoria con el baldón del suicidio y la condena! ¡Pobre Francisco, no pudiste resistir la tensión de la lucha y ahora sí que estás vencido para siempre!

En ese momento, cuando solo faltan algunos minutos para las seis y las campanas empiezan a lanzar por última vez su triste tañido, se abren de golpe y de par en par las puertas de la catedral. Guido, sorprendido, se levanta y sale al crucero del templo. Algo de luz hay ya. La suficiente para ver, por más que, al venir de fuera, deja en la penumbra las caras de los que entran en la iglesia.

—¿Quiénes sois? —dice el prelado que se ha puesto ante el altar, dispuesto a morir si hiciera falta antes que consentir cualquier profanación de su casa.

Una voz, dulce y firme, le responde desde la entrada del templo:

—Somos gente de paz, Excelencia.

Es la hermana Clara la que habla. Y es la única que habla. El silencio es casi pleno, a pesar de que una muchedumbre está tras ella y llena la plaza que sirve de gigantesco atrio a la catedral de San Rufino.

—Somos las damas pobres del convento de San Damián y unos amigos que han venido con nosotras a rezar a la casa de Dios. Queremos unir nuestras oraciones a las vuestras, excelencia. Queremos luchar, aliados con la Santísima Madre de nuestro Redentor, para salvar de las garras del demonio el alma de nuestro padre, de nuestro amigo, de nuestro hermano.

—¿Y quiénes son los que te acompañan? ¿Acaso has conseguido, querida Clara, lo que no he podido lograr yo? ¿Has vencido la resistencia de tus familiares, de tus antiguos vecinos, de los habitantes de esta dura y cruel ciudad? —dice el obispo, que se ha ido acercando a Clara pero que, de cara a la luz, todavía no ve a los que la acompañan, que siguen fuera de la catedral.

—No, padre —responde la religiosa—. Aquí estamos solo gente de paz y gente de Dios. No hay en nuestras filas ni ricos burgueses ni orgullosos nobles. Me acompañan mis hermanas y ni siquiera uno solo de los religiosos de La Porciúncula ha querido venir, pues fray Elías se lo ha prohibido. En cambio, están con nosotras los leprosos a los que Francisco cuidó, las madres solteras a las que defendió, los niños mendigos a los que alimentó, las prostitutas a las que devolvió la dignidad del ser humano, los campesinos y siervos con los que en más de una ocasión compartió el trabajo y la comida. Toda la noche nos hemos pasado mis hermanas y yo recorriendo los arrabales, las chozas de los campos, los tugurios que rodean la ciudad. Ellos estaban, como todos, al tanto de la noticia. Pero pensaban que usted, Excelencia, no querría verlos hoy en la iglesia. Pensaban, pobrecillos, que muerto su benefactor, de nuevo les sería prohibida la entrada al templo, que volvería a ser, como casi siempre, la casa de los ricos, de los que tienen limosnas para echar en el cepillo, de los que pueden hacer generosos donativos a la Iglesia. Estaban asustados y solo sabían rezarle a la Virgen por el alma de su padre y amigo, sin que les importara mucho eso de que está prohibido hasta rezar por los suicidas. De sobra saben ellos lo que es el dolor para comprender hasta qué punto puede estar desesperado un ser humano. Cuando les hemos dicho que Su Excelencia no les echaría esta mañana del templo y les hemos asegurado que podía ser que fueran los únicos en atreverse a venir, no lo han dudado. La ciudad pobre de Asís está aquí en bloque. No falta nadie. Aquí estamos, señor obispo, los hijos de Francisco. Que empiece la Misa pronto, por favor. Tenemos ganas de luchar contra el Cielo si hace falta para salvarlo. La Virgen está con nosotros y con ella no habrá puerta que no se abra ni corazón que no se rinda.

Guido no puede contener las lágrimas y tiene ganas de ir hacia Clara y ponerse a sus pies para darle las gracias por su gesto. Ha comprendido que aquella hija de los Offreduccio es la verdadera discípula y sucesora del gigante fallecido. No ha ido, como él, a llamar a las puertas de los nobles y los ricos, sino que se ha dirigido solo a quien podía escuchar y entender: los últimos, los pobres, los perdidos. Aquellos, en definitiva, de los que habló Cristo cuando dijo a su Padre:

—Te doy gracias, porque has escondido estas cosas a los sabios y entendidos y se las has revelado a la gente sencilla.

El obispo, se contiene, sin embargo, y, en silencio, bendice a Clara y a los suyos. Después da media vuelta y se dirige a la sacristía. Mientras tanto, la iglesia se llena. Pronto huele mal en el templo. Huele a sudor, a suciedad, a enfermedad, a miseria. No obstante, el peor olor, el del pecado, no mancha la atmósfera de la iglesia en aquella mañana de final del verano. Ese olor está fuera, en las casas de piedra de Asís, y ni los más caros perfumes que usan sus distinguidos habitantes puede camuflarlo.

La misa empieza. No todos saben contestar. ¡Están tan poco habituados a ir al templo! Sin embargo, desde el Cielo, los ángeles sonríen. Y es que, allá arriba, tienen otra forma de juzgar las cosas.

Después, cuando todo termina, el cortejo de la hermana Clara abandona la hermosa catedral. En silencio, con humildad, descienden hacia el valle, hacia sus miserables casucas. Ya es pleno día. Las ventanas de Asís están abiertas para verles desfilar. Sorpresa e incluso irritación hay en las caras de los miembros de los dos bandos que luchan por el poder en la ciudad. Amor, paz y mucho dolor al pensar en el que ha muerto, es lo que se ve, en cambio, en los que han estado rezando por él en la iglesia.

Clara y sus hermanas, mientras tanto, se han quedado en oración dentro del templo. Hasta que don Guido se acerca a ellas. Nadie, ni el obispo ni las religiosas, está para discursos. Las palabras no salen. Solo los gestos. Clara se levanta al darse cuenta de que el prelado, despojado ya de las vestiduras sacras con que ha celebrado la Santa Misa, acude hacia ella. Quiere arrodillarse ante él para darle las gracias por su valor, por su amor hacia el pobre difunto. Pero lo mismo pretende el obispo. Y así, en el centro de la iglesia, bajo el crucero, como si ocuparan el lugar del corazón que representó en su día el ausente, ambos se arrodillan, uno ante el otro, se abrazan y lloran. Luego, la hermana Clara, la gentil y valiente discípula predilecta del mejor de los maestros, se levanta en silencio, mientras que Su Excelencia hace lo propio ayudado por sus criados, que están atónitos ante el gesto llevado a cabo por su anciano señor. El obispo regresa a la sacristía. Las monjas salen a la calle y vuelven a San Damián. El silencio es su lenguaje, el único posible cuando el corazón no encuentra palabras con que expresar su amargura.

## TRES HOMBRES BUENOS

Mientras todo esto sucede, ¿qué ha sido del cadáver de Francisco y de los queridos compañeros que estaban a su lado en el momento de la tragedia?

León, Maseo y Rufino, los tres leales amigos que habían acudido al Alverna para estar al lado de su fundador en los momentos más difíciles de su existencia, fueron los primeros en recibir el golpe. León, que no se separaba de él nunca y que, si lo hubieran dejado, hasta habría dormido en la misma habitación que su maestro para velar sus inquietos sueños, fue quien le descubrió muerto. Colgaba patéticamente, como un muñeco de trapo, de la viga central del techo. Se había ahorcado de la manera más simple, pues hasta para eso había sido un hombre sencillo. Con su mismo cordón, que si no se rompió fue debido a lo exiguo de su peso, hizo un lazo que pasó alrededor de su cuello. Luego, subido en el único taburete que había en su pobre habitación, pasó la cuerda por la viga, dio un golpe con el pie a la silla y quedó colgando en el aire, sin tocar los pies con el suelo a causa de su baja estatura. No debió hacer mucho ruido, porque León, que dormía en una cabaña vecina, no se enteró de nada y eso que tenía un sueño ligero y que a veces se despertaba cuando lo oía gemir y gritar por las noches, en esos sueños malditos que cada vez le acometían con más frecuencia.

León se había quedado de piedra al entrar en la pequeña casita y encontrar a su maestro ahorcado. Cayó de rodillas y se puso a llorar. Tardó unos minutos en reaccionar, en dar un aullido de dolor, en salir corriendo en busca de Maseo, que no estaba lejos. Este no se podía creer lo que le decía su hermano de comunidad, pero no tardó en comprobarlo por sí mismo. Entre los dos le bajaron e intentaron reanimar aquel cuerpo sin vida, que tenía el cuello roto y la cara desfigurada, con una mueca de tristeza espantosa y con aquel color morado que la hacía más repugnante todavía. Le colocaron en el jergón de paja que servía de lecho y, de rodillas ambos a su lado, solo sabían besar sus frías manos y acariciar, con una ternura mayor que la de cualquier madre hacia su recién nacido, aquel rostro destrozado por la muerte. Sus sollozos y lamentos pronto atrajeron a los demás. El primero fue Rufino, el primo de Clara. Luego llegó Anselmo de Arezzo, que ejercía de «guardián», nombre con el que se conoce entre los Hermanos Menores a los superiores de los conventos. Aunque era un hombre de fray Elías, puesto allí para controlar de cerca de Francisco y a sus más leales amigos, para llevar cuenta de las idas y venidas de los frailes que acudían a verle y pedirle consejo, no pudo menos que impresionarse y también él cayó de rodillas al ver el cadáver de su, con todo, admirado maestro.

León, con aquella sencillez que tenía y que le hacía incapaz de concebir incluso el concepto de la mentira, contó todo con detalle. Anselmo, como superior, estableció las primeras provisiones. Otro de los religiosos que moraban en las chozas del Alverna fue enviado al castillo del conde Orlando a buscar a alguien que pudiera acudir a embalsamar el cadáver. Todos comprendieron que era una medida necesaria, pues no se atrevían a obrar por cuenta propia en lo concerniente al entierro y los funerales. Había que avisar al general de la Orden y quizá también al Papa y a algunos obispos amigos. Si la muerte hubiera tenido lugar de otra manera, quizá se podía haber llevado a cabo un entierro normal; en aquellas circunstancias, convenía prepararlo todo para poder tener algo de tiempo disponible. Anselmo decidió también que nadie debería salir del entorno de las cabañas y capillas que servían de convento y prohibió que, hasta nueva orden, se celebrasen misas por el difunto. Después, antes incluso de que llegase el embalsamador, marchó hacia Asís para dar cuenta de todo a Elías de Cortona.

Allí quedó un puñado de hombres destrozados, velando no solo un cadáver sino también los restos rotos de lo que fue un sueño, un ideal, una utopía: vivir según el Santo Evangelio y en la más estricta pobreza. Pero pronto comprendieron que convenía hacer algo.

Aunque su dolor era muchísimo más grande que el de Anselmo, la decisión con que había actuado este les sacudió del sopor en que la muerte de su padre espiritual les había sumergido. Mientras el embalsamador, que había acudido pronto, actuaba, Maseo, el más enérgico de los tres, fue el primero en plantear la cuestión. Sacó a León y Rufino de la ermita donde habían decidido colocar el cadáver y en la que estaban trabajando el perito y dos mujeres que le ayudaban. Con la excusa de que era mejor no ver lo que iban a hacerle al padre común, se introdujo con ellos en el bosque.

—¿Qué tenemos que hacer? —dijo a sus amigos—. Nuestro maestro ha muerto. Es cierto que se ha quitado la vida él mismo, pero nosotros sabemos bien hasta qué punto se le había inducido a ello. Durante meses, desde que ese fray Elías fue nombrado guardián general de la Orden, ha estado soportando lo peor que puede sufrir un padre: ver cómo, día a día, matan a su hijo, le desfiguran, le cambian el alma y le vuelven contra quien le hizo y le trajo al mundo. No, Francisco no se ha suicidado. Ha sido asesinado por esos canallas que antes que romper su cuello con la soga habían roto su alma en mil fragmentos. Y nosotros no podemos quedarnos aquí, impasibles, llorando como mujerucas ante estos pobres despojos de lo que un día fue el santo más grande de que ha gozado la Iglesia. Algo tenemos que hacer. Se lo debemos a él, se lo debemos a Clara y se lo debemos a aquellos hermanos nuestros que ahora, sin el pastor que les proteja, van a ser acosados y perseguidos por Elías y sus secuaces como si fueran herejes o asesinos.

Ante esta clara invitación a la acción, León y Rufino adoptan posturas diferentes. El primero en hablar es León, el más próximo, fiel y querido hijo del pobre Francisco.

—Perdóname, Maseo. Sé que tienes razón, pero yo no puedo hacer nada. Ya no vivo, comprendes, ya no vivo. Si nuestro padre ha estado los tres últimos años metido en un profundo pozo y yo he estado en el borde del mismo intentando sacarle, ahora, hundido él, yo mismo noto que me precipito hasta el fondo. Perdóname, pero es que ya no me importa ni la Orden, ni la Iglesia, ni la misma salvación de mi alma. Él era mi vida, mi luz, mi cielo. En él veía yo a Cristo y por él amaba yo a esta Iglesia que él me enseñó a amar, a estos pobres a los que él me enseñó a servir. ¿Qué era yo antes de que él me recogiera de entre las escorias de la vida? El hijo de un artesano de Spoleto, un juerguista mujeriego, borracho incipiente, tozudo como una mula y de carácter más bien violento. Él, que me llamó León al conocerme, me ha transformado en un manso cordero. Yo ya no valgo para luchar, ni siquiera para pelear por su obra. Quise a Dios porque él me pidió que le quisiera y mi único sueño era estar, como el apóstol Juan con Jesucristo, sirviendo a mi maestro y descansando mi cabeza en su hombro. Esto no significa que vaya a abandonar la Orden, o que deje de lado mi consagración al Señor. Por encima de mi amor a Francisco, Cristo estuvo siempre en el primer lugar en mi vida, como no podía ser de otra manera viviendo al lado de un santo como era él. Pero, de verdad Maseo, yo no estoy para lucha alguna. Id vosotros a donde tengáis que ir. Avisad a los demás hermanos, a sor Clara, al Papa, a quien creáis conveniente. Pero dejadme a mí aquí, junto a su cadáver, que lo único que siento en este momento es no ser sacerdote. Si lo fuera, me pasaría las horas celebrando Misa tras Misa por este hombre que ha muerto porque, como le ocurrió a Cristo, el mundo era demasiado pequeño y miserable para que él pudiera vivir dentro mucho tiempo.

—¿Y tú qué dices, Rufino? Tú eres primo de sor Clara y tienes, como ella, un linaje noble. A ti te harán caso si hablas de lo que ha ocurrido. ¿Quieres tú también quedarte aquí, velando los restos rotos de lo que pudo haber sido una causa noble, o estás decidido a acompañarme para salvar lo más posible de la quema?

—Maseo, amaba a Francisco como León y como tú. Y lo mismo que vosotros quería a esta Orden. Pero ni tengo las ganas de luchar que tú tienes ni tampoco creo que todos debamos quedarnos aquí, llorando y rezando. Así que, a pesar de que me siento tremendamente desorientado y que lo único que me apetece es perderme en el bosque y estar solo intentando poner en orden mi propio caos interior, estoy dispuesto a acompañarte a donde quieras. Pero, te lo advierto, no estoy dispuesto a hacer nada que Francisco reprobara. Si le seguí no fue, como en el caso de León, porque me subyugase solo su persona, sino porque creí en lo que él creía. Y ahora, muerto él, sigo pensando que los ideales que nos movieron son todavía válidos. Vamos a luchar si quieres, pero con las armas con que luchó Francisco y no con las de sus enemigos. Que si algo hemos aprendido de Cristo y de él es que el fin no justifica los medios, por muy grande y noble que sea ese fin y por muchas excusas que podamos encontrar para taparnos la nariz mientras utilizamos esos medios. De hecho, si Francisco está ahora ahí abajo, en la capilla, roto y casi solo, a punto de ser arrojado a un vertedero y sin poder ni siquiera ser enterrado en tierra sagrada, es porque ha sido una víctima de todos aquellos que consideraron que para salvar determinados ideales se podía recurrir a cualquier cosa. No caigamos nosotros en la misma trampa, te lo pido y te lo advierto.

—Gracias, Rufino, por tus palabras. Tienes razón. Vamos juntos, a luchar por Cristo, por la Iglesia y por la Orden. Y ayúdame a hacerlo como lo haría Francisco y no como mi genio y mi deseo de venganza me dictan en este momento.

Los tres amigos, que se habían introducido en el bosque para tener esta conversación a solas, regresaron a la ermita en la que se guardaba el cadáver del fundador de la Orden. El embalsamador había llevado a cabo su tarea y recogía ya sus utensilios. Las dos mujeres colocaban flores en unos sencillos jarros de barro y barrían los restos que quedaban por el suelo después del trabajo del perito. Cuando León, Rufino y Maseo entraron en la pequeña iglesia, casi todo estaba hecho. Francisco yacía sobre unas tablas, vestido con su hábito raído, con las manos sobre el pecho, abrazando un crucifijo de madera. Dos velas gruesas ardían a un lado y otro de su cabeza. A los pies las mujeres habían puesto las flores. La cara estaba sensiblemente menos morada que horas antes y había recobrado, milagrosamente, la sensación de placidez, de dulzura casi, que era el principal atractivo de aquel hombre que, a pesar de ser pequeño y no bien parecido, subyugaba a todos los que lo conocían.

León fue el primero en quedar atrapado por la nueva visión de su amigo muerto. Él, que no había podido superar el golpe de descubrirlo colgando de la viga del techo, con el cuello partido y el rostro completamente desfigurado, se encontraba otra vez con la imagen habitual de aquel al que tanto había querido y al que no había podido salvar de la desesperación. No necesitó más. Se arrodilló a un lado del cadáver, se recogió sobre sí mismo hasta quedar hecho casi un ovillo, y dejó que las lágrimas surgiesen de sus ojos lo mismo que las Avemarías de sus labios. Lloraba y rezaba, peleaba con esas dos armas contra su propio dolor y contra las fuerzas del Infierno que reclamaban para sí el alma del difunto.

Maseo y Rufino se arrodillaron también y rezaron junto a Francisco un largo rato. Al cabo, los dos se alzaron. Era ya avanzada la tarde. No habían probado bocado en todo el día, pero no se habían percatado de ello, tanto por el dolor como por la costumbre que tenían de pasar días y aun semanas en duros ayunos y penitencias.

—Tenemos que partir hacia Roma —le dijo Maseo a Rufino—. La primera batalla hay que darla junto al Papa —añadió.

—Pero, ¿y mi prima, sor Clara? ¿No habrá que ponerla sobre aviso? ¿Qué será capaz de tramar contra ella fray Elías? —contestó Rufino.

—Fray Rufino —respondió Maseo—, creo que conozco a tu prima mejor que tú. Sor Clara es la más fuerte, inteligente y valiente de todos los hijos de Francisco. Si fray Elías intenta algo contra ella, sabrá defenderse sola, estoy seguro. Además, tiene cerca al obispo Guido, que es un viejo león y al que fray Elías no podrá engatusar fácilmente. No, no te preocupes por sor Clara ni por sus hijas. Ella no hará como León, que está roto y es incapaz de mover ni un solo dedo para defender la memoria de nuestro padre. Sufre como él, es decir más incluso que nosotros, pero el dolor no le impedirá actuar ni hacer aquello que deba hacer para defender el honor de Francisco y el futuro de su obra.

—Creo que tienes razón, Maseo. Vamos a Roma. Allí será donde necesitemos toda la fuerza de Dios para conseguir que se nos escuche y se nos crea. Vámonos antes de que lleguen los emisarios de Elías. Si salimos enseguida, quizá logremos adelantarnos a pesar de que ellos usaran medios más veloces que los nuestros.

—¿No crees, Rufino, que deberíamos utilizar también nosotros caballos para llegar antes a la corte del Papa? Recuerda que el que da primero da dos veces y quizá sea decisivo hacer oír nuestra versión antes que Elías consiga que escuchen la suya.

—Acuérdate de lo que te dije antes. Nada de utilizar medios que no estén a la altura de nuestros fines. Si empezamos por eso, terminaremos por echar mano de los sobornos para comprar el favor de tal o cual cardenal, o por pedirles a los nobles que nos son propicios que seduzcan o incluso amenacen a quienes se nos enfrentan. O creemos en Dios, en su fuerza, en su gracia, o no creemos. Y si queremos ir a Roma es para jugar la partida de la bondad, de la pobreza, no para entrar en otro juego que no es el nuestro y en el que siempre actuaremos como aprendices. Es en medio de los lobos donde nos interesa, más que en ningún otro sitio, ser corderos. Solo así Dios se apiadará de nuestra debilidad y hará, con su fuerza milagrosa, lo que nosotros no podríamos hacer con nuestra elocuencia o nuestras artimañas. Y si eso no ocurriera así, si Dios quiere nuestro fracaso como ha permitido la muerte de Francisco, que sea Él mismo quien nos dé fuerza para aceptar su voluntad. Es eso lo que busco al ir a Roma, Maseo, hacer la voluntad de Dios y no otra cosa.

La conversación concluye. Los dos religiosos se separan un momento para recoger lo imprescindible para el viaje. Luego se dirigen de nuevo a la capilla donde yace el cadáver embalsamado de Francisco. Pero ya no pueden entrar. La gente del pueblo ha acudido en masa. El silencio de la tarde solo está roto por los sollozos y las oraciones musitadas en voz baja por los campesinos. Ellos, lo mismo que los pobres de Asís, no saben de prohibiciones eclesiales. Saben, en cambio, de sufrimientos y de gratitudes. Tienen memoria para recordar el mucho bien que Francisco les hizo, incluso los milagros que llevó a cabo en los alrededores y de los que algunos de ellos se beneficiaron. Por supuesto que están enterados de que se ha suicidado, pero le dan a eso casi la misma importancia que a la noticia de que ha muerto aplastado por un carro o golpeado por la coz de una mula. Para ellos Francisco es lo que siempre fue, uno de ellos, uno que sabía de sufrimientos. Esa comunión con él es la que les ha hecho acudir en bloque. No falta ninguno. Incluso los que estaban en los campos han dejado todo para subir a la montaña y rezar por su amigo muerto. Pero, mayor milagro todavía, con ellos se encuentra el viejo cura de la aldea. Sin que nadie tuviera que decirle nada, sin que hiciera falta que ninguno de sus feligreses le suplicara, se ha revestido con las humildes vestimentas litúrgicas que guardaban los hermanos en la pequeña sacristía de la ermita y está ya oficiando la Santa Misa ante el cadáver. En voz baja, claro. En parte porque la gente no sabe contestar los latines que el cura emplea y en parte por respeto hacia el que está allí, muerto. Pero su voz no es tan queda como para que los que llenan la pequeña iglesia y rodean el cadáver no adviertan que ha mencionado, nítida y claramente, el nombre de Francisco en varias ocasiones. ¡Ah, estos curas de pueblo! ¡Tan lejos de las ambiciones y las carreras, tan lejos de la elocuencia y la brillantez! ¡Pero tan cerca de Dios y de los hijos que el Señor les ha confiado!

Claro que de todo esto no se percatan los dos religiosos que parten hacia el valle para defender la memoria y la obra del maestro muerto. Lamentan no poder darle un último beso al amigo y un abrazo a fray León, pero se alegran de ver que la gente sencilla, los pobres a los que Francisco tanto amó, han dictado ya su sentencia y han ratificado con su presencia y sus oraciones el veredicto de santidad de que gozó en vida.

Confortados parten hacia el Sur, hacia Roma. Allí los espera Dios y también el enemigo. El trigo y la cizaña crecen juntos en la casa terrena del Altísimo y a veces no se sabe bien dónde está uno y dónde la otra. Pero ellos no confían en sus fuerzas, ni en su sabiduría, y por eso van, mientras empieza a caer la noche, como niños que se saben protegidos por las manos de su padre.

## EN EL LABERINTO DE LETRÁN

Palacios de Letrán, donde reside el Sumo Pontífice de la Cristiandad, que en ese momento es Honorio III. Un laberinto de intereses diversos, de burocracia, de poder y ambiciones. Pero también de santidad, de fe intensa, de entrega generosa a la causa de Cristo. Hombres santos conviven con pecadores. O mejor, hombres menos pecadores están, codo con codo, con otros que lo son más. Y no siempre son los más buenos los que más bien hacen a la Iglesia, pues no siempre tienen sabiduría para discernir qué corresponde hacer en cada momento presente.

El papa Honorio es un hombre bueno. Cencio Savelli era su nombre cuando fue elegido por los cardenales tan solo dos días después de la muerte de su predecesor, el gran Inocencio III. Era el administrador de los bienes de la Iglesia y se había especializado en estudiar los derechos de la Santa Sede sobre amplios territorios de la península italiana. Ambas cosas habían influido poderosamente en su elección, así como su carácter afable. La situación de la Iglesia en 1216, a la muerte de Inocencio III, no era fácil. El enfrentamiento con el emperador Otón de Braunschweig había sido perjudicial para ambas instituciones y aunque en el presente la relación con el emperador Federico II era aparentemente cordial, varios problemas de fondo contribuían a envenenar el ambiente.

Esos problemas con el Imperio eran esencialmente dos. Por un lado, el deseo de Federico —en la misma línea que su predecesor en el trono imperial— de unir el Reino de Sicilia con el Imperio, lo cual dejaba a los Estados Pontificios entre dos fuegos y les hacía casi imposible su supervivencia. Pero, además, Federico se había comprometido ante el papa Inocencio a convocar y dirigir una cruzada para la liberación de los Santos Lugares, cruzada que había sido decretada por el Concilio de Letrán clausurado pocos años antes, en 1215; sin embargo, el emperador retrasaba una y otra vez el proyecto, pues a su política expansiva lo que menos le interesaba era marcharse lejos y gastar fuerza y dinero en rescatar Jerusalén de las manos de los infieles, ya que a lo que él aspiraba era a hacerse con el control de toda Italia.

Honorio llevaba ya, en el momento de producirse el suicidio de Francisco, ocho años de Papa. Quería a los franciscanos lo mismo que a los dominicos y a las otras Órdenes religiosas que estaban apareciendo en la Iglesia y que contribuían no solo a su renovación espiritual, sino a darle al Papado mayor fuerza. En efecto, los nuevos movimientos religiosos, por su presencia internacional, se comportaban como si fueran una copia de la misma Iglesia. Su superior mayor solía estar en Roma, junto al Papa. Sus miembros, fueran de donde fueran, eran distribuidos por todo el mundo sin limitaciones de provincias, comarcas o naciones. Las exenciones del poder de los obispos de que habían sido dotados para facilitar su apostolado, les obligaba a depender exclusivamente del Sumo Pontífice, por lo cual se habían convertido, de hecho y de derecho, en el clero del Papa. Para ellos el obispo diocesano era, cómo no, importante, pero quien de verdad representaba algo en su propia estructura jerárquica era el superior de la Orden y el Vicario de Cristo. De este modo, como un regalo providente del Cielo, a la par que el sucesor de Pedro se enfrentaba al emperador, a los reyes y a no pocos obispos que dependían de ellos, se multiplicaban las vocaciones de sacerdotes, religiosos y religiosas. Estos, incluso en las naciones del Imperio lo mismo que en Francia, España, Portugal o Inglaterra, se sentían extraordinariamente unidos al Sumo Pontífice. El Papa contaba así con una quinta columna introducida en el corazón de territorios con frecuencia hostiles. Una quinta columna, la de los frailes y monjas, que era por lo general muy popular, pues tenía la virtud de conectar con la parte más sencilla de la población, a la cual, además de estimularla a amar al Señor la educaba en el amor al Vicario de Cristo por encima de cualquier otra fidelidad, incluido el juramento feudal al señor local.

Esto lo había intuido, con su sagacidad extraordinaria, el gran Inocencio III. Por eso, entre otras cosas, había aprobado a dominicos y franciscanos. Honorio III también era consciente de la gran importancia política y religiosa que representaban los nuevos movimientos, cuyos miembros se habían convertido en los más fieles defensores de las prerrogativas y derechos papales. Sin embargo, Honorio no tenía el genio de su antecesor. Existían demasiados problemas encima de su mesa de trabajo, especialmente la tensión con el emperador y el avance de las herejías, como para que él tuviera ganas de entrometerse en cualquier otro asunto.

Este era el ánimo del Sumo Pontífice aquella mañana de mediados de agosto cuando uno de sus secretarios le anunció que un religioso de la Orden de los Hermanos Menores quería verle. Venía de parte del superior general y había hecho saber que el asunto era urgente y gravísimo. Ninguno de los consejeros que rodeaban al Papa tenía idea de qué podía reclamar tanta urgencia. Como en aquel momento no se encontraba en Roma el mejor amigo de Francisco y de su Orden, el cardenal Hugolino, todos aconsejaron al Papa que recibiera lo antes posible al religioso. La audiencia se fijó para el día siguiente, pues no era propio de la dignidad del Santo Padre recibir inmediatamente a quien se lo pedía; ya era signo de extraordinaria condescendencia e interés que la demora fuese solo de un día. Mientras, el Papa ordenó a su secretario personal que le elaborase un informe urgente acerca de la situación de la Orden, a fin de recabar la mayor información posible y no verse atrapado en ningún tipo de trampa que comprometiese su autoridad y su prestigio.

No le fue difícil al hombre de confianza de Honorio, Sinisbaldo Fieschi, redactar el informe. Era cosa sabida que la Orden de los Hermanos Menores atravesaba un momento harto difícil. El crecimiento de la misma había sido tan arrollador que había resultado imposible efectuar una selección del personal seria y concienzuda. Después de la aprobación de la Orden por el papa Inocencio, Francisco había ganado rápidamente las simpatías de la mayor parte de la Curia lateranense, que veían en la joven Orden y en la mejor organizada de los Hermanos Predicadores fundados por el español Domingo de Guzmán, uno de los mejores instrumentos de la política papal. Sin embargo, el afecto que se sentía hacia Francisco no impedía, ni siquiera a sus más encendidos defensores, reconocer que era un organizador mediocre; sencillamente, Francisco valía para lo que valía y no se podía esperar de él que sirviera para todo. Por eso desde Roma se le exhortó a que buscara un sucesor, a que delegara el poder de superior general de la Orden en alguien más eficaz, mientras que él podía dedicarse a lo que de verdad le gustaba: la oración retirada en las hermosas montañas, la predicación itinerante por las aldeas, la dirección espiritual de la Orden.

Francisco había obedecido encantado. En 1220, cuatro años antes, había encontrado en uno de los primeros compañeros el hombre ideal. Se trataba del hermano Pietro Cattani. Fiel al fundador, muy unido a él, intentó poner orden en una familia que se extendía imparable por toda Europa y a la que acudían cada día cientos de jóvenes para consagrarse al Señor dentro de sus filas. Pero Cattani murió pronto. Apenas diez meses estuvo en el cargo, de modo que al año siguiente el problema volvía a estar encima de la mesa del Papa.

Este ni tenía tiempo ni ganas de inmiscuirse en los asuntos de los Hermanos Menores. Los quería, apreciaba a su fundador, necesitaba de su ayuda para la evangelización —los primeros mártires de Marruecos habían sido asesinados en 1220—, por lo cual deseaba que en la Orden las cosas funcionasen a la perfección, sin luchas internas que dificultasen su marcha triunfal. Por eso, el papa Honorio volvió a recomendar a Francisco que buscase un nuevo superior general en el que había de delegar el gobierno de su joven familia. En el capítulo de las Esteras, llamado así porque bajo lonas y telas de saco se reunieron los frailes procedentes de todo el mundo, se habían congregado diez mil religiosos, cifra de por sí significativa, habida cuenta de que los Hermanos Menores no tenían más de 12 años de existencia. En ese capítulo, en el que participó como invitado especial Domingo de Guzmán, que por cierto murió poco después, se ensayó por primera vez un tipo de elección democrática. Aunque la decisión final fue tomada libremente por Francisco, no se puede negar que existieron presiones para que el elegido fuera Elías de Cortona.

Desde muchos puntos de vista, la elección no podía haber sido más acertada. Elías era como el reverso de Francisco en lo concerniente a organización. Era «también» un hombre de Dios. Es decir, era primero un hombre práctico, un hombre de gobierno, y luego un hombre de Dios. Pero en aquel momento había muchos así, especialmente en la Curia. ¿Cómo, si no, iba a ser posible gobernar una Iglesia extendida por tantas naciones y que tenía que enfrentarse con el Islam tanto como con la ambición de los príncipes cristianos? Al frente de la Iglesia se necesitaban hombres santos, pero, sobre todo, lo que se requería era la presencia de hombres de gobierno, hombres decididos y que no se arredraran ante la publicación de una bula que excomulgaba a un emperador o ante la leva de soldados para armar

un poderoso ejército. En una época y en una Iglesia en la que las guerras se hacían en nombre de Dios, con un personaje como fray Elías
era más fácil entenderse que con un místico genial como Francisco.

Sinisbaldo Fieschi sabía todo esto. No podía ser de otro modo,
pues ejercía de ojos y oídos del Papa. Sabía también que durante el
primer año de gobierno de Elías todo había ido aparentemente bien
entre él y Francisco, pero que al año siguiente, 1223, se había producido un hecho muy desagradable. Como desde Roma se instara
a la joven Orden a presentar una Regla definitiva para ser aprobada
por la Iglesia con todos los honores, Francisco había elaborado un
texto que no había resultado del agrado del superior general. Elías,
resuelto y afianzado ya en el control de la Orden, no había dudado
en quemar la Regla, lo cual era no solo una ofensa a Francisco, sino
una usurpación evidente de atribuciones. El disgusto para Francisco fue enorme. Si durante los meses precedentes le habían estado
llegando continuamente quejas de muchos hermanos que lamenta-
ban la orientación que se estaba dando a la familia religiosa a la que
pertenecían, aquello era una sublevación intolerable. Pero en aquella
ocasión, y el secretario del Papa lo sabía, fray Elías había obrado con
precipitación. Creyó controlar todos los resortes del poder, incluido
el ánimo del buen y dócil Francisco y, sin embargo, se equivocó. En
contra de lo previsto y a pesar de su pésima salud y de los fuertes
síntomas de abatimiento que mostraba, el fundador de los Hermanos Menores reaccionó como una madre moribunda a la que quieren
arrebatar los hijos. Sacando fuerzas de flaqueza, estando en una de
sus ermitas favoritas, Fonte Colombo, volvió a redactar en un tiempo
récord la misma Regla y se la remitió a Elías desafiándole a «perderla» de nuevo. Esta vez Elías se doblegó y la Regla fue presentada al
Papa y aprobada por este.

Pero de entonces acá, en los últimos meses por tanto, nada nuevo había llegado a los oídos del secretario papal. Nada que no fueran las rencillas y luchas internas que se multiplicaban de día en día. Elías, en el legítimo uso de sus atribuciones como superior general, iba poco a poco modificando la fisonomía de la joven Orden. Aunque solo hacía dos años que la gobernaba, había cambiado la mayor parte de los superiores de la misma, así como a los responsables de la etapa de prueba —el noviciado— que según los deseos de la Iglesia se había instituido, pues hasta el momento bastaba para hacerse fraile con irse a vivir a una comunidad y hacer los votos después de pasar un tiempo con los hermanos. Elías había organizado también la gran misión de Alemania, todo un éxito para las almas tanto como para el poder del Papa en pleno corazón del Imperio. Por si fuera poco, ahora estaba en marcha la misión de Inglaterra, de no menor trascendencia. Por tanto, Elías había dado muestras, a los ojos de Roma, de ser el hombre adecuado para meter en cintura aquel gigantesco conglomerado en que se habían convertido los Hermanos Menores. Hacía falta alguien con cabeza, con temperamento, con voluntad de mandar y capacidad para ello. Y ese hombre era Elías. Aunque las simpatías hacia Francisco no habían disminuido, eran amplia mayoría en la Curia los que consideraban que el religioso de Cortona era el hombre adecuado para regir los destinos de la Orden.

Todo esto fue lo que, por escrito y de forma resumida, Sinisbaldo Fieschi puso en la mesa del Santo Padre. Por tanto, en caso de un nuevo conflicto entre el fundador y el superior general, como el que había tenido lugar cuando Elías quemó la Regla, el secretario aconsejaba al Pontífice que apoyara decididamente al superior general, aunque salvando las apariencias en lo concerniente a Francisco, pues todos sabían que sin su figura atractiva y carismática, no acudirían tantos jóvenes a ingresar en la institución. Francisco debía ser mantenido como una especie de gusanillo que hace atractivo el anzuelo ante los incautos peces que se lo tragan, para luego dejar a otro, menos espiritual que él pero más práctico, que organizara a aquellos religiosos y les hiciera eficaces para los planes, santos por supuesto, de la Iglesia.

Ninguno se esperaba, sin embargo, la noticia que el enviado especial de fray Elías puso, como si de un puñetazo se tratara, ante el rostro mismo del Vicario de Cristo en la tierra.

—Hablad, hermano Luca de Génova —dijo el papa Honorio al religioso franciscano que había sido introducido por el secretario privado al despacho del Pontífice y que aguardaba de rodillas a recibir el permiso.

—Santo Padre —empezó diciendo el religioso tras levantarse y permanecer de pie a una cortés distancia del Pontífice—, gracias por haberme recibido tan pronto. Enseguida comprenderéis que la causa justificaba la premura. Lo que tengo que decir se resume en pocas palabras, dichas las cuales me someto a vuestra voluntad para que me preguntéis lo que deseéis saber. (Fray Luca, a pesar de su propósito de abreviar, no conseguía pronunciar las palabras decisivas, así que tragó saliva y se lanzó en picado porque no quería correr el riesgo de incomodar al Papa). Santidad, fray Francisco, el fundador de nuestra querida Orden, se ha suicidado.

Si al Papa le hubieran anunciado en aquel momento que la basílica de San Pedro en el Vaticano o que la misma iglesia de San Juan de Letrán se habían venido abajo, no hubiera sufrido igual conmoción. Fray Luca, atrapado él mismo por la emoción y la sorpresa que percibió en torno, había vuelto a caer de rodillas. Sinisbaldo, el secretario, desbordado también él por la magnitud del acontecimiento, se mantenía en pie y en silencio al fondo de la sala. Honorio había metido la cabeza entre los brazos y dejaba que el tiempo pasara, en un silencio completo que nadie, ni del cielo ni de la tierra, se atrevía a romper.

Así, hasta que, de repente, el Papa se irguió de un salto a pesar de su edad y lanzó, con un grito, la acusación al religioso que permanecía arrodillado ante él mirando al suelo.

—Vosotros le habéis matado —dijo—. Vosotros sois los responsables —añadió, mientras daba la vuelta alrededor de la mesa y se dirigía a fray Luca que, temeroso, reptaba por el suelo para huir del ciclón que se le venía encima. Vano intento. El Papa, profundamente irritado, se había echado sobre él y la hubiera emprendido a golpes y a patadas si el solícito secretario no se hubiese precipitado a impedirlo. Sinisbaldo le hizo un gesto al religioso para que se marchase cuanto antes del despacho, mientras él agarraba fuertemente al Pontífice, que gritaba, dirigiéndose al enviado de fray Elías: «Asesinos, asesinos».

Después se desmoronó en uno de los grandes sillones esparcidos por la estancia y se puso a llorar.

El secretario, que había acudido a cerrar la puerta y había vuelto rápidamente a su lado, aguardó largo rato en silencio, meditando el consejo que debía dar al Papa cuando este, repuesto, se dispusiese a tomar alguna decisión. A juzgar por lo que acababa de ver, la suerte de fray Elías estaba echada. Si el Papa no cambiaba de opinión, este sería depuesto y el cargo de superior general sería entregado a otro religioso, quizá a alguno de los compañeros con los que el difunto se sentía más identificado y que eran, como él, enormemente buenos pero también ingenuos y poco prácticos. En ese caso volvería de nuevo la etapa del caos, de la ineficacia y, quién sabe, quizá hasta de la herejía.

Claro que también cabía la posibilidad de que la Orden fuese disuelta, o que se les forzase a unirse a los Hermanos Predicadores de Domingo de Guzmán. Esta no era una mala solución, pero tampoco era la ideal. De sobra sabía Sinisbaldo que entre ambas familias religiosas, a pesar de los estrechos lazos de amistad que ligaban a sus fundadores, había notables diferencias. Introducir a miles de seguidores de Francisco en el seno de los frailes de Domingo, podía ser perjudicial para la nueva institución resultante.

El secretario meditaba en todo esto cuando el papa Honorio empezó a dar muestras de salir de su abatimiento. Sinisbaldo se apresuró entonces a alargarle un fino pañuelo tejido en Holanda con el que el Pontífice alivió su congestión tras el llanto.

—¡Qué tremendo desastre! —empezó diciendo el Pontífice—. Te aseguro, Sinisbaldo, que era lo último que me podía esperar. Siempre he considerado que Francisco era un auténtico santo e incluso me sentía afortunado por gobernar la Iglesia en una época en la que estaba en ella, vivo, un hombre de su categoría. Y ahora, este absurdo suicidio es como si se rompiera una ilusión y quedara al descubierto la cruda realidad. Pero, ¿tú sabías algo? En el informe que me has pasado no constaba que Francisco estuviera tan abatido como para llegar al punto de quitarse la vida. ¡Cuánto ha debido sufrir esta pobre criatura! ¡Y qué responsabilidad la nuestra, que hemos estado cerca de él sin percibir nada, sin darnos cuenta de lo mucho que nos necesitaba! Acudíamos a él, también yo como los demás, siempre a pedir, a pedir. Y él daba y daba, agotándose, enfermando, apagándose como una vela que consume la cera que la alimenta. Lo veíamos, ciertamente, enfermo y decaído. Sabíamos que la Orden era causa para él de enormes sufrimientos, pero siempre consideré que se trataba de una purificación necesaria y que él, con su gigantesca carga de espiritualidad, tenía recursos sobrados como para enfrentarse a ese problema y superarlo.

Sinisbaldo aprovecha un momento de pausa en la larga perorata que suelta el anciano Papa e interviene para ir dejando caer poco a poco algunas ideas que le permitan conducir la decisión del Pontífice hacia donde él cree más conveniente.

—Santidad —dice el eficiente secretario—, tengo que pedir humildemente disculpas porque he fracasado en mi misión de tener a Vuestra Excelencia convenientemente informado. Creo que, en alguna medida, soy yo el culpable de la desgracia. No estaba enterado de que Francisco se encontrase atravesando una crisis tan grave y, como Vuestra Excelencia ha indicado, siempre pensé que su calidad espiritual le ayudaría a superar las dificultades propias del encauzamiento de la Orden hacia posturas más equilibradas y más eficaces. De acuerdo con Su Santidad, como sin duda recordará, animamos hace unos años a algunos de los hermanos menores a hacer campaña a favor de fray Elías de Cortona. Él era nuestro hombre y creo que lo estaba haciendo bastante bien. Quizá cometió alguna imprudencia, como lo de quemar la Regla escrita por Francisco, pero no estoy seguro de que el suicidio de este se le pueda achacar al actual general. Es posible, Santidad, que todo haya sido obra del demonio y hasta cabe la posibilidad de que Francisco no fuera tan santo como podíamos suponer y que, al cabo, este acto nos esté revelando una naturaleza pecadora que estaba oculta a nuestros ojos hasta ahora.

Sinisbaldo calla y espera la reacción del Pontífice. No quiere ir demasiado lejos en un primer momento por temor a comprometerse él mismo en exceso y verse arrastrado por la caída de fray Elías si es que esta se produce. El papa Honorio guarda silencio durante un largo rato. Ya no llora. El pañuelo de fina holanda yace en el suelo, sucio, a sus pies. Tiene la mirada fija en el fondo del despacho, donde un magnífico cuadro de la nueva escuela sienesa representa a la Virgen María dando el pecho al Niño Jesús.

—Creo, querido amigo —dice Honorio en un tono confidencial que pocas veces adoptaba con su secretario y que confirmaron a este que su primer golpe había dado en el blanco— que Francisco no era un pecador hipócrita. No. Se trataba, en efecto, de un auténtico santo. Quizá el mayor que ha existido en la Iglesia, aunque ahora ya no lo podremos considerar así. Tengo la impresión de que ha sido, simplemente, víctima de un sistema que necesita, para sobrevivir dentro de él, gente más fuerte y quizá menos buena. Siempre tuve la impresión, cuando lo veía y hablaba con él, de que era un hombre que miraba las cosas desde un ángulo completamente opuesto al mío. Yo, cuando contemplo la Iglesia, cuando lucho por ella y por sus derechos, es como si me comportara como el dueño de un gran bosque que ve solo el conjunto y al que no le importa sacrificar una parte del mismo para recaudar dinero vendiendo la madera o para salvar el resto de alguna plaga. Francisco, por el contrario, parecía no ver el bosque e incluso hacía esfuerzos para no verlo. Su mirada se detenía en cada árbol como si el conjunto le interesase mucho menos que el individuo. Para él, yo no era en primer lugar el Pontífice de la Iglesia, y fíjate que te digo esto subrayando el mucho amor que tenía a la figura del Vicario de Cristo. Yo notaba, cada vez que me miraba, que era la única persona que me quería por mí mismo. Su mirada era como la mirada de mi madre, que nunca me quiso por ser yo importante, sino porque yo era su hijo. Francisco tenía el don de amar así. Cada ser humano era un ser único para él, no era parte de una estructura, de un conjunto y mucho menos un ente abstracto sacrificable en aras de los intereses colectivos si llegaba el caso. Por eso, porque amaba con el amor de una madre, se hacía irresistible para todos los que le conocían, incluso para ti si no me equivoco. Y ahora ha muerto de esta manera tan terrible. ¿Será que es imposible amar como Cristo amó sin ser destruidos por un mundo que está cada vez más lejos del amor de Dios?

—Santidad —contesta Sinisbaldo—, vuestras reflexiones me edifican y agradezco enormemente la confianza que me brindáis al hacerme partícipe de ellas. Estoy completamente de acuerdo con Vuestra Excelencia. Así era Francisco y en esa capacidad suya de querer a cada uno y de no utilizar a nadie ni siquiera para obtener grandes beneficios apostólicos estaba su principal encanto. Pero, permitidme que os lo diga Santidad, el suicidio de este hombre demuestra que ese camino podía ser un camino, al menos en parte, equivocado. Vos, por ejemplo, no podéis obrar así, por mucho que os empeñéis en ello y por mucho que lo deseéis.

—¿Por qué, Sinisbaldo, yo no puedo aspirar a ser como Francisco? ¿Por qué tiene que ser incompatible el ejercicio de un cargo de responsabilidad en el gobierno de la Iglesia o en el gobierno de una nación con la santidad limpia y luminosa que él poseía?

—Excelencia, porque si lo intentarais no solo pereceríais como él, roto por dentro debido al choque de fuerzas contrapuestas, sino que además os sentiríais acusado por vuestra conciencia ya que los Estados de la Iglesia, sus bienes y hasta el dogma que debéis preservar serían destruidos. Señor, vos, igual que todos los grandes hombres de gobierno, no podéis tener amigos, no podéis encontrar otro hombre más que el de Cristo para reclinar la cabeza. Estáis obligado a tener en cuenta que los Estados, y la Iglesia lo es, no tiene amigos sino intereses. Vuestra obligación es servir a esos intereses, por encima incluso de la salvación de vuestra alma, recurriendo a lo que haga falta, fijaos bien en lo que os digo, a lo que haga falta, para defender lo que es de la Iglesia.

—Me hablas del hombro de Cristo para apoyarme, Sinisbaldo, pero allí encontró descanso Juan, su amigo y discípulo. ¿Crees que si yo secundo tus planes y reduzco toda mi moral individual a utilizar todo tipo de medios, lícitos o ilícitos, para conseguir mis fines, Cristo me dejará descansar sobre su pecho?

—Santidad, si queréis descansar, en Cristo o donde sea, no deberíais haber aceptado el Papado. Aquí no se está, como vos sabéis, para descansar sino para luchar. Y para luchar a veces contra los hijos de la propia Iglesia, incluidos los príncipes cristianos que amenazan vuestros legítimos intereses. Pero que no se turbe vuestra conciencia, cuando muráis los hombres os recordarán solo por los éxitos que hayáis tenido y estoy seguro de que Cristo de lo que os pedirá cuenta es de la protección que hayáis hecho de los derechos de la Iglesia, sin darle demasiada importancia a los medios empleados.

—¿Tú crees? Entonces, ¿por qué él no obró así? ¿Por qué nos aconsejó ser sencillos como palomas y mansos como corderos? —pregunta el Papa a su secretario.

—Señor, me permito recordaros que una de las herejías de que se valen los secuaces de Pedro Valdo para atraer a los incautos es la de invitar a los cristianos a ser como Cristo. Quieren, en el fondo, ser como Dios y esa fue la tentación de Satanás. Algo parecido, por cierto, le pasaba a Francisco, que siempre estaba a vueltas con eso de la imitación de los apóstoles, como si fuera posible vivir ahora, en pleno siglo XIII, como se vivía en la época de nuestro Señor. Cuando uno aspira a llegar demasiado alto, corre el riesgo de caerse de la escalera y romperse la crisma, como le ha pasado a él. Es mejor aspirar a menos y permanecer siempre con los pies en la tierra. La santidad hay que reservarla, como mucho, para esos que viven encerrados tras los muros de los monasterios, como por ejemplo los hijos de San Benito. Además, Santo Padre, Cristo no dijo solo que fuésemos mansos como corderos, sino que añadió que debíamos ser astutos como serpientes.

Y no le vendría mal a la Iglesia imitar un poco más a la serpiente y menos a las cándidas palomas.

—Sinisbaldo, me turban tus palabras y no estoy seguro de que no contengan algún grave error. Comprendo que tienes razón en algunas cosas concernientes a mi responsabilidad. Por eso precisamente te tengo a mi lado y confío tanto en tus consejos. Pero déjame ahora y vuelve esta tarde a verme. Decidiremos qué hacer con respecto a la Orden de los Hermanos Menores y también a la sepultura de Francisco.

Sinisbaldo se retira. Apenas cerrada la puerta del despacho llama a uno de sus ayudantes que estaba allí aguardando y le pide que busque inmediatamente al religioso que ha salido momentos antes de la audiencia con el Papa y que le lleve a sus aposentos, hacia los cuales él se dirige deprisa. No pasa mucho tiempo sin que fray Luca de Génova se haga presente, precedido por el lacayo. A solas y de pie los dos, el secretario papal se encara con el religioso. Le coge por la esclavina y atrae su cara a un palmo de la suya.

—¡Bestias, sois unos bestias! —le grita—. ¿No podíais esperar a que muriera de forma natural y le habéis agobiado hasta el punto de que ha tenido que quitarse la vida? ¿Para qué nos sirve ahora ese santo suicida? ¿Quién creéis que va a querer entrar en una Orden religiosa cuyo fundador arde en el Infierno? Si tanto os molestaba, hay medios más sutiles para acabar con alguien; incluso podíais haber implicado en ello a sus amigos, como si ellos fuesen los culpables de haberle matado al comprobar que se inclinaba, por fin, hacia las tesis de fray Elías. Ya no podremos servirnos de su fama para mover al pueblo e incluso a los grandes señores a favor del Papa y en contra del emperador. La campaña de Alemania, tan fructífera, puede irse al traste y no hay ni qué pensar en enviar religiosos a Inglaterra, a Dinamarca, a Suecia, a Polonia.

Luca está desolado. No sabe qué decir. Después de la ira del Papa, ahora la de su secretario, que era el apoyo más firme con que contaba el superior general en el laberinto laterano. Sinisbaldo, sin esperar una respuesta, le empuja lejos de él y se pone a pasear, irritado, por la habitación. Luca intenta esbozar un argumento piadoso, creyendo que así su interlocutor se suavizaría.

—Señor —le dice—, os puedo asegurar que no es culpa nuestra lo que ha sucedido. Nosotros queríamos sinceramente a Francisco. Si estamos en la Orden era por él, además de por Dios, naturalmente. No deseábamos que sufriera y mucho menos que muriera. Ha sido algo que se nos ha escapado de las manos, que no hemos sabido controlar, porque en todo momento pensábamos que su dolor no era tan grande como para conducirle al suicidio. Nuestra preocupación ahora es saber qué tenemos que hacer con respecto al entierro del cadáver y a los funerales.

—¿Y a quién le importa el funeral y lo que él sufrió? ¿Creéis que me importa a mí, o que le importa al emperador algo de lo que a ese pobre diablo de Francisco le pasara?

Sinisbaldo se ha parado y ha vuelto a acercarse a fray Luca.

—¡Qué torpes sois! —le dice, indignado—. No os dais cuenta de que aquí, en el corazón de la Iglesia, estamos siempre jugando una partida a vida o muerte y que tenemos el deber de utilizar los medios que Dios o la casualidad ponen a nuestro alcance. Uno de esos medios, de los mejores, era Francisco. Usándolo con tacto hemos conseguido que muchos se alejen de los herejes cátaros y valdenses. Hemos logrado también que el emperador respete al Papa, pues este es más fuerte desde que vosotros y los frailes dominicos están por toda Europa predicando el amor al Vicario de Cristo. Me dices que no queríais su muerte. Ni yo tampoco, por supuesto. Pero ese es un asunto intranscendente. Lo importante no es la persona, el individuo, el árbol como me acaba de decir el Papa. Lo que importa es el conjunto, el resultado final de la partida que estamos librando entre el poder de Dios y el del Infierno, a cuyo servicio está el mismísimo emperador, el Rey de Francia, el sultán de Egipto y tantos y tantos otros que intentan acabar cada día con la Iglesia. Tú y yo, lo mismo que el Papa o que vuestro desdichado fundador, somos instrumentos, medios al servicio de un fin y ningún miramiento ni contemplación deben estorbar el uso que se haga de cada uno de nosotros. Francisco tenía que vivir, porque era útil que él viviera. Y tenía que morir en el momento en que dejara de serlo. Así de sencillo y, si te parece, así de terrible. Pero solo así se escribe la gran historia, la que de verdad cuenta, y no esa otra hecha de florecillas y poesías que tanto le gustaba a vuestro suicida. ¿Y de qué le ha servido, vamos a ver, ser tan angelical? Al final, estos santones de pacotilla son los más débiles de todos. No están acostumbrados a enfrentarse, bien fajados, contra los golpes de la vida y claro, en cuanto algo no sale a su gusto, entran en crisis y se quitan del medio.

Sinisbaldo vuelve a pasear, algo más tranquilo, por la habitación. Luca guarda silencio. Teme hablar, pues no sabe si lo que diga volverá a provocar una dura reacción en el secretario papal. Además, lo que ha oído le ha dejado desconcertado. Era sincero cuando afirmaba que amaba a Francisco, y que también fray Elías le quería. Compartía con su superior general el deseo de salvar a la Orden del caos, de hacerla más eficaz, menos pueblerina, más ilustrada. En eso chocaba con Francisco y él, lo mismo que Elías, lo sabían, lo mismo que sabían que estaban haciendo sufrir al fundador con sus reformas. Pero no deseaban su sufrimiento y mucho menos su muerte. El discurso de Sinisbaldo sobre las razones de Estado le venía demasiado grande, aunque algo de eso había escuchado en boca de fray Elías. Por eso callaba. Lo único que le importaba ahora era terminar aquella entrevista cuanto antes, a ser posible con la respuesta a su pregunta sobre el entierro y los funerales de Francisco. Luego partiría para Asís y dejaría que fuese el superior general el que se enfrentase con los terribles leones que custodiaban y defendían los intereses de la Iglesia.

Como si los pensamientos de Luca hubieran producido un efecto en el secretario papal, este, más tranquilo ya, se dirigió a su silla, tras la mesa que ejercía de escritorio, mientras hablaba al religioso.

—En cuanto a lo de los funerales —dijo Sinisbaldo—, por supuesto que no se puede hacer absolutamente nada. Sería como si la Iglesia bendijera lo que Francisco ha hecho. Tiene que ser enterrado fuera del camposanto, como mandan los cánones. Debe hacerse todo dentro de la mayor discreción, de madrugada, para que quede constancia de que ni la Iglesia ni la Orden asumen ese último acto de la vida de Francisco. No en vano fue el propio Cristo quien advirtió que solo se salvaría quien perseverara hasta el final y tu angelical fundador no lo ha hecho. Estoy seguro de que el Papa, a pesar de su débil carácter y de su amor a Francisco, no se atreverá a ordenar otra cosa. Sin embargo, Luca, eso no quiere decir que tengamos que condenar la obra de ese pobre loco. Si así lo hiciéramos habría que empezar por suprimir vuestra Orden. No sé lo que decidirá Honorio al respecto, pero por lo que he intuido esta mañana, podré solucionarlo de un modo aceptable. Ahora retírate y vuelve a verme mañana por la mañana, pues esta tarde tengo que despachar de nuevo con el Pontífice.

Luca se inclina ante el secretario y abandona la estancia. Cuando ya está fuera oye su voz que le pregunta:

—Por cierto, ¿qué hay de las Damas Pobres? ¿Y del obispo Guido? ¿Y de los frailes que se empeñan en vivir la pobreza de manera estricta?

Luca se vuelve y va a contestar cuando oye de nuevo a Sinisbaldo decirle:

—Déjalo, ya me lo contarás mañana. En el fondo no tiene importancia. Ninguno de ellos puede decidir nada que afecte a lo que aquí se apruebe. Y si lo intentan, peor para ellos y mejor para nosotros. Cuanto más profunda sea la limpieza, menos obstáculos encontraremos en el futuro.

El propio secretario cierra la puerta ante las narices de Luca que, aturdido, se dirige hacia la salida de los palacios lateranos. Está desconcertado. Su pensamiento es tan errante como sus pasos, que le llevan por las calles de Roma en busca de algún lugar donde comer algo y encontrar cobijo, pues todavía los Hermanos Menores no habían podido abrir casa en la ciudad eterna. La noche anterior la había pasado en el convento de los Hermanos Predicadores, pero no se atrevía a volver allí pues le había costado mucho conservar en secreto el objetivo de su misión y los hijos de Domingo eran muy hábiles para sonsacar los más escondidos misterios.

Apenas se ha alejado Luca por las callejuelas que rodean San Juan de Letrán y que conducen hacia el Tíber cuando otros dos religiosos aparecen en la zona. Son Maseo y Rufino. Han tardado más que el enviado de Elías, pero menos de lo que hubieran empleado si hubiesen hecho a pie todo el trayecto. La suerte se cruzó en su camino en forma de carro cargado de toneles de vino que venía de la Toscana para surtir las bodegas de los cardenales y del mismísimo Pontífice. El carretero, admirador de los hijos de Francisco de Asís, los reconoció enseguida por su hábito y los obligó a subir con él. Ni siquiera el escrupuloso Rufino encontró motivos para rechazar la invitación, que no solo les ahorraba cansancio sino que les permitía abreviar notablemente el tiempo de su viaje. Tal y como habían acordado durante el largo trayecto, van en primer lugar al templo y buscan la capilla donde está reservado el Santísimo Sacramento. Son conscientes de que ellos no pueden nada y la percepción clara de su debilidad les lleva a dirigirse inmediatamente al único que es de verdad Todopoderoso.

—Señor —reza Rufino ante el Sagrario—, tal y como Francisco nos ha enseñado, acudimos a ti a decirte que Tú eres todo y nosotros somos nada. No sabemos qué vamos a conseguir con nuestra presencia aquí, en el corazón de la Iglesia. Ni siquiera sabemos si nos recibirán. Si ha llegado ya la persona que fray Elías habrá, sin duda, enviado, es probable incluso que nos detengan y encarcelen. Sin embargo, Señor, no tenemos miedo a nada. Solo tememos una cosa: no hacer tu voluntad o cumplirla sin respetar la forma en que tú deseas que se hagan las cosas. Por eso, Señor Todopoderoso, no queremos pedirte éxito para nuestra iniciativa, sino solo que se haga tu voluntad. Creo que esto es lo que te pediría Francisco si se encontrara ahora aquí, porque algo así fue lo que te pidió cuando le acompañé, hace ya tantos años, a esta misma iglesia para hablar por primera vez ante el Papa y pedirle la aprobación de nuestra Orden.

Maseo, que escucha en silencio la oración que, en voz baja, va desgranando su hermano, interviene en la misma y dice:

—Señor, yo también quiero decirte algo y espero que no te moleste. Soy del sur y, ya sabes, los hombres de mi tierra tenemos la sangre algo caliente. Así que tengo mucho miedo a que mi temperamento me juegue una mala pasada. La verdad es que a mí sí me gustaría que tuviésemos éxito y no me encuentro tan indiferente ante el resultado final como fray Rufino. Pero, a pesar de mis ganas de que los asesinos de nuestro padre reciban su merecido, te suplico Señor que, ante todo, se haga tu voluntad y que no me deje llevar de mis deseos de liarme a golpes con los sinvergüenzas —Rufino le dirige una mirada de reprensión—. Perdón, Señor, te decía que me ayudes a controlar mi genio para no dejar en mal lugar el nombre de Francisco que, a pesar de haberse quitado la vida, ya sabes que lo ha hecho porque ha preferido dirigir contra sí mismo la ira que le estaba rompiendo el alma, antes que dejar que estallase contra los demás.

Los dos religiosos rezan juntos tres Avemarías y se encomiendan a Nuestra Señora de los Ángeles. Después salen del templo, rodean el edificio y buscan la entrada a la Curia. Dos guardias de los que hacen su servicio en la puerta les interceptan el paso. Ellos se presentan y preguntan en primer lugar por el cardenal Hugolino. Uno de ellos, que estaba de servicio el día anterior, les contesta:

—Ayer ya vino buscándolo un religioso de vuestra misma Orden y le dije que no estaba. Se encuentra en su diócesis y supongo que no regresará hasta que no termine la época de la vendimia y pasen definitivamente los calores del verano.

Rufino y Maseo se miran consternados. Esa era su baza. Confiaban en encontrar a Hugolino, el amigo de Francisco, su protector, el que había conseguido la primera audiencia del fundador de la Orden con el papa Inocencio. ¿Qué iban a hacer ahora? ¿Por quién preguntar, si no conocían a nadie en Roma? Se separan algo de los guardias, para consultarse recíprocamente el siguiente paso a dar y deciden preguntar directamente qué hay que hacer para conseguir una audiencia con Su Santidad. Los guardias se ríen. Son chavalotes a sueldo que proceden de la zona de Bolonia. Están acostumbrados a tratar con palurdos de todo tipo que llegan a Roma y que creen que se puede ver al Pastor Supremo de la Iglesia con la misma facilidad con que se entra en una taberna y se pide un buen vaso de vino de Frascati.

—Pero, vamos a ver —les dice uno de ellos—, ¿quiénes os creéis que sois vosotros y quién pensáis que es el Papa? ¿Creéis que se puede llegar así, como si tal cosa, y entrar a la presencia del Vicario de Cristo? Si no conocéis a nadie ahí adentro, ni siquiera tenéis posibilidad de que os reciba el último de los secretarios. Lo mejor que podéis hacer es dar media vuelta y buscar una recomendación. O si no, preguntadle a vuestro hermano qué hizo él para conseguir la audiencia, pues bien rápido fue recibido por el propio Pontífice.

Rufino, como hijo de noble, está acostumbrado a tratar con desenvoltura a los soldados, así que es él quien lleva la voz cantante.

—Perdonad, amigos —les dice—. Somos, como habéis adivinado, dos religiosos palurdos que vienen del norte. Pero que no os engañen nuestros pobres hábitos, porque traemos un mensaje importantísimo que comunicar al Sumo Pontífice. Naturalmente que es una contrariedad que no esté el cardenal Hugolino, que es, como sin duda sabéis, el protector de la Orden de los Hermanos Menores a la que pertenecemos. Pero no me gustaría estar en vuestro pellejo si, por no saber a quién dirigirnos, el Papa se queda sin saber la información que le traemos. Más pronto o más tarde sabrá que hemos estado aquí y que no nos habéis ayudado. Las consecuencias no serán para nosotros, sino que recaerán sobre vuestras cabezas. Solo me queda rezarle a la Santísima Virgen para que no os pase nada. Así que, según mi opinión, creo que lo mejor para todos es que nos digáis directamente por quién preguntó ayer nuestro compañero y, de paso, que le hagáis saber a él que otros dos religiosos franciscanos están aquí y quieren verle.

El soldado que había hablado, mira a su compañero y al ver que este se encoge de hombros, se vuelve a fray Rufino y le dice:

—Está bien, vuestro hermano preguntó por Sinisbaldo Fieschi, el secretario personal del papa Honorio. Pero no le digáis a nadie que lo habéis sabido a través de nosotros. Además, cuando os decía que se lo podíais preguntar a él mismo, no era por reírme de vosotros. Es que no hace mucho que ha salido del palacio y se ha marchado por aquella calle de allí enfrente, camino del río. Pensé que no os sería difícil encontrarle. En fin, no quiero líos y mucho me temo que detrás de esto haya algún asunto turbio en el que es mejor no entrar. Así que ya lo sabéis, tenéis que preguntar por el secretario del Papa y esta conversación no ha tenido lugar nunca.

—Gracias, amigos —contesta Maseo, que ha estado en silencio todo el tiempo—. Os aseguro que servimos una causa buena y que la ayuda que nos habéis prestado no quedará sin recompensa por parte de Dios y de Nuestra Señora.

—Sí —responde el otro soldado—, aquí todo el mundo dice que sirve causas buenas, pero la verdad es que están continuamente peleando unos contra otros. Como el Cielo sea así, no nos va a faltar trabajo en la otra vida —dice echándose a reír. Mientras, los dos guardias se echan a un lado y los religiosos cruzan el portón que da paso a uno de los grandes patios interiores. Al fondo se abre otra gran puerta y allí aguardan, debidamente uniformados con la librea del papa Honorio, otros dos soldados. A ellos se dirigen Maseo y Rufino, sabiendo ya por quién han de preguntar.

—Sinisbaldo Fieschi, el secretario del Papa —dice resueltamente Rufino, que adopta aires decididos, lo cual no le es difícil, pues, a pesar de los años transcurridos junto a Francisco, no ha perdido su porte señorial.

—¿De parte de quién? —contesta el guardia sin inmutarse.

—De dos religiosos de la Orden de los Hermanos Menores —responde Rufino.

—Voy a avisarle inmediatamente, pero os advierto que a estas horas está descansando, pues no creo que haga mucho que ha terminado de comer. Así que vosotros veréis si os urge que le diga que estáis aquí o si preferís esperar un rato.

De nuevo Rufino y Maseo se sienten desconcertados. Ni habían caído en la cuenta de que había pasado ya el mediodía. No habían probado bocado desde por la mañana, en que el carretero les había convidado generosamente a compartir su rico almuerzo. Para ellos, educados en la escuela de Francisco, la comida era algo tan accidental que podían pasar días sin notar su falta, sobre todo cuando estaban sometidos a la tensión que pesaba sobre ellos en aquel momento.

—Convendrá esperar, ¿no? —le dice Rufino a Maseo, a lo que este asiente. Después, el primero se dirige de nuevo a los guardias:

—¿Hasta cuándo consideráis que es prudente que esperemos? Tenemos prisa y queremos hacer saber cuanto antes al señor Sinisbaldo que estamos aquí.

—En verano —responde el guardia— nunca hay audiencias por la tarde, así que no sabemos exactamente cuál es el horario del secretario de Su Santidad. Pero si tanto os urge, creo que lo mejor será que avisemos ahora mismo a su ayuda de cámara, si es que este no está descansando también. No olvidéis que es verano y que la siesta también es sagrada en la casa del Papa.

Dicho esto, se introduce en el interior del palacio y deja a su compañero con los dos franciscanos. No pasan más de diez minutos cuando está de vuelta. Viene con la cara preocupada. El tono de su voz ha perdido el carácter amigable que tenía momentos antes.

—El secretario de Su Santidad está descansando —les dice sin mirarles a los ojos—, pero su criado personal me ha dicho que podéis pasar y que dejéis aquí todo lo que llevéis encima.

—No tenemos nada —responde Rufino, extrañado—.

—Somos hermanos menores y ni siquiera poseemos bolsa en la que guardar dinero. Si queréis podéis cachearnos para comprobarlo.

Los dos guardias se miran y acto seguido ponen sus manos en los cuerpos de los religiosos. Después les dejan pasar. Uno de ellos, siempre serio, les dice:

—Subid por la gran escalera hasta el segundo rellano. Allí os están esperando.

Apenas los dos franciscanos se han alejado algo, el soldado que había ido a pedir órdenes le dice a su compañero en voz baja:

—Pobres, no saben lo que les espera. Mucho me temo que estos dos no vuelvan a ver la luz del sol. El criado de Sinisbaldo, Giuseppe, se puso nerviosísimo al saber que había aquí dos religiosos de esta Orden y, después de decirme a mí que les dejara pasar, oí que reclamaba un retén de soldados del cuerpo personal de Sinisbaldo y que ordenaba que prepararan los calabozos del sótano norte. Y ya sabes cuál es el destino de los que llevan allí.

Mientras Rufino y Maseo suben hacia los despachos de la Secretaría Pontificia, Giuseppe ha tenido tiempo de avisar a su señor que, efectivamente, se encontraba descansando. Este comprende inmediatamente que los dos religiosos no pueden ser otros que los compañeros de Francisco que han llegado directamente desde el monte Alverna. Da la orden a su criado de que les haga pasar y le confirma que deben ser conducidos, cuando termine la entrevista con ellos, a la cárcel hasta nuevo aviso. Sobre todo le encarece que, pase lo que pase, el Papa no debe enterarse de que han estado en Letrán.

Rufino y Maseo son introducidos por Giuseppe en una antesala y son invitados a aguardar a que aparezca Sinisbaldo. Observan un cierto nerviosismo, lo cual no les sorprende pues están enterados de que el mensajero de fray Elías les ha precedido, con lo cual dan por sentado que en la Curia laterana están al cabo de la calle de lo ocurrido, al menos en la versión que al general de la Orden le haya interesado transmitir. Al quedarse solos, los dos se miran y sus ojos llevan un sentimiento de solemnidad.

—Tenemos que estar preparados para lo peor, Maseo —dice Rufino—. Estoy acostumbrado a este ambiente, a esta tensión. Me recuerda demasiado el que existía a veces en el palacio de mi padre. Algo nos va a pasar, lo intuyo, y no creo que sea nada bueno.

—Estoy de acuerdo contigo, Rufino —contesta su compañero—. Pero estoy tranquilo y quiero que sepas que aunque nos separen y te digan que he dicho algo que no pienso, todo será mentira, pues ni con la tortura podrán hacerme declarar nada que sea contrario a mis sentimientos hacia la Orden y hacia Francisco.

—Lo mismo digo —responde Rufino, que añade: —Vamos a rezar. Es en momentos como estos cuando conviene demostrar que no estamos aquí fiándonos de nuestra elocuencia o de nuestras artimañas sino del poder de Dios. En sus manos y en las manos de la Virgen están nuestras vidas y las de la Orden. Que se haga en todo momento su voluntad.

Ambos caen de rodillas y empiezan a desgranar Avemarías intercaladas con Padrenuestros y Glorias. Así les sorprende la entrada en la sala del secretario papal. Rufino y Maseo alzan la cabeza, dejan de rezar y esperan arrodillados a que Sinisbaldo se les aproxime.

—¡Qué gran ejemplo de piedad! —dice el perito en diplomacias con voz halagadora—. Me habían dicho que los hermanos menores eran santos y ahora tengo ocasión de comprobarlo.

—Excelencia —responde Rufino—, seguro que habéis tenido más ocasiones y con mejores resultados. Sin ir más lejos, esta misma mañana ha estado aquí un hermano nuestro y no nos cabe la menor duda de que os habrá edificado con su ejemplo, aunque la noticia que traía no haya sido precisamente edificante.

Sinisbaldo controla su sorpresa y no da muestras de contrariedad al comprobar que la presencia de fray Luca en el Laterano es conocida por los miembros del grupo rival dentro de la Orden de Francisco. Continuando con el mismo tono meloso, les dice:

—Queridos amigos, si es que me permitís que os llame así, me alegro de ver que estáis enterados de todo lo que ha pasado esta mañana en el palacio del Papa. No podía imaginar que teníais un sistema de espionaje en esta santa casa, pero ya que lo sabéis todo me puedo ahorrar que me contéis lo que otros ya me han dicho. Decidme, eso sí, lo que queráis para poder completar el informe que debo pasar al Santo Padre.

Maseo sigue de rodillas y en silencio. Rufino, en cambio, se levanta. Su compañero se sorprende de verle tan decidido, pero es que ante un truhán como Sinisbaldo el amigo de Francisco ha recuperado como por encanto su educación principesca y sabe exactamente cómo tiene que comportarse.

—Excelencia, estamos aquí por amor a Dios, a la Iglesia, al Vicario de Cristo y también a nuestro fundador difunto. Os agradezco mucho que nos deis la oportunidad de contar nuestra versión de cómo han ocurrido los hechos, pues nosotros dos estábamos en el monte Alverna cuando estos tuvieron lugar. Pero, no os molestéis por ello, creemos que el Santo Padre debería escucharlos directamente de nuestra boca.

—El Papa es mayor, como bien sabéis —contesta Sinisbaldo—. Está muy cansado. Es verano y hace calor, así que nunca recibe audiencias por la tarde. Por otro lado, es contrario a las normas de la etiqueta laterana ser recibido por el Vicario de Cristo apenas se solicita la audiencia. Es cosa que puede demorarse varios días, sobre todo porque hay otras entrevistas ya fijadas que no sería justo postergar para introduciros a vosotros en presencia del Santo Padre. En cambio, yo despacho con él con frecuencia y puedo hacerle saber fielmente todo lo que queráis. Soy su hombre de confianza y, como comprenderéis, si el Papa no se fiara plenamente de mí no me tendría en este puesto. Hablad, os escucho.

—Señor, os doy las gracias de nuevo por vuestra invitación, pero insisto en que queremos ver al Papa lo antes posible, esta misma tarde si cabe —dice Rufino.

—Eso no puede ser. Decidme a mí lo que queráis de una vez —responde el secretario con impaciencia.

—En ese caso —sentencia el religioso— callaremos.

—Me estáis ofendiendo y eso no os lo puedo consentir por respeto a la dignidad que represento. Una ofensa a mi persona es una ofensa al Papa y se paga con la cárcel. Soldados, pasad.

—Señor, no os esforcéis en buscar excusas. Los hemos visto al entrar. Ya sabíamos que íbamos a terminar en los sótanos del palacio. Pero no tenemos miedo a nada que no sea ir contra Dios o contra nuestra conciencia.

Mientras Rufino dice esto, Maseo se ha puesto en pie y se ha acercado a su compañero. El secretario se ha alejado al fondo de la habitación lleno de temor a una posible reacción violenta de los franciscanos. Los guardias, que estaban al acecho, entran rápidamente.

—Al ala norte y prohibido que hablen con nadie del palacio, vosotros incluidos —dice Sinisbaldo a los soldados. Giuseppe espera fuera, en la puerta, frotándose las manos nervioso y excitado.

A todo esto ya se han hecho las cuatro de la tarde, la hora de la audiencia con el Papa. Sinisbaldo bebe un trago de agua fresca y se enjuga el sudor que le brota en la frente. Después de recomendar a Giuseppe que se asegure de la incomunicación de los religiosos, sale rápidamente para la zona del palacio donde el Santo Padre tiene sus habitaciones.

En ese momento, sin que el secretario tenga forma de saberlo, está entrando en San Juan de Letrán la carroza que transporta al cardenal Hugolino. Aunque los guardias conocen su librea y por lo tanto no tienen por qué darle el alto, uno de ellos, el que había hablado con Rufino, hace parar al cochero y le dice que tiene algo que comunicarle al purpurado. Sorprendido por la parada, Hugolino abre la puerta del coche y ve al soldado hablar con su criado. Este le dice que el guardia quiere decirle algo importante y el cardenal le pide al soldado que hable rápido, pues el calor húmedo de Roma es a esa hora tan fuerte que se convierte en una temeridad no protegerse de él.

—Señor —dice el soldado—, ayer vino un religioso de los Hermanos Menores preguntando por Su Excelencia. Al enterarse de que usted no estaba, pidió ver al secretario personal del Santo Padre. Esta mañana ha vuelto y ha sido recibido por Su Santidad. Pero es que poco después de marcharse él han venido otros dos religiosos de la misma Orden, que no sabían nada del anterior y que también han preguntado por Su Excelencia. No hace mucho que han entrado y, si mis compañeros de dentro no lo desmienten, creo que han sido recibidos por el señor Sinisbaldo Fieschi.

—Gracias, muchacho —contesta Hugolino—. Hazle saber a mi ayuda de cámara tu nombre. Te aseguro que este servicio no quedará sin recompensa.

Después el cardenal hace arrancar el carruaje para detenerlo unos metros más adelante. Allí, en el segundo puesto de guardia, recaba información de los soldados que corroboran lo que le acaba de decir su compañero. Dos religiosos franciscanos han entrado no hace mucho y se han dirigido hacia las habitaciones del secretario papal.

—Deben estar allí, o en otra parte del palacio —dice el guardia que había escuchado la orden de encerrar a los frailes, pero que no quiere ser más explícito para no comprometerse.

—¿Qué quieres decir? —le interroga Hugolino, que ha captado enseguida que algo raro está ocurriendo y que el soldado no se atreve a contarlo.

—Nada, excelencia —responde este—. Yo no sé nada. Pero si usted aprecia a esos religiosos le convendría averiguar cuanto antes qué ha sido de ellos.

Con esa respuesta tiene suficiente el cardenal. La fama de Sinisbaldo es muy conocida en la Curia. Su influencia sobre el Papa es tremenda, hasta el punto de poder afirmar que en muchos aspectos es él quien gobierna la Iglesia. Es un poder que ejerce para el bien de la institución eclesial, en medio de las fuertes luchas a las que esta se ve arrastrada. Sin embargo, su carencia de escrúpulos le hace temible. En no pocas ocasiones, en los consejos que el Papa convoca con los cardenales presentes en Roma y a los que Sinisbaldo Fieschi asiste con regularidad, este no ha dudado en exigir más mano dura para poner fin a algunos desmanes que afligen a la Iglesia. Por ejemplo, en el asunto de los herejes, en más de una ocasión ha insistido para que se les aplique la tortura durante el interrogatorio a fin de que confiesen no solo sus crímenes sino quiénes son sus compañeros. Hugolino es uno de los que se ha opuesto tajantemente a esa medida y hasta el presente el papa Honorio no ha querido ceder. Pero Sinisbaldo encuentra mucho apoyo entre varios sectores de la Iglesia, para los cuales no hay que tener miramiento alguno cuando se trata de acabar con la fruta picada que puede echar a perder la que todavía está sana en el cesto. Por todo ello, el cardenal comprende que la vida de los franciscanos puede estar en peligro si se trata de algo que vaya en contra de los planes del secretario papal. Pero también comprende que su propio poder es limitado, sobre todo si Sinisbaldo cuenta con el apoyo del Sumo Pontífice. Por eso, tras despedir a su carruaje y aunque el calor era mucho y está necesitado de descanso tras el largo viaje, decide subir hacia las habitaciones pontificias e ir directamente a hablar con el Papa, ya que si intenta conseguir algo del secretario probablemente acabará metido en un lío.

Cuando Hugolino llega ante la primera de las puertas que dan paso a los apartamentos pontificios, se hace anunciar por el lacayo. No es habitual que un cardenal se presente ante el Papa sin haber sido llamado o sin ser su hora normal de despacho. Sin embargo, en más de una ocasión Hugolino o los demás cardenales de Curia han recurrido a ese método extraordinario cuando han considerado que el asunto era lo suficientemente grave y urgente. El criado que le recibe conoce bien la extraordinaria personalidad de Hugolino y sabe que se dice de él que es el más firme candidato para suceder a Honorio, cuya salud no es, por cierto, nada buena. Por eso, con una inclinación cortés le franquea la entrada. El purpurado va así atravesando distintos controles, hasta que llega al último, el que da acceso directo a las habitaciones privadas del Pontífice: su despacho, su capilla y su dormitorio. Hasta el momento no ha tenido ningún problema con los lacayos, pero el que ahora custodia la puerta le informa de que no puede dejarle entrar porque Su Santidad está reunido. Cuando Hugolino pregunta por la persona con que el Papa está despachando, habida cuenta de que es una tarde de agosto y que eso no es lo usual, el criado, tras titubear un poco, contesta que se trata del secretario personal, Sinisbaldo Fieschi. Nadie quiere a Sinisbaldo en la Curia, pero todos le temen. Por eso les cuesta mucho decir algo que pueda enfrentarlos con el temido y poderoso consejero papal. Hugolino lo sabe y no insiste, pues no quiere poner en un compromiso al criado. Se decide entonces a dar un rodeo para ver si consigue obtener alguna información de lo que está pasando.

—He sabido que ayer vino a ver a Su Santidad —empieza diciendo el cardenal— un religioso de los Hermanos Menores y que esta mañana, muy rápido por tanto, ha sido recibido en audiencia. Como sabéis, soy el protector de esa Orden religiosa y ese religioso preguntó primero por mí, pero en la portería no han sabido decirme su nombre. ¿Vos no lo recordaréis por casualidad? —mientras dice esto acaricia su anillo, lo cual en el lenguaje curial significa que puede haber por medio alguna suculenta recompensa—. No es que sea cuestión de vida o muerte saberlo, pues en cuanto el señor Sinisbaldo deje de hablar con Su Santidad a buen seguro que él o el propio Pontífice me informará de todo, pero tengo cierta curiosidad y así, mientras espero, puedo entretenerme deduciendo de qué asunto se trataba.

—Excelencia —dice el criado mirando el anillo del cardenal, lo cual significa que ha entendido que hay recompensa y que si habla es a cambio de algo—, me es muy grato poder facilitaros esa información. Se trata del hermano Luca de Génova. Algo muy grave debía de ser cuando, como usted ha notado, el Papa lo recibió con solo un día de demora. Como usted comprenderá, señor, yo no tengo ninguna información acerca del contenido de la audiencia, pero sí le puedo decir —el criado volvió a mirar el anillo del purpurado— que desde aquí afuera se oían los gritos del Papa. Es más, cuando la puerta se abrió, fray Luca salió huyendo, con el rostro demudado, mientras mi señor el Papa gritaba desde dentro: «Asesinos, asesinos». El señor Sinisbaldo estaba con ambos y fue quien cerró la puerta. Fray Luca tardó en volver en sí de la agitación y yo mismo tuve que ayudarle ofreciéndole un buen vaso de agua fresca. Conmigo estaba el criado personal de Sinisbaldo. Después, el religioso se marchó y el criado permaneció aquí. Cuando el secretario del Papa abandonó el despacho, oí, sin querer naturalmente, que le decía a su criado que fuera enseguida a buscar al franciscano y que lo condujera a sus habitaciones, hacia las que él se dirigió a toda prisa. Eso es todo lo que sé, señor, pero algo muy grave debe haber ocurrido pues esta tarde, también contra la costumbre, el secretario ha vuelto a reunirse con Su Santidad. Por cierto, mi señor no ha querido probar bocado y la criada que le atiende dice que estaba llorando cuando ha entrado con la bandeja de la comida.

Hugolino no sale de su asombro. Naturalmente que se debe de tratar de algo muy grave, pero no alcanza a comprender qué. Por si acaso, hace una nueva pregunta:

—¿Sabéis algo de otros dos religiosos franciscanos que han venido esta misma tarde al palacio y que también han preguntado por mí?

—Nada, Excelencia —dice el criado—. Yo me paso el día en esta sala. Nada se me escapa de lo que en ella ocurre, pues esa es mi misión. Así sirvo a mi señor el Papa y a la Iglesia. Pero de lo que sucede en otras partes del palacio, prefiero ni enterarme. Cuanto menos se sepa, más seguro se vive, sobre todo si las cosas cambian en el futuro, y Su Excelencia ya sabe a qué me refiero.

Mientras dice esto, hace un gesto de complicidad dirigiéndose hacia la puerta tras la que se desarrolla la audiencia entre el Papa y su secretario.

—Efectivamente —piensa Hugolino—, todos tienen miedo a un hombre que no oculta que para él todo vale, incluso la extorsión y la tortura. Pero es como si todos creyeran que un hombre así puede llegar a ocupar la Sede de Pedro. Señor, ¡qué terrible sería si eso sucediera!

Los pensamientos del cardenal duran poco, pues la presencia del criado a su lado le recuerda que tiene que cumplir con su parte del tácito trato, ahora que ha obtenido de él buena información.

—Ahora no puedo recompensar tu servicio —le dice—, pues, como ves, estoy lleno de polvo y suciedad. Acabo de llegar de viaje y las noticias que me han dado inmediatamente me han llenado de alarma, por lo que ni he pasado por mis habitaciones para cambiarme de ropa y descansar. Pero te prometo que uno de mis criados te hará llegar un obsequio de mi parte.

—Señor —le contesta el criado—, os agradecería muchísimo que no delegarais en nadie ese don que, inmerecidamente, queréis hacerme. Mejor es que me deis vuestro anillo. Yo diré que lo habéis perdido mientras esperabais aquí a ser recibido por el Papa y cuando vaya a devolvéroslo me podéis recompensar como sin duda vuestra magnanimidad sabrá indicaros.

—Eres más inteligente de lo que yo pensaba. Así lo haremos —le contesta Hugolino, que se quita inmediatamente su valiosísimo anillo y se lo da al criado—. No sé lo que pasará en el futuro, cuando tu señor muera. Pero si en algo puedo ayudarte, te aseguro que tendrás siempre un puesto a mi lado —añade.

—¿De verdad, señor? —responde el criado—. En ese caso os devuelvo inmediatamente el anillo. No deseo otra cosa más que poder serviros en el futuro con la misma lealtad con que estoy sirviendo al papa Honorio.

—¿Y si no soy elegido Papa? —responde Hugolino sorprendido, mientras recupera el anillo y lo vuelve a colocar en su dedo.

—Si no lo sois vos y lo es ese —hace de nuevo una seña despreciativa hacia el despacho pontificio donde se encuentra el secretario—, no sé qué haréis vos, pero yo poseo una casita cerca de Nápoles y me marcharé allí inmediatamente. El olor a carne quemada siempre me ha resultado desagradable.

Hugolino no sale de su asombro, pues con estas palabras el criado le está indicando que es de todos sabido que si Sinisbaldo llega al Pontificado, la tortura cobrará carta de legitimidad y hasta los criados preferirán marcharse antes de que sea demasiado tarde.

Pero su conversación no dura más. En ese momento la puerta del despacho se abre y sale el secretario, sonriente. Sonrisa que se le queda helada en el rostro al ver, sucio y desarreglado pero allí presente, al cardenal Hugolino. Este, que había estado sentado todo el tiempo mientras hablaba con el criado, se levanta. El lacayo papal, como por encanto, ha desaparecido antes incluso de que Sinisbaldo llegara a girarse tras cerrar la puerta dándole la cara al Pontífice que permanecía dentro de la sala.

—Señor Hugolino, ¡qué agradable sorpresa! —dice el secretario dirigiéndose al cardenal y haciendo intención de besar su mano—. Os hacíamos en vuestras posesiones, cuidando de que la vendimia que pronto se iniciará se lleve a cabo del mejor modo posible, a fin de conseguir ese magnífico caldo que es la envidia de toda la Curia y aún de Europa entera.

Hugolino, por su parte, al ver la intención del secretario, deja caer su pañuelo y se agacha a recogerlo, con lo que elude el gesto de Sinisbaldo y evita que este le bese la mano. Incorporado ya, le responde.

—Querido secretario, siempre estáis trabajando. ¡Cuánto os debe la Iglesia! Y más que os debería si el trigo no se dejara ahogar a veces por la cizaña en vuestro corazón —dice Hugolino con seriedad.

—Siempre con tanto humor, señor cardenal, siempre con tanto humor —contesta el secretario—. Y qué razón tenéis. Lo malo para la Iglesia es que no soy el único que tiene cizaña mezclada con el trigo. ¿Acaso a vos no os pasa lo mismo, Excelencia? No quiero ni pensar en que estéis dentro del grupo de los perfectos de que hablan los cátaros. Por cierto, el señor Papa, tan amable conmigo, me ha prometido que en el próximo consistorio tomará en cuenta mi nombre para concederme la púrpura cardenalicia. No soy digno en absoluto, tal y como le he dicho, pero si algo me atrae de ese honor inmerecido es el de ser colega de personas tan ilustres como vos, Excelencia. Figuraos qué gran suerte la mía, poder estar a vuestro lado cuando se lleve a cabo el próximo cónclave. Por supuesto que ya desde ahora sabéis que cuando eso ocurra podréis contar con mi voto.

Hugolino está sorprendido. Sinisbaldo no solo le ha devuelto la pelota, sino que le ha anunciado que en unos meses será cardenal y que, si se porta bien, está dispuesto a ayudarle en el próximo cónclave, que todos saben que no podrá demorarse más de dos o tres años debido a la precaria salud del Pontífice. Por tanto, el que era hasta ese momento un enemigo se convierte en un posible aliado. En un instante la realidad ha cambiado y lo ha hecho tan rápidamente que el cardenal está aturdido y sin saber qué responder. Sinisbaldo lo nota y disfruta con ello. Seguro de haberle impresionado, con el triunfo que ha representado su conversación con el Papa —lo que ha conseguido sobre los Hermanos Menores y la promesa de la púrpura—, se siente lo suficientemente fuerte como para no temer a ese viejo luchador que tiene delante y que —él lo sabe bien— tiene muchas posibilidades de suceder a Honorio. Por eso le dice:

—Por cierto, Excelencia, hay un asunto urgente a resolver con respecto a los Hermanos Menores y a su fundador. El Santo Padre me ha dado ya instrucciones precisas cuya ejecución debo ordenar ahora mismo. Pero seguramente que a vos os interesará estar al tanto de lo ocurrido debido a la relación que tenéis con esa querida familia religiosa. Pasad, por favor, pasad a ver al Papa y que él os lo cuente todo. Yo me voy a trabajar por la Iglesia, siempre aprendiendo de vos. Y no olvidéis que seré vuestro más firme aliado en el futuro, si así lo queréis naturalmente.

Dicho esto, sin intentar besar de nuevo la mano del cardenal, da media vuelta y se marcha. Hugolino se queda en pie, en medio de la sala, sorprendido. Tanto que, durante unos minutos, parece una estatua inmóvil. Hasta que el criado papal aparece de nuevo y, cortés, le interroga:

—Señor, ¿queréis que os anuncie al Papa o preferís regresar a vuestras habitaciones a meditar qué os conviene hacer?

—Hacedle saber al Vicario de Cristo que estoy aquí —contesta el cardenal, ligeramente repuesto—. Y rezad por mí —añade— para que sea capaz de elegir la tranquilidad de la casita de Nápoles antes que el éxito si en ello se juega la salvación de mi alma.

Minutos después, el cardenal Hugolino es introducido ante el Sumo Pontífice de la Cristiandad que está, derrengado, sentado tras la mesa de su despacho, con el poco cabello que le queda en desorden y con signos de haber perdido en parte la coherencia.

—¡Ah, querido amigo, cuánto me alegro de veros! Vuestra ausencia era para mí como una losa —dice el Papa sin levantarse, pero haciéndole señas al cardenal Hugolino para que pase y se siente en la cómoda silla que hay ante su mesa.

—Excelencia Reverendísima, Santo Padre —comienza diciendo Hugolino, que comprende enseguida el estado de agitación del Pontífice, aunque aún no sabe a qué se debe, aparte, claro está, de los problemas de los franciscanos—, como sabéis me encontraba en mi feudo terminando de pasar este bochornoso verano y controlando que la cosecha de la uva se haga adecuadamente. Pero anteanoche tuve un sueño horrible del que no recuerdo nada. Sin embargo, al despertar, me quedó dentro una sensación fortísima, casi un mandato imperativo: tienes que ir a Roma, te necesitan. No dudé que el asunto era de Dios y, aunque ni mi edad ni mis fuerzas son lo que un día fueron, me puse en camino. Al llegar he encontrado todo agitado, como agitado os veo a vos mismo, Santidad. ¿Qué ha pasado, por favor, contadme?

—Hugolino, amigo mío, no sabéis cuánto he necesitado de vuestro consejo y temo que vuestra presencia haya llegado algo tarde. Pero, antes que nada, tengo que daros la noticia que ha engendrado todo este revuelo, una noticia tan desastrosa para vos como para mí mismo. Nuestro querido hijo, vuestro amigo Francisco de Asís, se ha suicidado. Se ha colgado con su propio cordón de la viga maestra de su celda, en el monte Alverna. Fray Elías me lo ha hecho saber hoy mismo mediante un religioso que ha venido ex profeso para ello. Sinisbaldo me ha confirmado que no hay engaño en la noticia y que no hay tampoco implicación de Elías ni de ningún otro religioso de la Orden en lo ocurrido.

—¡Qué desastre, Dios mío, qué calamidad! —dice Hugolino, que se ha puesto de pie ante el Pontífice y se lleva las manos a la cabeza—. ¿Cómo ha podido ocurrir eso? ¿Y decís que no están implicados los religiosos del bando de fray Elías? ¿Estáis seguro de ello? ¿Habéis ordenado ya que se abra una investigación para esclarecer los hechos? ¡Qué desastre, Señor! ¡Pobre Francisco! ¡Pobre Orden de los Hermanos Menores, con un fundador condenado al infierno por suicida!

—Calmaos, señor cardenal —responde Honorio—. Es imposible que Elías y su grupo estén implicados. Si hubieran querido acabar con él lo habrían hecho de otro modo. Ni siquiera pensando en desprestigiarle les convenía terminar con Francisco de esta manera, pues de sobra saben que así no solo se cubre de oprobio el suicida sino que además está en peligro la supervivencia de la propia Orden. No, no he ordenado abrir ninguna investigación. ¿Para qué? Sinisbaldo, siempre tan clarividente y eficaz, me ha hecho ver que eso solo serviría para dar que hablar, para que la gente pensara que hay sospechas de que en vez de un suicidio se trata de un asesinato. Pero de lo que no cabe duda es de que estamos ante un desastre en el pleno sentido de la palabra. Esta Orden, que era quizá el más prometedor de los instrumentos con que cuento para el bien de la Iglesia, está amenazada más que nunca por el caos y la destrucción. Por eso necesito vuestro consejo, para saber, una vez que ha ocurrido lo que ha ocurrido, qué tenemos que hacer.

—Señor —dice Hugolino, conmocionado todavía pero no tanto como para no comprender que hay ciertas decisiones que ya están tomadas y contra las que no se puede luchar—, acepto de buen grado vuestras decisiones aun antes de conocerlas, pues ya sabéis que soy el más fiel de vuestros servidores. Sin embargo, creo que no estaría de más tener prudencia antes de actuar, pues como bien sabéis la situación de la Orden era conflictiva y, si no me equivoco, el suicidio de Francisco debe entenderse en el contexto de esa situación de lucha interna. Si me decís cuáles han sido las decisiones adoptadas, con mucho gusto os haré saber mi opinión.

—Sinisbaldo, al que, por cierto, he prometido que le haré cardenal en el próximo consistorio, me ha ayudado mucho. Me ha hecho comprender que yo tengo unas responsabilidades que van más allá de mis simpatías. Por más que mi corazón esté dolorido por la trágica muerte de Francisco, no debo dejar de comportarme como el representante de Cristo en la tierra, como el guardián de la Ortodoxia. Por eso, en cuanto al suicida, he decretado que no sea enterrado en sagrado, aunque, por caridad, he dado permiso a sus frailes más queridos para que lo entierren adosado a los muros de algún pequeño cementerio de aldea; Sinisbaldo no estaba del todo de acuerdo, pero él también tiene un corazón bondadoso y ha terminado por comprender que de este modo unimos nuestro deber de velar por la justa aplicación de las normas canónicas con el no menos importante deber de la caridad. Nada se ha podido hacer, en cambio, con respecto a los funerales. Espero que el obispo Guido no se haya precipitado a hacer nada impropio, pues me vería obligado a castigarle severamente. No se podrán celebrar Misas por el difunto, pero he dado permiso a quien lo desee para que eleve al Señor y a la Santísima Virgen preces por él, especialmente ese tipo de oración a que él era tan aficionado, la Corona, la llaman, en que mezclan Padrenuestros, Avemarías y Glorias.

—Y ¿con respecto a la Orden? —pregunta Hugolino, que ve difícil alegar nada a las disposiciones que el Papa le acaba de comunicar.

—Con respecto a la Orden, he decidido lo siguiente: la línea de fray Elías debe ser reforzada. En realidad, la muerte de Francisco representa una derrota de su propio pensamiento. Me gustaba mucho su ingenuidad, su candor, su pureza evangélica, pero reconozco, y, Sinisbaldo conmigo, que era un poco extremista. Está bien querer vivir la pobreza absoluta, ¿cómo lo podíamos negar? Por eso el papa Inocencio, mi ilustre predecesor, aprobó su Regla de vida. Si lo hubiéramos prohibido, los herejes nos habrían acusado de poner en entredicho el mismísimo Evangelio. Pero de aceptarlo en el plano teórico a creer que alguien puede ser capaz de practicarlo, va un largo trecho. Cuando los Hermanos Menores se han empeñado en vivir la pobreza con tanta radicalidad lo único que han conseguido es que entre ellos haya continuamente discusiones; es la Orden más complicada de todas las que hay en la Iglesia. Eso por no citar la acusación permanente que representan para nuestro propio estilo de vida. Como bien sabéis, no faltan quienes dicen que ellos son los verdaderos cristianos, mientras que nosotros, que vivimos en palacios y nos cubrimos con ropas costosas, somos a sus ojos traidores al espíritu evangélico. ¡Como si no tuviéramos nosotros que estar aquí y llevar este tipo de vida porque la dignidad de nuestro cargo lo exige! ¡Más a gusto estaríamos en una pequeña parroquia, sostenidos por el cariño de nuestros fieles, que en este gigantesco caserón, donde me hielo de frío en invierno y me aso en verano, y donde tengo que aguantar continuamente amenazas y presiones de todo tipo!

—¿Hay algo más, señor? —pregunta el cardenal, que quiere estar al tanto de todo antes de decidirse a hablar y que está sopesando, mientras escucha al viejo Pontífice, el hecho de que Sinisbaldo va a ser nombrado cardenal y, por lo tanto, va a aumentar aún más su influencia a la hora de elegir al sucesor de Honorio.

—Sí, querido amigo. Está la cuestión de las monjas. Como sabéis, Clara Offreduccio es una de las principales adversarias de introducir mitigaciones en la práctica de la pobreza. Consiguió de nuestro predecesor, Inocencio, el «privilegio de la pobreza», que ostenta cada vez que el asunto entra en discusión. Vos mismo tuvisteis que pelear con Francisco sobre este asunto, hasta que conseguisteis de él, más aún que de ella, que aceptara hace cinco años la Regla de las monjas benedictinas, aunque adaptada al espíritu franciscano. Pues bien, hay que continuar en esa línea. Debemos alejarnos de todo extremismo que haga la vida imposible a la gente. Es muy bonito eso de querer vivir como los lirios del campo o como los pájaros del cielo, pero, a la hora de la verdad, esos soñadores terminan por quitarse de en medio de una forma o de otra y nos dejan a los demás con la responsabilidad de arreglar el caos que ellos han contribuido a formar.

—¿Qué pasará, Santidad, si sor Clara o alguno de los hermanos menores se oponen a esos cambios en la Regla? —inquiere Hugolino.

—Si ocupan cargos de responsabilidad, como es el caso de sor Clara, serán destituidos. Incluso, Sinisbaldo y yo, hemos contemplado la posibilidad de crear otra institución que aún no sabemos cómo llamar para meter en ella a los rebeldes. Si insisten, que la Orden se divida en dos, pero que los más extremistas en la cuestión de la pobreza queden siempre supeditados a la obediencia de los que tienen la razón y la prudencia. Ya veremos. Quizá se habilitarán algunos conventos para ellos, para esos espirituales ingenuos que, estoy seguro, no progresarán y se irán extinguiendo poco a poco, pues ¿quién va a querer vivir el Evangelio al pie de la letra sino cuatro locos?

—¿Cómo se hará eso, Santo Padre? ¿Quién será el encargado de analizar, caso tras caso, el ánimo de tantos miles de religiosos y religiosas?

—Bueno, Hugolino, ya sé que no os gustará lo que vais a oír —el Papa, avergonzado, baja los ojos—, pero le he dado carta blanca a Sinisbaldo para que actúe. Tened presente que el error no puede tener los mismos derechos que la verdad; más aún, no debe tener ningún derecho. Por lo tanto, las personas que están o defienden algún error, pierden inmediatamente todos sus derechos, y eso por la salvación de su alma. Pero él me ha prometido que en ningún momento se hará nada que sea contrario a la dignidad de personas consagradas a Dios.

—Señor, permitidme una última pregunta antes de haceros saber mi opinión, ¿qué ha sido de los dos religiosos franciscanos que han venido esta tarde a palacio y que han solicitado hablar conmigo para luego entrevistarse con vuestro secretario? ¿Os ha informado él de eso? Probablemente venían a dar la otra versión de lo ocurrido y quizá procedían directamente del monte Alverna —dice Hugolino, que comprende que está todo perdido y que, salvo quemarse inútilmente, lo único que puede hacer es salvar la vida del mayor número posible de religiosos.

—Me sorprende lo que me decís, querido amigo —afirma el Papa, visiblemente extrañado—. No sé nada. Sinisbaldo no me ha dicho que ningún otro franciscano haya querido verme a mí o a vos. Os lo ruego, enteraos de lo que ha sucedido y contádmelo luego. Pero ahora decidme, ¿qué os parecen las medidas adoptadas?

—Santo Padre —Hugolino se ha puesto de pie y está empezando a iniciar la retirada, pues comprende que sus palabras no servirán para nada y que, por el contrario, el tiempo es oro si quiere hacer algo por los dos franciscanos que, seguramente, se encuentran detenidos—, os debo obediencia y podéis contar con ella ahora y siempre. Para mí, como para Francisco, eso es algo que está más allá de lo que mi razón me pueda decir. Solo os suplico que vigiléis a vuestro secretario y que os hagáis informar por cualquier otro de cómo está aplicando vuestras órdenes. Señor, yo he sido partidario siempre del equilibrio y de la moderación en la Orden fundada por Francisco. Vos mismo habéis recordado que fui yo, aunque quizá me equivoqué, el que le forzó a él y a sor Clara a aceptar una Regla para las religiosas que no era la suya. He apoyado a fray Elías porque he comprendido que era necesaria la mesura y el orden dentro de esa prolífica familia. Pero de ahí a dar carta blanca a Sinisbaldo hay una gran distancia. Ahora permitidme, os lo ruego, que vaya a investigar qué ha sido de los dos religiosos que preguntaron por mí hace unas horas. Estoy intranquilo. Luego, os lo prometo, volveré y hablaremos más despacio.

El Papa, que se ha levantado también de la silla y que está aún más nervioso y desconcertado que al principio, le hace una señal para que se vaya. Se le nota agotado, casi enajenado. Apenas sale Hugolino, vuelve a sentarse y, como por la mañana, introduce la cabeza entre los brazos apoyados en la mesa y rompe a llorar, desconsolado.

—Dios mío, ¿qué tengo que hacer? Dios mío, ¿qué he hecho? —dice mientras llora.

Hugolino no se ha detenido a contemplar la escena. A pesar de su edad y su cansancio, sale corriendo del despacho, dejando la puerta abierta y al anciano Papa en tal estado. El criado lo ve partir sin despedirse y se asoma dentro para comprobar cómo se encuentra Su Santidad. El cardenal, mientras tanto, emprende un largo viaje por pasillos y escaleras, avanzando hacia los sótanos del ala norte del palacio. Fatigado, tiene que apoyarse de ver en cuando en algún busto romano o en alguna valiosísima reproducción griega. Pero no contempla nada, ni ningún tesoro despierta su interés. Avanza hacia el sótano y, a punto ya de llegar, oye dos gritos, casi al unísono. Son tan breves como terribles. Se para en seco y escucha, pero nada se vuelve a oír. Entonces, con el corazón saliéndosele por la boca debido al cansancio y al miedo ante lo que ha podido sucederle a los dos franciscanos, continúa avanzando. En ese momento se encuentra con Sinisbaldo, que acaba de cerrar la última puerta y deja a uno de sus guardias personales a sus espaldas, custodiándola.

—Señor cardenal —dice el secretario visiblemente turbado—, tenéis la virtud de sorprenderme continuamente. ¿Qué tal ha ido vuestra entrevista con el Papa? ¿Estáis ya enterado de todo?

—¿Qué ha sido de los dos franciscanos? —pregunta Hugolino—. ¿Qué les habéis hecho? ¿Eran suyos esos gritos? Por Dios y la Virgen, que si algo les ha ocurrido tendréis que véroslas conmigo.

—Tranquilizaos, Excelencia. No he hecho nada para lo que no estuviera autorizado. El error no tiene derechos. Solo la verdad los tiene. Lo que ha ocurrido es que ha llegado la hora de la siega y hemos empezado a separar el trigo de la cizaña. ¿O no es eso lo que enseña el Evangelio?.

—No —grita Hugolino—. No y mil veces no. En vuestra boca la palabra Evangelio, la palabra Cristo y todas las demás hermosas palabras de nuestra Religión se prostituyen. Sois experto en tergiversar, en cambiar el sentido de lo más sagrado para justificar vuestra crueldad y vuestra ambición. Decídmelo de una vez, o dejadme pasar para comprobarlo por mí mismo, ¿qué habéis hecho con los dos franciscanos?

—Tenían una extraña prisa por reunirse con su fundador, al que tanto querían, y les he ayudado a ello. He defendido a la Iglesia de unos extremistas que hubieran propagado una locura dañina y perniciosa. He arrancado la cizaña. Ahora el trigo está más limpio. Y si no os parece bien, id a contárselo al Papa —dice Sinisbaldo, que se echa a reír mientras sube las escaleras.

—Todo ha terminado para ellos —interviene el secretario, parado unos peldaños más arriba— y vos, señor cardenal, debéis elegir en qué partido estáis. Si en el de aquellos que quieren hacer carrera o en el de los ingenuos. No tardéis en decidiros, porque, como veis, la hora de la siega ha comenzado.

—Hugolino no contesta. Está abajo, en el suelo. Encogido, sentado en la escalera, llora él también, como antes había hecho el Papa. Son lágrimas de impotencia, de dolor por los amigos muertos, de miedo ante lo que puede sucederle a la Iglesia si cae en manos de un loco para el cual el fin justifica los medios, cualquier medio. Su silencio y sus lágrimas son como las de la Virgen al pie de la Cruz, mezcla de impotencia, de dolor, de extrañeza.

—¡Qué débil sois y qué poco puede esperar la Iglesia de vos! —le espeta, desde lo alto, Sinisbaldo, que se da media vuelta y desaparece, dejando tras de sí las lágrimas y la sangre, el desierto y la ruina.

## 2. LOS SUEÑOS, SUEÑOS SON

Monte Alverna, en la Toscana. Agosto de 1224. Un grito desgarrador rompe la noche, cercana y a la aurora. No pasa ni un minuto sin que se abra la puerta de la humilde choza de piedra y cañas de donde procede. Un religioso de la Orden de los Hermanos Menores, fray León, entra en ella y se encuentra al hombre —mejor dicho, al guiñapo humano— que ha gritado, jadeando y cubierto de sudor, medio incorporado en el mísero lecho en que ha pasado la noche.

—¿Qué sucede hermano Francisco? —pregunta León al fundador de la Orden, que es quien ha gritado—. ¿Qué os ocurre? Por Dios, decidme qué os pasa y en qué os puedo ayudar —añade, mientras se arrodilla ante él y, con infinita ternura, pasa un lienzo áspero pero limpio por su frente para limpiarle el sudor.

—Ha sido terrible, León, ha sido terrible —responde Francisco con voz entrecortada. De repente, echa sus brazos al cuello de su amigo, que sigue arrodillado ante él, y se echa a llorar—. Ha sido terrible —repite una y otra vez, mientras solloza.

—Pero, ¿qué ha ocurrido?, Francisco. ¿Qué nueva prueba ha permitido el Cielo que cayera sobre vuestros hombros? —pregunta León.

—Me acabo de despertar de una pesadilla. Estaba soñando que me había suicidado y que la Orden se dividía. Incluso he visto cómo mataban a fray Maseo y a fray Rufino, que habían intentado defenderme. He visto, León, el poder del demonio. Le he visto reinar en la casa del Papa. He visto la ruina de nuestra familia y la ruina de la misma Iglesia. Y, sobre todo, me he visto a mí mismo como nunca antes lo había hecho. He visto mi miseria, mi pecado, mi incapacidad para dar respuesta a los problemas de la Orden.

—Pero era un sueño, padre. Era solo una pesadilla. No debéis darle mayor importancia.

—No me llames padre, yo no merezco ese nombre. Y no, no era solo un sueño. Era un aviso del Cielo. Era una advertencia divina de lo que puede estar a punto de ocurrir. Pero lo peor es que me ha parecido inminente e irremediable. No puedo más, León —dice Francisco, que sigue medio sentado en la cama y que ha metido la cara entre sus manos—. No puedo más. No sé qué tengo que hacer. No sé qué espera Dios de mí. No sé cómo gobernar la Orden, cómo impedir que se destruya, cómo ayudar a la misma Iglesia. No sirvo para nada, ¿entiendes? —le dice, mirándole ahora a los ojos con una energía inusitada—. No sirvo para nada. El problema no está en los otros, está en mí. Soy yo el que estoy fallando. Soy yo el culpable de todo.

León, asustado y conmovido, intenta consolar a su amigo y fundador, cogiéndole dulcemente una mano. Francisco hace un gesto brusco y la retira.

—Vete —le dice—. ¡Déjame solo! ¡Quiero estar solo! ¡Quiero desaparecer! ¡Quiero morir! ¡Vete! —le grita mientras vuelve a estallar en sollozos y se deja caer en el lecho, volviéndose hacia la pared y dando la espalda al bueno de fray León que, desconcertado ante ese arranque de cólera, no sabe qué hacer ni qué pensar. Luego, al cabo de un rato y ante el silencio de Francisco, sale humildemente de la habitación, de puntillas casi, confiando en que su amigo se quede dormido y logre encontrar algo de descanso. Es todavía de noche. Hace fresco fuera a pesar de estar en verano. Un lobo aúlla en el monte y varios perros le responden desde la aldea cercana. Los pájaros han empezado a cantar anunciando la aurora. León, sobresaltado, se dirige a la pequeña iglesita del convento y allí, hincado de rodillas ante el Santísimo, se recoge y ora.

No tarda mucho en aparecer en la sencilla ermita fray Maseo y, casi enseguida, van llegando los otros miembros de la comunidad: el superior, fray Anselmo; fray Rufino y fray Alberico. Los cinco, junto a Francisco, componen la familia de Hermanos Menores que ha hecho del Alverna su lugar de retiro. Es una comunidad muy variable, pues desde que Francisco estableció, casi en los orígenes, que los religiosos debían ser contemplativos y activos, los hermanos pasan parte del año recorriendo los pueblos como predicadores itinerantes mientras que el resto del tiempo lo dedican, recogidos en algunas ermitas, a la oración y la penitencia.

Una vez reunidos todos los hermanos en la capilla para dar comienzo a la oración de Laudes, el superior observa que falta Francisco.

—¿Qué tal se encuentra nuestro padre? —le pregunta en voz queda a fray León—. No ha pasado —buena noche. Ha tenido pesadillas. Le he visto esta mañana y le he encontrado agotado —contesta este.

—Algo serio debe ser para que él no se levante a rezar —tercia fray Alberico, mientras León, Rufino y Maseo se entrecruzan miradas significativas con el fin de quitar hierro al asunto y lograr que no se ahonde en el problema. Maseo interviene enseguida:

—Deberíamos empezar pronto a rezar el Oficio, hermanos. Tengo que ir a la aldea a visitar a una anciana muy enferma y no quiero perderme el rezo de Tercia.

Las oraciones se van desgranando lentamente. Alberico no sabe leer, así que escucha en silencio o se suma al rezo de sus hermanos recitando aquellas partes que ha aprendido de memoria. Los hermanos saborean casi los salmos y las alabanzas al buen Dios, deleitándose en llamar Padre, Altísimo y Omnipotente a Aquel que todo lo ha hecho. Los salmos se intercalan de vez en cuando con alguna lectura del Evangelio —todo ello en latín, naturalmente— y terminan con una oración final dedicada a la Santísima Virgen, a la que los franciscanos veneran como Nuestra Señora de los Ángeles desde el milagro ocurrido en La Porciúncula ocho años antes.

Cuando el rezo conjunto termina, los religiosos permanecen aún largo rato en el templo en completo silencio, meditando sobre algunos de sus temas favoritos: el nacimiento del Señor en la humildad de Belén, la pobreza de Cristo y de la Virgen, la pasión y muerte en la Cruz. Luego, cada uno según sus necesidades y obligaciones, se van levantando en silencio y se marchan.

El primero que lo hace es fray Maseo. Fray Rufino se pone en pie también y, en contra de la costumbre, dice en voz baja pero audible:

—¿La anciana a la que vas a ver es la madre de Giovanni, el cocinero del señor conde?

—Sí, la misma —contesta Maseo.

—Te acompaño. También yo tengo pendiente con ella una deuda de gratitud —responde Rufino.

No pasan muchos minutos cuando fray León se levanta y se va, también él un poco antes de lo que solía. Quedan en la capilla Anselmo y Alberico.

León se dirige hacia la choza donde descansa Francisco, pero antes de llegar se encuentra a sus dos compañeros.

—Te esperábamos —le dice Maseo.

—Sabía que estaríais por aquí —responde León.

—Espero que Anselmo no haya notado nada —interviene Rufino, siempre prudente.

—¡Qué triste es —exclama Maseo— tener que andar a escondidas dentro de la propia comunidad! Pero, en fin, así son las cosas. Cuéntanos —le dice a León—, ¿cómo está nuestro padre?

—Esta madrugada le oí gritar —responde León—. Lleva ya varios días mal. Ya sabéis que estoy siempre alerta, así que no es la primera noche que percibo su desasosiego. Pero el grito de hoy ha sido especialmente desesperado. Cuando he llegado a su lado, lo he encontrado en plena crisis de angustia y de nervios. Por lo que me ha contado, ha tenido una horrible pesadilla, algo así como que se suicidaba, que dividían la Orden y que a vosotros dos os mataban —Maseo y Rufino se estremecen y se santiguan—. Después, cuando he intentado consolarle, me ha despachado con una ira y un desprecio que me han sorprendido.

—No se lo tomes en cuenta, León —le dice Rufino—. Ya sabes que está muy mal y que no es del todo dueño de sus actos.

—No se lo tomaría en cuenta ni aunque me hubiera pateado la cara —contesta el otro—. Pero estoy preocupado, muy preocupado. Temo que se esté precipitando en el pozo de la desesperación y que ese sueño del suicidio no sea más que una advertencia de algo que, por desgracia, podría ocurrir.

—Tenemos que terminar esta conversación —tercia Maseo—. Anselmo o Alberico pueden vernos. Nosotros nos vamos al pueblo, como habíamos quedado. Tú regresa a su lado. Vamos a ir pensando qué podemos hacer entre todos para ayudarle. Nos veremos después de la comida en el bosque, junto al gran abeto. Venga, Rufino, vámonos.

—Llevamos ya mucho tiempo rezando y ayunando por él. Pero creo que debemos redoblar nuestros esfuerzos —dice Rufino, frenando un poco a su compañero—. Por mi parte, me voy a colocar unas hojas de acebo debajo de la ropa y le ofreceré al Señor ese sacrificio suplicándole que alivie a Francisco en sus sufrimientos.

—Lo que quieras —insiste Maseo—, pero vámonos. Si nos ven juntos, pueden sospechar y entonces quizá nos obliguen a separarnos y a dejarle solo.

Los tres se marchan. Dos hacia el pueblo y el otro, León, a la choza de Francisco, que está a pocos metros de donde ha tenido lugar la conversación. Cuando llega, escucha atentamente desde fuera y, al oír la respiración entrecortada de su amigo, comprende que está durmiendo y se aleja despacio.

Apenas ha dado unos pasos cuando se encuentra con el padre guardián, fray Anselmo de Arezzo. Es un hombre de fray Elías de Cortona, el superior general de la Orden. Está en el monte Alverna para vigilar de cerca a Francisco y a todos los que acudan allí para entrevistarse con él. Elías tiene situados religiosos suyos de confianza en el resto de las ermitas donde Francisco suele pasar tiempos de descanso y oración, sobre todo las del valle de Rieti: Fonte Colombo, Poggio Bustone y también Greccio. Anselmo es una buena persona. También Elías lo es. Pero ambos están convencidos de que el fundador de la Orden ya no tiene capacidad para gobernarla. Piensan que debe ser tratado con todo respeto y cariño. Por supuesto que quieren aliviarle de los múltiples dolores físicos que padece y de ningún modo quisieran provocarle daño alguno. Se comportan con él como con un abuelo algo senil que si bien ha sido capaz de poner en marcha una gran empresa, ahora, debido a su debilidad mental, también podría destruirla. La Orden no es suya, sino de Dios y de la Iglesia, piensan.

Por eso, una vez que Dios, aunque haya sido a través de él, la ha creado, a él no le pertenece. Es como si una madre estuviera en trance de matar a sus hijos, habría que quitárselos para salvarlos, por más que haya sido ella quien un día les dio la vida. Fray Elías sabe que esta situación le produce a Francisco un gran dolor, lo mismo que sabe que no todos los religiosos de la Orden están de acuerdo con que él la gobierne e introduzca mitigaciones en la pobreza estricta que Francisco quiso cuando la fundó. Pero el superior general se sabe apoyado, con más o menos intensidad, por la Curia romana, incluido el cardenal protector, Hugolino. De ellos ha recibido el encargo de conducir a los Hermanos Menores hacia senderos menos estrictos y, sobre todo, de procurar que estudien más y que aumente el número de sacerdotes. La situación de la Iglesia requiere que los seguidores de Francisco se parezcan cada vez más a los de Domingo de Guzmán para poder responder con eficacia a los múltiples herejes que tanto daño hacen a la unidad católica. Francisco está de acuerdo en hacer de su Orden un muro contra la herejía, pero cree que es con la sencillez, la pobreza y el buen ejemplo con lo que ellos contribuirán a frenar a los logomilos, los pietrobrusianos, los patarinos, los albigenses, los valdenses y tantos y tantos otros. Deja el papel de estudiosos a los dominicos o a los benedictinos, a los que quiere y admira, mientras que desea para sus hijos la única especialidad que considera válida para ellos: la de desposarse con la «dama pobreza».

En ese contexto se produce la crisis que está afectando al fundador de la Orden. Anselmo, que tiene la misión de velar por la salud de Francisco tanto como la de evitar que la oposición a Elías se organice, se acerca a León para saber exactamente qué ha pasado esa noche.

—Querido hermano —le dice—, mal debe andar nuestro padre cuando él no ha ido a rezar y vos habéis salido tan pronto de la capilla. Qué curioso, además, que fray Rufino y fray Maseo hayan coincidido en visitar a la misma anciana. Por un momento llegué a pensar que os encontraría a los tres por aquí, tramando algo. Cuéntame, por favor, ¿cómo está fray Francisco?

—Fray Anselmo de Arezzo —responde León con cierta frialdad, recogida ya en el uso del apellido—, no sé nada más que lo que he dicho antes. Ha tenido una pesadilla y ha pasado mala noche. Espero que no os moleste que ahora descanse. Recordad que está enfermo y que en nuestra Orden hay reglas especiales para los enfermos. Reglas que, creo yo, todavía no ha modificado el superior general.

—El reverendo superior general, querréis decir —le corrige Anselmo, un poco picado por el tono de León—. Bien, veo que no me querréis contar nada. Lo tendré en cuenta en el informe que mandaré a Asís. No me quedará más remedio que recomendar a Fray Elías que os separe de fray Francisco y que se ponga fin de una vez a esta relación entre ambos, relación que va camino de convertirse en una especie de matrimonio. Demasiado tiempo lleváis juntos los dos y hay gente que eso no lo ve bien, gente incluso de la alta jerarquía de la Iglesia.

—Hermano guardián —contesta León muy tranquilo y sin inmutarse—, podéis recomendar a fray Elías lo que deseéis. Si no os cuento las cosas no es porque quiera ocultaros algo, sino porque no sé nada más. Bien sabéis que mi presencia al lado de fray Francisco es buena para él y, en cuanto a esas insinuaciones que decís, el mal está solo en la conciencia de los que piensan que existe, pues suele ocurrir que los que tienen malas costumbres creen que todo el mundo se comporta como ellos. Si fray Elías considera que me debo separar de fray Francisco, que me lo diga por escrito, por favor. Haré uso de mis derechos y apelaré al cardenal protector. Veremos entonces qué pasa.

—Ya salió lo del protector. En fin, demasiado indulgente es fray Elías con algunos de vosotros. Pero, de momento y ya que yo soy el superior aquí, os ordeno, por santa obediencia, que me tengáis informado de todo lo que haga referencia a la salud de fray Francisco. Eso si no queréis que sea yo mismo quien me ocupe de él —responde Anselmo, que, molesto, da media vuelta y deja a fray León solo, apenado.

El resto de la mañana la vida transcurre normal en el singular convento del Alverna, con sus habitaciones repartidas por el bosque, con sus grutas y cuevas que sirven de refugio a los religiosos cuando se retiran a orar, a veces durante semanas enteras, en la más completa soledad. Maseo y Rufino llegan a tiempo para el rezo de Tercia y toda la comunidad, menos Francisco, se reúne en la capilla para la oración. Después comparten juntos la frugal comida: unos mendrugos de pan, unas aceitunas y algo de fruta pasada que algún campesino les ha regalado. Francisco tampoco está en la choza que sirve de refectorio. Comen en silencio, como es su costumbre. Al acabar, se santiguan y se separan. Anselmo retiene entonces a León y le vuelve a preguntar por Francisco.

—Está en el bosque. Ha decidido emprender un ayuno especial para pedir misericordia para la Orden y para sí mismo —contesta este.

—Bien, pero que no exagere —le responde el superior.

—Hermano guardián —contesta León—, decídselo vos mismo. Parece que le tenéis miedo. Os aseguro que no muerde.

—Vuestra ironía, León, no está justificada. Si no me acerco a él no es por miedo, sino porque temo que mi presencia altere aún más sus nervios —dice Anselmo.

—Qué triste debe ser para vos —responde León— que vuestro fundador se ponga nervioso solo con veros. Pero, descuidad, yo le diré que estáis muy preocupado por su salud y que le ordenáis que se cuide.

León se va. Antes que él han salido ya los demás, cada uno por su lado. Hasta el rezo de Sexta tienen unas horas libres, que los religiosos suelen aprovechar descansando o paseando por el bosque cuando, como ahora en verano, hace tanto calor y solo se encuentra alivio introduciéndose en las sombras más espesas. Dando un rodeo y cada uno por su lado, Rufino, Maseo y León se dirigen al gran abeto blanco que no está muy lejos de donde los franciscanos han instalado las chozas y la ermita. Confían en que nadie les siga y en poder hablar a gusto de sus cosas.

—¿Cómo sigue? ¿Has logrado hablar con él, León —pregunta Rufino una vez que se han sentado al abrigo de miradas indiscretas.

—Sí, lo vi un momento cuando salía de su cabaña. No se sorprendió al encontrarme allí, acurrucado junto a su puerta. Al contrario, me dirigió una mirada de ternura y una sonrisa iluminó su cara. Solo por verle así di por bien empleado todo el tiempo de espera. Sin embargo, cuando intenté hablar con él y preguntarle por su estado me dijo que necesitaba estar solo. Me volvió a decir lo del sueño, que por lo que se ve le ha afectado mucho. Ya sabéis que en varias ocasiones el Señor le ha hablado en sueños y cree que ahora se trata de algo parecido. Así que, con cariño eso sí, me pidió que le dejara solo, que iba a empezar un ayuno extraordinario de varios días y que ya me buscaría cuando tuviera algo que contarme.

—¿Qué podemos hacer? —pregunta Maseo.

—He estado rezando para que Dios me diera alguna idea sobre eso —sigue diciendo León, que no había terminado de hablar cuando ha sido interrumpido por su inquieto compañero— y no sé si lo que se me ha ocurrido será una inspiración divina o una tontería. Recordad que nuestro padre es muy aficionado a las narraciones y que, desde antes de su conversión, le gustaba mucho escuchar relatos y leyendas, tanto de santos como de caballeros que iban o venían de las Cruzadas.

—De hecho, una de las causas por las que era famoso en Asís era por su gran capacidad para contar historias. Por eso lo conocíamos todos como el Rey de la juventud —tercia Rufino.

—Por eso y por las juergas que montaba con el dinero de su padre —añade Maseo.

—Bien, por favor, dejadme seguir —interrumpe León—. No tenemos mucho tiempo y quiero explicaros lo que se me ha ocurrido. Como os decía, a él le gustan y le entretienen los cuentos y las leyendas, especialmente si Dios está por medio, si hay alguna buena acción que sirva para animar al alma a unirse al Señor. Como se encuentra tan desanimado y con esa obsesión de que no sirve para nada y que todo lo que ha hecho lo ha hecho mal, creo que podríamos ayudarle contándole su propia vida, sus primeros pasos, las aventuras que corrimos hasta que tuvimos la aprobación pontificia y todo lo demás. ¿Qué os parece?

—Me parece fenomenal, León —dice Rufino—. Pero —añade— ¿quién lo hará? Yo soy un pésimo narrador y Maseo no digamos. Tendrás que encargarte tú de ello.

—Además —interviene Maseo—, hay que ver qué le vamos a contar. No le podemos hablar de las cosas negativas de la Orden, porque eso sería como echar leña al fuego y así lo único que haríamos sería aumentar su abatimiento.

—En cuanto a quién será el narrador —contesta León—, creo que debemos hacerlo los tres, aunque no me importa ser yo quien más intervenga. Pero he pensado hacerle llegar una nota a fray Ángel Tancredi, nuestro querido hermano de los primeros tiempos, que está en Ancona, para que venga lo antes posible. Ya sabéis que él es un auténtico especialista y que con él no solo se encuentra Francisco a gusto sino que siempre le ha entretenido mucho oír las viejas historias que Ángel conoce. Naturalmente —añade— que habrá que evitar hablar de aquello que pueda hacer daño a nuestro padre. Pero ahora lo importante es hacerle salir del agujero en que está metido y ayudarle a recordar las muchas cosas buenas que Dios ha hecho por medio de él.

—¿Cómo avisarás a Ángel? —pregunta Maseo.

—Serás tú precisamente quien te encargarás de ello. Si no te importa, le dirás a Anselmo que das por terminada tu presencia en Alverna y que deseas partir para Las Marcas a predicar en los pueblos de aquella región durante la época de la vendimia. No creo que se oponga, pues será un alivio para él que nos quedemos dos incondicionales de Francisco en lugar de los tres que estamos ahora. En cuanto salgas de aquí, te diriges a Ancona y le pides a fray Ángel que venga lo antes posible —contesta León.

—¿Y por qué tengo que ser yo quien se vaya? ¿No podemos mandar a alguien del pueblo? Quiero estar al lado de nuestro padre en estos momentos. No sé si me necesitará él a mí, pero yo a él sí —dice Maseo.

—No seas egoísta —interviene Rufino—. Cuando León lo dice es por algo. Además, lo que importa es el bien de Francisco, no nuestros gustos.

—Sí, claro —sigue protestando Maseo—, tú dices eso porque a ti te toca quedarte, pero el que se tiene que marchar soy yo. ¿De verdad no podemos encontrar otra forma?

—¿Crees, Maseo, que si Anselmo ve llegar a Ángel va a aceptar que estemos aquí los cuatro juntos? Mandará enseguida aviso a fray Elías y no tardará en llegar una orden de destino para los cuatro a cualquier lugar de Italia o aun del mundo. Sin embargo, si uno se va,

Anselmo no sospechará nada. Si luego, dentro de unos días, cuando ya haya llegado Ángel vuelves a aparecer por aquí, con la excusa de que te has puesto enfermo mientras predicabas en Las Marcas, creo que será distinto. Además, siempre cabe la posibilidad de que el que se vaya entonces sea Rufino —dice León con una sonrisa llena de picardía mientras mira a su amigo.

Una vez llegado a un acuerdo, se levantan y se dirigen a la ermita. Se acerca la hora de Sexta y no quieren faltar al rezo comunitario. Cuando están cerca se separan para llegar a la capilla por sitios y en momentos diferentes. Francisco tampoco está presente en la oración, pero ya nadie se extraña ni pregunta. Al acabar la plegaria cada religioso parte para cumplir con sus obligaciones. León sale a buscar a su amigo y maestro. Como lo conoce tanto, no le resulta difícil averiguar dónde se esconde. No está lejos del conjunto de pequeños edificios que sirve de convento.

Sobre el precipicio en que se rompe la montaña hay unas cuevas pequeñas a las que Francisco tiene especial cariño. Allí, resguardado de toda indiscreción, teniendo como compañeros solo a los pájaros, el fundador de los Hermanos Menores deja que pasen las horas. Su libro de rezos es el espléndido horizonte, cubierto con frecuencia por una tenue bruma. Tiene graves problemas con la vista, pero conoce tan bien aquel paisaje que intuye perfectamente todo lo que hay más allá de lo que su enferma mirada le muestra. Allí, rezando Avemarías y Padrenuestros, dejándose acariciar por el sol y por el canto de los pájaros, expone su alma a la contemplación divina y súplica del buen Dios el don de la misericordia.

Allí lo encuentra León. Dulcemente, como quien trata a un enfermo, pues eso es Francisco en ese momento, León se acerca a él y le habla.

—¿Cómo estáis hermano? —le pregunta, evitando llamarle padre, pues sabe que no le gusta.

—Aquí, bañado por el hermano sol y acariciado por el hermano viento, me encuentro algo mejor, León. Pero no estoy bien. La luz que llega a mis pobres ojos no consigue entrar en mi alma. Lo que te he contado esta mañana sigue estando ahí. No sé por qué ni por qué no, pero tengo unas ganas enormes de morir, de desaparecer, de dejar de luchar, de poner fin de una vez a esta vida tan complicada en la cual no hay manera de acertar por más que lo intentes.

—Hermano —León le ha interrumpido porque veía que se embalaba de nuevo hacia la desesperación—, me gustaría pediros ayuda. Sé que estáis agotado y que no es justo pediros nada, pero, aun así, me atrevo a abusar de vuestra paciencia. Las Damas Pobres nos han encargado que redactemos una historia de la Orden. Como sabéis se quejan de que vos no vais nunca a verlas y ahora que están creciendo tanto, dicen que necesitan algo que lleve vuestro aval para poder transmitir a las novicias no solo lo que ha pasado sino también la espiritualidad de nuestra familia. Les hubiera gustado que fuerais vos mismo quien escribiera esa historia, pero comprenden que vuestros ojos ya no están para muchos esfuerzos, así que han insistido en que seamos nosotros los que lo hagamos, pero desean que vos ratifiquéis todo lo que digamos.

—La hermana Clara, ¡cuánto me acuerdo de ella! Es una de mis muchas deudas y errores, haberlas atendido tan poco. Sin embargo, León, no estoy para nada, ¿no te das cuenta? Quieres que te escuche contarme historias de mi propio pasado y yo me encuentro a punto de abominar de él. ¿Cómo podría soportar repasar una historia que está plagada de equivocaciones y pecados? No, León, ovejuela de Dios, no puedo. Tendrás que decirle a sor Clara que me perdone una vez más. Hacedlo vosotros si queréis, pero dejadme a mí aquí, solo, mecido por la luz y el viento.

—Francisco, con gusto haría lo que me pedís —insiste León—, si no lo hubiera hecho ya. ¿Creéis que no los he intentado convencer para que os dejen tranquilo? ¿Creéis que no me he enfadado incluso con ellas y les he dicho que son unas egoístas y que no tienen en cuenta vuestro estado? Pero ya sabéis cómo son, tozudas como mujeres, capaces de insistir e insistir hasta que consiguen lo que quieren. Como además son unas santas, apelan a Dios Nuestro Señor y es Él quien en la oración intercede por ellas, por lo que no queda más remedio que obedecerle a Él, que las obedece a ellas.

—Sí, tienes razón. Recuerdo que una vez en que me encontraba harto por tantos inconvenientes que nos daban sobre si debíamos estar cerca de ellas o no, dije que el Señor no había querido darnos esposas y a cambio el demonio nos había dado hermanas. Como en tantas otras ocasiones, me equivoqué. Pero la verdad es que resulta difícil enfrentarse a ellas. Menos mal que sor Clara está de parte de Dios, pues si hubiera sido su enemiga, al Señor le habría resultado difícil vencerla.

—Además —añade León, que va viendo cómo Francisco cede ante sus pretensiones—, no se trataría de algo que os agotara. Apenas os robaríamos algún rato de la soledad que queréis y necesitáis, de forma que os molestemos lo menos posible. ¿Qué os parece?

—¿Por qué hablas en plural? ¿Es que va a venir alguien aparte de ti? Eso sí que no, León. Solo contigo me encuentro a gusto y estar con los demás supone un esfuerzo que no puedo hacer en este momento —objeta Francisco.

—Padre, digo hermano, os agradezco esta deferencia, pero ya sabéis que soy un pésimo narrador. Me gustaría que pudieran estar también otros religiosos, pero solo aquellos que sean de vuestra más absoluta confianza. Por ejemplo, Rufino o Maseo, o fray Ángel de Asís, que he sabido que llegará al Alverna dentro de poco para una temporada de retiro. ¿No me digáis que la presencia de estos hermanos os produce fatiga? —dice León.

—Tienes razón una vez más, León, pero es que por un momento he temido que fuera alguno de los otros, de los fieles a fray Elías, los que quisieran venir a contarme historias de conflictos que no quiero oír y que me hacen daño. Si es así como dices, adelante. Pero solo un rato cada día. Y si tardamos más, que la hermana Clara no se ponga nerviosa y que espere. Ahora, por favor, déjame solo otra vez. Me cansa hablar y hasta me cansa escuchar. Déjame y suplícale a Dios que tenga misericordia de mí y que esta nube oscura que cubre mis ojos y mi alma se despeje.

León se va. Está contento, muy contento. Ha conseguido su objetivo. Sabe que ha hecho mal al inventarse la historia de que son las Damas Pobres las que quieren obtener un relato de la vida de Francisco y de los orígenes de la Orden, pero confía en que Dios no se haya molestado mucho con esa mentirijilla y está seguro, además, de que sor Clara habría aprobado la idea si hubiera tenido tiempo de consultarla. Para dejarlo todo bien atado y que no haya lugar para sorpresas va en busca de fray Anselmo, el hermano guardián. Le encuentra en su cabaña, redactando el informe semanal que envía a fray Elías. Anselmo, al oír llamar en su puerta, se sorprende y esconde a toda prisa algunos papeles, para dar entrada después al que llega.

—Pasa, León, pasa. ¿Qué os trae por aquí a estas horas? ¿Hay alguna novedad sobre el hermano Francisco?

—Sí, hermano —contesta León, que intenta dulcificar al máximo su voz aunque sin conseguirlo del todo—. Acabo de estar con él. Me ha insistido de nuevo en que quiere estar solo. Como sé que estáis escribiendo el informe a fray Elías —Anselmo se sorprende de que León esté enterado de todo y hace un gesto instintivo para tapar lo que está escrito encima de la mesa—, he venido a daros todos los detalles para que se los hagáis llegar al superior general.

—Me alegra tu actitud de colaboración, hermano León. Siéntate y cuéntame.

—Fray Francisco —dice León mientras se sienta— está sumido en una grave crisis. No quiero entrar a discutir quién es el culpable, pues ya sabéis que mis opiniones son muy distintas a las vuestras. Pero me consta que vos, a vuestra manera, le queréis y no deseáis que sufra. Menos aún, estoy seguro, deseáis que muera.

—¿Tan grave es la cosa? —dice Anselmo, interrumpiéndole.

—Peor de lo que en principio se podía uno imaginar —añade León, que ha decidido jugar la carta de la exageración a fin de conseguir del superior carta blanca, al menos hasta que llegue una respuesta de Asís—. Os he dicho ya que esta noche ha tenido una terrible pesadilla en la que soñaba con su suicidio. Ya sabéis que Dios le ha inspirado a veces cosas importantes en los sueños, como ocurrió, por ejemplo, en Spoleto. Él piensa que se trata de una premonición, un aviso del cielo. Cuando he ido a verle ahora le he encontrado con la mirada fija, esa mirada casi sin vista que se le ha quedado y que oscurece el fuego que siempre tenían sus ojos. Miraba, aun sin ver, al vacío, más allá del precipicio. Temo, hermano guardián, y os lo digo solemnemente para que si ocurre algo no recaiga sobre mi conciencia, temo que cometa alguna locura, que se lance al vacío y se quite la vida.

—¡Qué horror! Hay que hacer algo inmediatamente —dice Anselmo poniéndose en pie, mientras León, que lo tiene todo calculado, sigue sentado—. Hay que retirarle de esas tétricas cuevas donde tanto le gusta estar. Señor, Señor, ¿por qué nos has dado un fundador así, tan excéntrico y tan extremista?

—Tranquilo, hermano, tranquilo. Lo que tenga que ocurrir ocurrirá. Además, no me parece que la cosa sea inmediata. Está, eso sí, meditando sobre un desenlace que podría suceder en los próximos días —Anselmo, al ver la calma de León, se ha vuelto a sentar—. Lo que creo que habría que hacer es tenerle vigilado. Con discreción, por supuesto, pues su estado de ánimo no soportaría la presencia continua de alguien a su lado —dice León.

—¿Tenerlo vigilado, decís? Quizá sí. Posiblemente será esa la solución, al menos hasta que fray Elías decida qué hacer con él. Gracias, León, por haberme informado de todo. Como bien habéis intuido, ahora estaba redactando el informe para el superior general. No es que me guste hacer esto, pero es mi deber y así fray Elías está al tanto de todo lo que le ocurre a Francisco y puede velar por él de la mejor manera posible, como sabéis que es su deseo. En cuanto termine con estas notas yo mismo iré a buscarle, le acompañaré a su celda y allí le mantendremos encerrado hasta que se le pase la crisis y se aleje el peligro —concluye Anselmo, más tranquilo.

—Hermano, perdonad que os haga alguna objeción —dice León, que también había previsto la posibilidad de que a Anselmo se le ocurriera encerrar a Francisco como si fuera un loco peligroso—. No creo que nuestro fundador pueda soportar estar en una celda encerrado. Posiblemente eso sería el detonante de la tragedia. También en su cabaña puede quitarse la vida. Con el agravante de que entonces os acusarían a vos, e indirectamente a nuestro superior general, de haberle provocado la desesperación al mantenerle encerrado. Ya sabéis que él es como los petirrojos, incapaz de soportar los espacios cerrados durante mucho tiempo. Dios hizo su alma libre como la de un pájaro y solo al contacto con la naturaleza esta se esponja y respira a gusto.

—¿Qué sugerís entonces? —pregunta el superior—. Si decís que corre el peligro de tirarse por el precipicio y decís que también se puede suicidar en la celda, ¿qué podemos hacer? —añade.

—Muy sencillo —responde León, que ve que todo está a punto de terminar felizmente—. Como os decía antes, se trata de estar a su lado a una prudente distancia. Observarle con la suficiente discreción como para captar el peligro si es que se presenta. No hay que molestarle en lo más mínimo, pero sí estar cerca por si acaso necesita una mano amiga que se interponga entre su desesperación y el abismo. Os pido, por lo tanto, permiso para que, de uno en uno, nos turnemos para vigilarle con prudencia.

—Creo que habéis tenido una excelente idea —contesta Anselmo, que se ha tragado completamente el anzuelo—. Yo mismo me ofrezco para empezar el primer turno de vigilancia. En cuanto termine esto iré hacia las cuevas donde tanto le gusta estar y me pondré cerca de él sin ser visto.

—Hermano Anselmo —León, sorprendido por una posibilidad que no esperaba, intenta atajar el inconveniente—, ya sabéis que este tipo de enfermos es muy especial. Os aseguro que os aprecia, como aprecia a fray Elías y a todos los hermanos de la Orden. Todos somos sus hijos y un padre no deja de querer aunque sus vástagos le den algún quebradero de cabeza. Sin embargo, se trata de ayudarle, no de perjudicarle. Por eso, os agradezco mucho vuestro ofrecimiento, que sé que hacéis de corazón, pero creo que esta tarea debemos hacerla solo aquellos con los que él tiene más confianza. Es decir, fray Rufino, fray Maseo y yo mismo. Os aseguro que tendréis informe puntual de todo lo que haga. De lo contrario, imaginad que se tirara por el precipicio estando vos cerca, no faltarían maledicentes que pensaran que habéis provocado su muerte. Os aseguro que os interesa estar lejos y dejar en nuestras manos la responsabilidad de ayudarle. Si algo le pasa, será culpa nuestra y así podréis decirlo ante el Papa y los obispos.

—Caray, León —responde Anselmo—, tenéis argumentos para todo. Pero tenéis razón. Si algo le sucediera estando yo cerca me acusarían de lo que no he hecho. Lo malo es que fray Maseo, me extraña que no lo sepáis, acaba de marcharse del convento. Me ha pedido permiso para ir a predicar a Las Marcas y se lo he concedido. Así que estáis solo vos con fray Rufino, porque fray Alberico no creo que sirva para mucho debido a sus limitaciones. Haced lo que podáis. Os libero a los dos de las demás obligaciones y nosotros tendremos que asumir la parte de trabajos de la casa que vosotros no podáis hacer. ¿Eso es lo que nos ha enseñado Francisco, no? Como veis no soy tan mal discípulo suyo como vos y otros pensáis.

—Perdonad si alguna vez os he molestado —responde León, feliz—.

—Vuestro comportamiento de ahora es ejemplar. Os aseguro que lo haré saber a todos los que me pregunten. En cuanto a los trabajos del convento, no os preocupéis, ni Rufino ni yo ahorraremos esfuerzos para llevarlos a cabo además de hacer de vigilantes de nuestro padre. Y ahora, hermano, vámonos a rezar la hora de Nona, que ya deben esperarnos en la capilla.

—Ambos salen. En la ermita, efectivamente, estaban el resto de la comunidad, es decir los hermanos Rufino y Alberico, pues Maseo había querido partir cuanto antes para poder regresar también cuanto antes. Las oraciones se desgranan con paz y devoción. Después, el silencio acoge los pensamientos y las frases de amor que los cuatro religiosos dirigen a su Señor. Al terminar, todos salen del templo y se marchan a sus ocupaciones. León, abiertamente, delante de los demás, se dirige a Rufino:

—Hermano Rufino, por favor, esperad un momento. Tengo que hablar con vos para daros un encargo del hermano guardián.

—Rufino, sorprendido, se detiene. Anselmo se vuelve también y asiente con la cabeza para seguir después hacia su celda. Alberico, que no se entera de nada, sigue a sus cosas.

—¿Qué sucede, León? —pregunta Rufino cuando los otros dos se han alejado.

—Todo ha salido a la perfección, querido hermano —dice León, al que le falta poco para ponerse a dar brincos de alegría—. Todo me ha salido redondo. He tenido que contar alguna mentirijilla, pero espero que Dios no se enfade conmigo. Por favor, no tuerzas el gesto —al oír lo de la mentira, Rufino ha puesto mala cara—. No seas tan escrupuloso. Simplemente, me he inventado ante Francisco una historia, la de que eran las Damas Pobres las que quieren que les hagamos un relato de la historia de la Orden y que desean que vaya ratificado por el propio Francisco. Este ha puesto algunas pegas, pero luego ha aceptado sin mayores problemas, pues ya sabes el caso que hace a todo lo que Clara, tu prima, le dice. Pero lo mejor ha sido lo que he conseguido de Anselmo. Le he convencido para que nos deje, solo a ti y a mí, estar al lado de nuestro padre.

—No me gusta que mientas —dice Rufino—. Dices que soy un escrupuloso porque insisto en que el fin no debe justificar los medios, pero es que si cedemos en lo poco también cederemos en lo mucho. Pero, en fin, ya que lo has hecho no queda más remedio que aceptarlo. Pero no me has dicho qué historia le has contado al hermano guardián para que nos deje solo a nosotros estar cerca de Francisco.

—Nada, ha sido una estratagema sin importancia ni malicia —dice León, un poco escamado con su amigo por ser tan puntilloso—. Le he dicho parte de la verdad, aunque no toda. Le he contado de nuevo lo del sueño de anoche y que me ha parecido ver a Francisco tan hundido que temía que pudiera intentar de verdad quitarse la vida. Entonces le he sugerido que lo mejor es vigilarle a una cierta distancia. Quería participar también él, e incluso quería encerrarle en su choza, pero le he convencido de que, en ambos casos, si ocurría alguna desgracia lo mejor era que no se lo pudieran imputar a él sino a nosotros. Así que me he hecho responsable de la suerte de Francisco y él se ha sentido encantado de eso y nos deja las manos libres para dedicarnos a cuidarle. Incluso se ha ofrecido a trabajar más en las cosas de la casa para que tengamos tiempo libre.

—¡Pero qué listo eres! —dice Rufino, asombrado—. Ahora solo nos queda —añade— tener éxito en la empresa. Para eso no basta con nuestros ardides o con nuestra inteligencia, sino que tenemos que rogarle a Dios y a la Virgen que nos ayuden. La responsabilidad es mucha y sin una intervención especial de ellos no conseguiremos nada. Por mi parte, y mientras tú tramabas todo esto, he empezado una novena a la Virgen de la Salud para que cuide de nuestro padre.

—Has hecho bien, hermano —contesta León, que no es tan aficionado como su amigo a los rezos, aunque no los desdeña por supuesto—. Como decía el padre San Benito, «ora et labora». Tú rezas y yo trabajo. Así irá todo estupendamente.

—No, León —objeta Rufino—. No. Los dos debemos rezar y los dos debemos trabajar. De lo contrario, no vale.

—Lo que tú quieras, como siempre. Pero vámonos ahora a ver a Francisco, que el sol no tardará en ponerse y quizá nos necesite para salir de las cuevas sin peligro.

## UNA HISTORIA DE AMOR

Desde el día siguiente, León y Rufino se turnan para montar guardia junto a Francisco. Con discreción, sin hablarle incluso, están relativamente cerca de él, oyéndolo y observándolo. Aprovechan ellos también para dedicar más tiempo a la oración, lo cual es, por otro lado, uno de los objetivos de la estancia en el monte Alverna. Ya les llegará el tiempo de descender a los valles y ciudades a predicar la pobreza, la reconciliación, la limosna y la fidelidad a la Iglesia. Mientras tanto, se dejan llenar de Dios por el mismo Dios y, a la vez, están atentos a las necesidades de su padre.

Después de la hora de Sexta, León se acerca a Francisco para empezar la tarea. La excusa es buena y el fundador de la Orden la ha aceptado sin recelos. Falta por ver si el resultado es el deseado, pero León quiere intentarlo todo pues no sabe qué otra cosa hacer para levantar el ánimo de su maestro.

—Hermano Francisco, ¿cómo estáis? Espero que no os haya molestado mi presencia o la de Rufino durante todo el día. Como veis, hemos estado cerca de vos sin molestaros e incluso sin que notarais prácticamente nuestra presencia. ¿Estáis preparado para que empiece a contaros los primeros pasos de nuestra familia? —dice León.

—Querido León, ovejuela de Dios, os he estado observando toda la jornada. ¿De qué tenéis miedo? ¿De que arroje mi cuerpo al precipicio? Y, en ese caso, ¿lloraríais por mí o por los perjuicios que mi suicidio supondría para la Orden? —contesta Francisco.

—Padre —León se ha puesto serio y olvida que a Francisco no le gusta que lo llamen así—, estoy dispuesto a soportar de vos todos los insultos del mundo menos ese. No puedo responder en nombre de todos los hermanos de nuestra familia, pero sí de mí y de otros muchos.

Cuando llegue el día de vuestra muerte, que Dios quiera que no tenga nada que ver con esas turbias ideas que os asaltan, yo no lloraré por la desaparición del fundador de los Hermanos Menores, sino por la pérdida de la persona que más quiero en el mundo. Padre, ¿tan mal lo he hecho estos años, siempre a vuestro lado, que dudáis de que os quiero?

—Perdóname, León —responde Francisco—, perdóname. Ya no sé lo que me digo. Todo esto es una prueba más de que no me encuentro bien. Anda, empieza a contarme esa historia y Dios quiera que además de hacer el bien a las Damas Pobres le haga también bien a mi alma.

—Todo empezó, si no me equivoco —comienza a narrar León— en la batalla de Collestrada. Apenas estaba el siglo recién estrenado, pues era el año 1202, cuando los nobles, que habían sido expulsados de Asís y habían encontrado refugio en Perugia, quisieron recobrar sus tierras y palacios. La ciudad, que se había dado a sí misma un gobierno independiente tanto del emperador como del Papa, se dispuso a la guerra y vos, con el deseo quizá de ser pronto caballero, os enrolasteis en su ejército.

—Sí, efectivamente, allí empezó todo. Yo era un muchacho entonces. Lo era no solo porque no tenía más que veinte años, sino porque aún no sabía lo que era el dolor. Mi padre, don Pietro, no había regateado esfuerzos para rodearme de todo lo que un joven de mi edad pudiera desear. Mi madre, doña Pica, francesa como sabes, era la expresión suprema de la ternura y también de la exquisitez, los mimos y los caprichos. Partí para la guerra como quien va a una excursión o a una batida de caza. Y lo que me encontré fue una realidad muy amarga.

—Efectivamente, hermano, porque los burgueses de Asís no pudieron vencer a las tropas de los nobles y en aquella guerra civil murió el sueño de una ciudad independiente. Vos fuisteis hecho prisionero y durante más de un año estuvisteis en las mazmorras de Perugia, mientras se arreglaba lo de vuestro rescate.

—Tuve mucha suerte, porque ni me pasó nada en la batalla ni mi padre era pobre. Pero algunos amigos míos muy queridos murieron y otros, cuyas familias no tenían bastante dinero, fueron asesinados en la cárcel, ante mis propios ojos.

—Debió de ser terrible, efectivamente —sigue diciendo León, contento porque ve a su maestro animado al recordar las viejas historias—. Y, sin embargo, salisteis de allí mejor que habíais entrado.

—Entré siendo un joven inexperto y salí convertido en un hombre que sabe lo que es la muerte, la enfermedad y el sufrimiento. Pude haber muerto y vi morir a otros. Conocí el miedo y también el dolor. De aquella época tan temprana, creo yo, arranca mi mala salud. De hecho, cuando por fin regresé a casa, recaí varias veces con fiebres altísimas y a punto estuve de morir en más de una ocasión. Pero todo aquello fue una suerte, una gran suerte.

—¿Por qué, padre? ¿Por qué fue una suerte sufrir?

—No le deseo a nadie el sufrimiento, León. No al menos el mucho que yo he tenido que pasar en la vida. Pero al menos aquel dolor me ayudó a valorar mejor lo que tenía, especialmente el don de la vida. Allí, en la cárcel de Perugia, en aquel invierno tan frío y húmedo, sin ropa casi y con poca comida, con ratas por doquier, oyendo a mis amigos quejarse y delirar por las fiebres, allí comprendí que Dios me amaba, allí empecé a darme cuenta de quién era Él y cuánto había hecho por mí.

—No lo entiendo, padre. ¿Cómo pudo ser que el dolor os hablara de amor? —dice el religioso sorprendido.

—Por favor, León, no me llames padre, que no lo merezco —objeta Francisco, que añade:

—Mira, te diré una cosa, creo que para comprender el amor de Dios hay que haber sufrido algo. Solo el que sufre entiende al que sufre. Solo el que ama comprende al que ama. Si no has estado nunca enamorado, ¿cómo vas a entender el amor de Dios? Si no has sufrido de verdad en la vida, ¿cómo vas a apreciar el sufrimiento de Dios por ti? Yo, en aquel tugurio miserable, podía haberme desesperado, o podía haber perdido la fe católica pues no olvides que los que nos habían derrotado eran los soldados del Papa. Sin embargo, el Señor se sirvió de aquella difícil situación para hablarme directamente al corazón. «Francisco» me decía, «fíjate cuánto sufre la gente, fíjate el daño que hacen las heridas y cómo muerde el cuerpo desnudo el frío del invierno. Pues todo eso yo lo acepté voluntariamente por ti. Más aún, mi Padre me entregó a la tortura, a la derrota, a la muerte por ti. Francisco, te amo y tu amor me ha costado la Cruz. Date cuenta de lo que he hecho por ti». En esto meditaba una y otra vez, León. Y lo hacía cada vez que mi cuerpo era taladrado por algún dolor o cuando veía sufrir a los demás. «¡Cuánto ha hecho Dios por mí!», pensaba. «¡Cuánto le he costado!» Yo, si pudiera, huiría de este sitio, mientras que él se introdujo voluntariamente en la cárcel de la humanidad y subió voluntariamente al potro de tortura de la Cruz para redimirme y perdonar mis pecados. Allí, en aquella noche oscura permanente pues solo un ventanuco teníamos para iluminar la mazmorra, allí mi alma empezó a llenarse de luz, de gratitud, de amor.

—¿Eso fue todo? —pregunta León, impresionado.

—No. No fue todo. La muerte estaba muy cerca. De hecho, al principio estábamos apiñados y a lo largo de aquellos meses veíamos que cada vez había más sitio en aquel húmedo sótano. La muerte nos rondaba a todos y todos éramos conscientes de que podía visitarnos en cualquier momento. Recuerdo que uno de mis amigos, Paolo se llamaba, de la familia de los Bastiani, estaba a punto de ser rescatado cuando enfermó y murió; su madre solo pudo abrazar un triste cadáver. Aquella realidad terrible me urgía no solo a reconciliarme con Dios, sino también a relativizar todas las cosas que hasta entonces habían sido lo más importante en mi vida. ¿De qué servían los honores? ¿De qué el dinero? ¿Para qué poseer fincas y castillos, cuadros hermosos o vestidos de lujo? La muerte de mis amigos, mi propia enfermedad, me gritaba momento a momento: «Francisco, todo pasa. Todo es vanidad de vanidades. Solo hay una cosa que dura para siempre y esa es Dios. Solo Dios permanece, solo por Dios merece la pena vivir y morir». Por eso te digo, León, que allí empezó mi conversión, porque allí sentí por primera vez la llamada del Señor a dejarlo todo y seguirle, a vivir para darle las gracias por el amor que me tenía y que le había llevado a morir en la Cruz por mí.

—Sin embargo, padre, cuando salisteis de la cárcel volvisteis a lo de antes —objeta León.

—León, veo que estás decidido a llamarme padre aunque me disguste, así que haz lo que quieras. Eres más tozudo que una mula y al final siempre te sales con la tuya. En cuanto a lo que dices, tienes razón. Pero hay que entender que aquella llamada de la cárcel era solo el primer aldabonazo de Dios a la puerta de mi corazón. Es verdad que al regresar a mi casa empecé de nuevo a trabajar en los negocios de mi padre y que otra vez fui el «rey de la juventud», como me llamaban mis amigos por el mucho dinero que gastaba en juergas. Pero en mi interior las cosas eran distintas. Aunque me divertía e incluso tenía ganas de recuperar el tiempo perdido y de aturdirme con músicas y borracheras, cuando cesaba la fiesta la voz interior hacía su presencia, cada vez más fuerte, cada vez más nítida. «Francisco», me decía, «¿es que no te ha servido de nada lo que has visto?, ¿es que necesitas que otra vez la desgracia te golpee para no alejarte de Dios?, ¿es que has olvidado que Dios te ama y te necesita?». Yo no quería complicaciones y, sin embargo, no lograba disfrutar en paz de lo que la vida me ofrecía. Los demás, que al principio no lo notaron, pronto empezaron a darse cuenta. Como yo no quería hablar de eso, por miedo a que se rieran de mí, les dije que si me veían pensativo era porque me había enamorado de una doncella bellísima y que no podía quitarle de mi pensamiento. Esto llegó incluso a oídos de mis padres, que se llenaron de alegría pensando que por fin iba a sentar la cabeza y que iba a llevar a cabo un matrimonio de conveniencia.

—Pero no fue así. No os casasteis e incluso intentasteis de nuevo probar fortuna en la guerra —dice León.

—Sí, es verdad, pero eso, querido hermano, vamos a dejarlo para mañana. Me he excitado mucho recordando estas cosas y estoy cansado. Espero haberte ayudado en tu tarea. Mañana seguiremos, te lo prometo —responde Francisco, que añade —Recuerda al escribir tu historia que mi primera lección fue esta: Todo pasa y solo Dios permanece. Todo es vanidad de vanidades, todo es frágil y perecedero, excepto el amor que Dios nos tiene; este amor es lo único firme y seguro, lo único estable y sólido sobre lo cual podemos empezar a construir los cimientos de nuestra casa.

—Padre, por cierto, gracias por permitir que os llame así, pues os aseguro que necesito expresar mi cariño hacia vos de alguna manera y solo esa palabra logra recoger lo que siento. Padre, antes de que me vaya esta tarde, quisiera saber una cosa más. ¿Os arrepentís de aquellos primeros momentos? ¿Si pudierais volver a empezar, volveríais a hacer lo mismo?

—León, esa pregunta está de más. No sé qué haría si pudiera volver a empezar, teniendo ya la sabiduría que da la experiencia de la vida. Sé que intentaría hacer algunas cosas de otra manera. Quizá no tardaría tanto como tardé en seguir al Señor, o quizá, a la vista de lo que he sufrido después, habría deseado morir en la cárcel de Perugia. Afortunadamente, Dios nos esconde el futuro, pues si supiéramos de golpe todo lo que vamos a sufrir en la vida o incluso toda la felicidad que vamos a tener, creo que moriríamos inmediatamente. Sin embargo, no me arrepiento de haber empezado, no me arrepiento de haberle dicho sí al Señor, de haber dejado que su gracia entrara en mi alma y empezara el lento y difícil trabajo de arreglarla y componerla para que en ella pudiera reinar, a gusto, su Divina Majestad.

—Entonces, padre —y así León llega a donde quería—, entonces admitís que aquello estuvo bien, a pesar de que podía haber estado mejor. ¿Veis cómo ha sido bueno que empezarais la aventura? ¿Veis como en vuestra vida ha habido cosas positivas? No tenéis razón para considerar que todo lo habéis hecho mal y no hacéis bien en exagerar pensando que vuestro esfuerzo no ha servido para nada. Solo por esto, por poder predicar a los hombres que Dios es amor y que nos ha demostrado su amor muriendo en la cruz, ya vale la pena lo que entonces padecisteis.

—Querido hermano, te agradezco tus buenas intenciones, pero no te va a ser fácil levantar mi ánimo. Quizá si todo hubiera quedado allí, habría merecido la pena, pero aquello siguió y ha llegado a esto. ¿Crees que puedo sentirme orgulloso del resultado? Además, cuando pienso en el pasado, en aquellos primeros tiempos, no puedo menos que reprocharme que tardara tanto en cortar con todo para seguir a Cristo. Dos años largos y aun necesitó el Señor probarme con una nueva enfermedad y con lo de Spoleto.

—De eso, padre, hablaremos mañana —dice León, que ve que Francisco se precipita de nuevo en la desesperación—. Es hora de ir a rezar la hora de Nona. ¿No queréis venir conmigo?

—No, todavía no tengo fuerzas para ver a nadie. Anda, ve tú y no te preocupes, no me tiraré por el acantilado en tu ausencia.

## EL SEÑOR O EL CRIADO

El día siguiente amaneció espléndido. Sin duda, iba a hacer calor y hasta era previsible que alguna tormenta estallara a lo largo de la tarde. El verano había entrado en su último mes, pero todavía tenía el vigor suficiente como para forzar a hombres y animales a buscar cobijo a la sombra de los árboles durante la mayor parte del día.

Árboles no faltaban ni en el valle ni en el monte Alverna. Entre estos últimos merodeaban los cinco religiosos franciscanos. Francisco seguía igual, al menos aparentemente. Los demás hermanos continuaron la vida comunitaria habitual, marcada por los rezos litúrgicos a las horas previstas, por el trabajo de la casa, por la atención a las personas que acudían a verles y por las largas horas de meditación y contemplación, que eran uno de los principales objetivos de la estancia en aquel singular convento, considerado por el fundador, como otros de su estilo que se encontraban en lugares semejantes, como auténticos «sanatorios del alma».

Fiel a su misión, León se dirigió, después del rezo de Tercia al encuentro de Francisco, al que ya había ido a saludar por la mañana.

—¿Qué tal van esos ánimos, padre —le preguntó, para añadir: —¿Podemos seguir con nuestro trabajo para que sor Clara esté contenta?

—Cuánto te agradezco, León, que vengas a estar conmigo. Te lo agradezco especialmente porque no me apetece que vengas. Lo que quiero es estar solo, pero comprendo que este sentimiento es dañino para mi alma y, de entre todos los hermanos, tú eres el que menos inquietud me produces con tu presencia. Pero en cuanto a lo de la historia, eso sí que supera con creces mi capacidad de resistencia. ¿Por qué no estás ahí, en silencio, suplicando al buen Dios que pase de mí este cáliz de amargura? Acepto que estés cerca, pero es muy duro tener que oír historias que no estoy seguro de que sirvieran para algo cuando ocurrieron.

—Padre —dice León— veo que la noche sigue siendo la reina de vuestro espíritu. Con gusto me quedaré aquí, en silencio, a vuestro lado. Pero permitidme que, dentro de un rato, os hable de algo del pasado. Sé que es un esfuerzo para vos que os cuesta mucho hacer y que os parecerá cruel que os lo pida, pero no solo lo hago por las Damas Pobres, sino por vos mismo.

—Haz lo que quieras —responde Francisco, entre molesto y agotado.

El silencio envuelve entonces a los dos religiosos.

Ambos rezan. El lugar no puede ser más hermoso, ni más adecuado para la alabanza divina a la vista de la belleza de las obras del Creador. El tiempo pasa lentamente. Solo los pájaros se atreven a romper la monotonía. A lo lejos, procedente del valle, de vez en cuando se oye la esquila de las ovejas o los cencerros de las vacas y, junto a ellas, algún grito del pastor y el ladrido de sus perros. León, que ha suplicado intensamente al Señor por su hermano y maestro, decide volver a la carga. Como si tuviera a su cargo a un niño que no quiere comer y, con enorme paciencia, tiene que inventarse alguna estratagema para que abra la boca e ingiera una cucharada de papilla, así hace él con Francisco. Es el hijo quien, ahora, da la vida al padre. Pero eso lo ha aprendido también de él. En realidad, todo lo ha aprendido de él, lo cual hace la escena más singular, pues es como si el maestro abjurara de sus enseñanzas y el discípulo tuviera que educar al que le educó. Son cosas del amor, que solo el amor entiende. Y de amor saben mucho aquellos dos religiosos, tanto el enfermo como el que le cuida.

—Padre —empieza diciendo León, con voz suave que, a pesar de todo, provoca un respingo en Francisco—, ¿os acordáis de lo que sucedió cuando decidisteis ir a luchar a la Apulia?

—No, León, no me acuerdo de nada ni quiero acordarme. Mi alma está sangrando y tú insistes en contarme cosas que no me importan, que ya no existen y en las que ya no sé si creo. ¿Por qué no me dejas en paz, por qué este suplicio añadido de querer contarle lo rico que un día fue a un hombre que ya no tiene nada?

—Porque —contesta el religioso con paciencia— no es cierto que no tengáis nada. No lo veis, no os dais cuenta, pero ahora, que estáis crucificado, sois más rico que nunca. Por favor, dejadme que os narre aquella historia de Spoleto y luego corregidme si me equivoco en algo.

—Haz lo que quieras —vuelve a decir Francisco, mientras hace un gesto displicente con su mano y se da media vuelta para ponerse de espaldas a su compañero. Entonces León empieza su relato.

—Era el año 1205, si no recuerdo mal —empieza diciendo León, que no hace caso al gesto de su amigo y que sabe que le encantan las historias, así que está seguro de lograr captar su atención y, con ello, distraerle—. Habían pasado ya un par de años desde que habíais salido de la cárcel de Perugia. Vuestra vida en Asís había vuelto a ser, aparentemente, la del hijo triunfador del rico comerciante Bernardone. Vuestro padre no abandonaba la idea de que consiguierais un título nobiliario mediante las armas. Vos mismo estabais confuso, sin saber qué hacer. En vuestra alma se libraba una dura batalla y había días para todos los gustos. Ya no erais el rey de la juventud, como antaño, pero aún seguíais siendo un joven amigo de las fiestas, fiestas que se mezclaban con tiempos cada vez más largos dedicados a los paseos solitarios por el campo. Habíais pasado una nueva enfermedad, que preocupó mucho a vuestra madre, Pica. Pero aquello ya había terminado y de repente volvió a surgir la oportunidad.

—Francisco ha mordido el anzuelo. Su interés por las historias ha sido más fuerte que su depresión y su apatía. Poco a poco se ha ido girando hacia su hermano y ahora está ya mirándolo de frente, de forma que le interrumpe para ser él quien sigue narrando.

—Sí, efectivamente. Recuerdo cuando llegó a Asís el lugarteniente del noble Gualterio de Brienne. Venía a reclutar jóvenes nobles o que aspiraran a serlo. «El Papa», nos dijo, «nos necesitaba». Estaba luchando en el sur de la península, en la Apulia, y su ejército tenía necesidad urgente de refuerzos. Inmediatamente pensé que era Dios quien me llamaba a esa guerra. Era tan distinta de la otra que no lo dudé. Se trataba de servir a la Iglesia y, por lo tanto, podía ser la ocasión de hacer algo por el Señor. Además, satisfacía también los deseos de mi padre, sus presiones. Por eso me enrolé en las filas de Gualterio y a los pocos días partí hacia el sur, con los otros alegres jóvenes que el lugarteniente había reclutado en Asís. En Spoleto teníamos que reunirnos con los que procedían del resto de la Umbría.

—Sin embargo, padre, no era ese el camino que Dios quería para vos —afirma León, muy contento de ver cómo se ha animado Francisco.

—No, no lo era, efectivamente. Pero yo no había aprendido todavía a discernir su voz de tantas otras voces como resonaban en mi corazón. Allí, en la llamada del Papa, se mezclaban muchas cosas. También estaba mi vanidad, mi deseo mundano de triunfar, la secreta esperanza de regresar a Asís armado caballero y, quizá, con algún otro título nobiliario que engrandeciera nuestro apellido. Creo, incluso, que eso era lo más importante, pero se camuflaba bajo la apariencia del deseo de servir a Dios y a la Iglesia. Dios tenía todavía mucho trabajo de purificación que hacer con mi alma en ese momento.

—Y lo hizo. En Spoleto os habló por primera vez —añade León.

—Sí. Aquella fue al primera vez y no la olvidaré nunca —responde Francisco, que está cada vez más animado—. Era por la noche. Habíamos llegado esa tarde y nos habíamos instalado en el campamento de Gualterio de Brienne. Era una corte excelente. Lo mejor de la Umbría y de las Marcas estaba allí. Todos éramos jóvenes caballeros o aspirantes a serlo. Todos estábamos llenos de entusiasmo y, también, de vanidad. Para la mayoría, servir al Papa era una excusa para marchar lejos de casa en busca de aventuras y regresar después cargados de honores. Aquella noche habíamos montado una juerga fenomenal, con varias hogueras que salpicaban el campamento y en torno a las cuales corrían el vino y la grappa en abundancia. Yo me había sumergido de lleno en el ambiente, satisfecho por la camaradería y, por primera vez en varios meses, con la conciencia tranquila porque creía haber unido, por fin, lo que Dios me pedía con lo que me pedía el mundo. Ser soldado de Cristo, soldado del Papa, era algo evidentemente noble y digno, algo que mi conciencia no me podía reprochar. Cuando acabó la juerga, nos fuimos cada uno a nuestra tienda. Yo dormía con un joven de Asís, Hugo se llamaba. Era de una familia noble pero no tenía dinero. Él no aspiraba a honores, que ya poseía, sino a lograr un empleo fijo en el ejército papal y a enriquecerse con la soldada destinada a los caballeros. Pero era un buen muchacho.

—¿Y qué pasó aquella noche, padre? —le pregunta León, para animarle a que siga.

—Aquella noche Cristo me zarandeó en serio y me descubrió la vanidad de mis aspiraciones. Llevábamos más de dos horas durmiendo. Todavía faltaban tres o cuatro para que sonara el toque que nos llamaba a formación. Yo, como Hugo, dormía profundamente. Sin embargo, oí su voz con total claridad. «Francisco», me preguntaba, «a quién es mejor servir, al Señor o al criado». «Al Señor», contesté sin la menor duda y, también, sin la menor duda de que era con Cristo con quien hablaba. «Entonces, ¿por qué pierdes el tiempo sirviendo a señores que son mis criados? Levántate y vuelve a Asís. Allí te diré lo que deseo de ti». Esas fueron sus palabras, hermano León. Palabras terribles, pronunciadas en la noche, que volvieron a sumergir a mi alma en una noche oscura cuando creía que había encontrado la luz.

—¿Qué hicisteis entonces? —interroga León.

—Me desperté. Hacía frío, pero yo estaba sudando. Hugo dormía junto a mí y roncaba terriblemente. Había bebido mucho vino y lo demostraba con rugidos más que con ronquidos. Pero yo no estaba para fijarme en muchas cosas. Tenía la seguridad de que Cristo me había hablado y también tenía la seguridad de que había desnudado mi alma. Comprendí que lo que estaba buscando en el ejército del conde de Brienne no era a Dios, sino los honores y vanidades del mundo. Me había dejado engañar, me había querido engañar a mí mismo y había sido el mismo Cristo quien me había sacado del engaño. Sin embargo, la situación en que me encontraba no era sencilla. ¿Qué tenía que hacer? ¿Salir de la tienda y, en medio de la noche, regresar a Asís? ¿Qué iba a pensar la gente de mí? Sin duda que todos dirían que era un cobarde. Esto se me representó de manera tan nítida que, de repente me sentí como aplastado por una losa gigantesca. No me veía con fuerzas para afrontar lo que la gente iba a decir de mí. Me imaginaba ya regresando a

Asís y escuchando por las calles las burlas de los vecinos. Por otro lado, estaba mi padre. ¿Qué iba a pensar mi padre? Había gastado mucho en la armadura y en todo el equipaje que me llevaba para la guerra y, sobre todo, había puesto tantas ilusiones en mi éxito que si regresaba a casa con las manos vacías le estaría defraudando una vez más. Enfadar a Pietro Bernardone no era cosa de poco. Su genio era terrible y Dios sabe lo que era capaz de hacer conmigo. Todo eso lo supe inmediatamente, allí, en aquella tienda de lona, junto a un compañero rico pero pobre que roncaba como un si fuera un animal que se encuentra dando los estertores de la muerte. No, no era una escena heroica, ciertamente.

—Pero tuvisteis el valor de obedecer a Dios —dice León.

—Sí, qué remedio me quedaba. ¿Cómo iba a seguir en el ejército si Dios me acababa de decir que no lo hiciera? Ya sabes, León, que cuando Dios entra en la vida de alguien es como cuando un águila se lanza desde el cielo en busca de su presa. Una vez que la atrapa, ya no la suelta. A esas alturas, Dios había cogido ya mi corazón. Yo ya era suyo, aunque todavía no lo sabía. Yo ya era suyo y, con un gran esfuerzo, maldiciendo mi suerte, me dispuse a obedecer. «¿Por qué has tenido que esperar a este momento para decirme lo que quieres?», le preguntaba. Podías haberme hablado en Asís, antes de partir, le decía al Señor. Pero se lo decía mientras pensaba en los pasos a llevar a cabo para cumplir su voluntad.

—¿Y qué pasó? —pregunta León.

—Lo que pasó ya lo sabes. Cuando amaneció, antes aún del toque de corneta, yo ya me había levantado. Fui a buscar al lugarteniente de Gualterio y le dije, a bocajarro, que me volvía a Asís. Se quedó de una pieza. Cuando me preguntó los motivos, solo acerté a decirle que me habían decepcionado los compañeros, que la juerga de la noche anterior me parecía impropia de un ejército destinado a servir al Vicario de Cristo. Él se echó a reír y era cosa de verlo. No paraba. Cuando por fin cesó su risa estuvo a punto de golpearme, pero se contuvo. A cambio empezó a burlarse y a llamarme barbaridades, a poner en duda mi hombría, mi valor, todo. Era lo que esperaba, así que aguanté en silencio y con la cabeza baja, hasta que me despidió. Sus risas y sus insultos me siguieron durante un rato y todavía hoy las oigo. Luego volví a la tienda. Hugo ya estaba levantado. Le dije que volvía a Asís. No se lo podía creer y también él me pidió explicaciones. No se las di. Sí le di, en cambio, mi armadura, esa armadura que había llamado la atención por su riqueza y su calidad. Le di todo lo que llevaba. Él era pobre y yo rico. Él tenía que luchar a las órdenes del Papa y yo debía luchar a las órdenes del Señor del Papa. Pero aunque mi Señor era más poderoso que el suyo, yo no iba a necesitar armaduras para defender su causa. La armadura que me debía proteger debía estar dentro, cuidando mi alma más que mi cuerpo. Y la verdad es que sus piezas ya empezaban a ensamblarse, porque el rato de vergüenza que acababa de pasar mientras aquel soldadote se burlaba de mí, no había sido cualquier cosa.

—Así fue como volvisteis a Asís —dice León, que recoge ahora el hilo del relato—. Allí, como decís, no fue fácil. Todos, incluidos los de vuestra casa, se burlaron de vos.

—No «incluidos los de mi casa», sino «sobre todo los de mi casa». Mi padre, a pesar de que yo ya era un hombre hecho y derecho, me pegó una paliza fenomenal con su cinturón de cuero y su hebilla de plata. Luego me encerró en las mazmorras de la casa. Ni las lágrimas de mi madre lo conmovieron. Creo que lo hacía más por él que por mí. Es decir, lo hacía más por la vergüenza que él iba a pasar por culpa mía que por la oportunidad de engrandecerme que yo había perdido.

Además, yo no le podía contar a nadie lo del sueño. Me aferré a la excusa de que me había decepcionado el ejército del Papa. ¿Qué otra cosa podía hacer? Si aquello ya era increíble, lo de que Dios me había hablado en sueños forzosamente debía sonar a los oídos de todos como una vulgar mentira con la que intentaba justificar mi cobardía poniendo a Dios por medio. Callé, aguanté los insultos, me dejé maltratar y empecé a tejer mi historia de amor con Cristo. Porque, en realidad, allí sí que empezó todo. Los golpes, las burlas, las humillaciones, el calabozo, todo aquel terrible calvario, de repente empezó a serme dulce como la miel. Fue un milagro, León, porque cuanto más me insultaban, más contento me sentía. Era, indudablemente, la gracia de Dios. Yo no sabía qué me estaba pasando, pero mi corazón estaba cada vez más encendido de amor por Cristo. Después he comprendido que se trataba del cumplimiento de una de las bienaventuranzas, aquella en la que el Señor dice: «Dichosos vosotros cuando os insulten y os persigan por mi causa». Empecé a sentirme dichoso de sufrir por Cristo, de sufrir con Cristo. Mi alma empezó a ser suya y a disfrutar de serlo. Comprendí, y esta fue la segunda lección que Dios me dio, que no se puede amar sin sufrir, es decir que si se quiere de verdad amar a alguien hay que estar dispuesto a sufrir por ese alguien, a sacrificarse por él, a renunciar a cosas que te gustan por él; de lo contrario, eso del amor es un sentimiento vacío de contenidos, algo que pasa tan rápidamente como llega. En la vida, entendí con motivo de lo de Spoleto, todo tiene un precio. Puedes pagarlo o no, pero no puedes comprar una cosa y no dar nada a cambio. Yo podía ser amigo y soldado de Cristo o no serlo, esa era mi elección. Pero no le podía decir que le quería y luego no ser consecuente con ello, no querer pagar el precio que su amistad me suponía. Él lo había pagado en la Cruz por mí y yo empezaba a pagarlo, con la humillación y el ridículo, por Él.

León está feliz. Su amigo está, de nuevo, contento. Recordar el pasado ha funcionado, como él había previsto, como una terapia. Sin embargo, de repente, una sombra vuelve a cruzar el rostro de Francisco que se dirige a León y, cogiéndole las manos con fuerza, le pregunta:

—¿No crees, hermano León, que si Dios me habló en aquel sueño me ha vuelto a hablar ahora en el que acabo de tener? ¿Qué me quiere decir Dios con este sueño terrible del suicidio? ¿Qué va a pasar con nuestra Orden, y contigo y con mis queridos y fieles hermanos? León, ¿qué está pasando? Y, sobre todo, ¿qué debo hacer?, ¿qué quiere Dios de mí ahora?

—Padre —dice el religioso, un poco asustado al ver que ha vuelto la angustia—, quizá este sueño no sea de Dios, sino del diablo. Quizá se deba solo a una enfermedad. No todos los sueños deben ser considerados como mensajes del Altísimo. Además, se acerca la hora de Sexta. Debemos ir a rezar. ¿Por qué no venís conmigo? Los demás hermanos se alegrarán de veros.

—No puedo, León. Contigo estoy bien, pero ver a fray Anselmo es como ver a fray Elías y no tenga fuerzas para ello, al menos no todavía. Déjame solo de nuevo. Voy a seguir aquí, tranquilo, aguardando que Dios me diga algo. Quizá se apiade de mí y me hable como hizo antaño.

León no insiste y se marcha. Volverá tras la oración con algo de comida y agua. Intentará después que él siga recordando su pasado. Y, sobre todo, le ofrecerá a Cristo su propio dolor para que tenga piedad de aquel hombrecillo al que ama más que a su propia vida.

## REPARA MI CASA

Después de la oración, fray León pide permiso al hermano guardián para comer junto a Francisco. Este, comprensivo, se lo da, e incluso se ofrece a ser él quien vaya a estar al lado del fundador. León le explica que Francisco mejora lentamente pero que está tan débil que no soporta más que la presencia de alguien muy conocido, de alguien con quien tenga una completa confianza. Entonces Rufino interviene y pregunta cuándo le va a tocar a él. León le promete que pronto, quizá al día siguiente, pero que ahora es él quien de nuevo tiene que acudir al lado del maestro común.

—Padre —dice León cuando llega a la cueva donde está Francisco—, he traído un poco de queso y unas aceitunas para comer. También he traído agua. Me gustaría compartirlo todo con vos. Debéis comer y descansar un poco. De nada sirve que os atormentéis pensando en lo que habéis hecho mal o en lo que podía haber sido hecho mejor.

—¿Otra vez aquí, León? —le dice Francisco—. Veo que estás decidido a cuidar de mí. ¿Qué historia quieres contarme ahora?

—Tengo que recordaros que he aprendido de vos que cuidar de los hermanos no es solo un deber sino un derecho. Habéis sido vos mismo quien nos ha enseñado a amarnos hasta dar la vida si hiciera falta, a amarnos como si cada uno fuera la madre del otro. Y esto que hago por vos no es nada comparado con lo que merecéis.

—Bien, como quieras —dice el fundador de los Franciscanos—, pero te advierto que cuanto menos hagas referencia a lo que yo os he enseñado, mejor, pues no estoy orgulloso precisamente de mis enseñanzas, sobre todo cuando me siento tan débil y tan imposibilitado de cumplirlas yo mismo.

Los dos religiosos comen en silencio, después de haber dado gracias a Dios por aquellos pobres alimentos. El tiempo de la comida es muy breve, en proporción a lo escaso de la misma. Después siguen un largo rato en silencio y, por fin, León se decide a volver a la carga.

—Padre, después del sueño de Spoleto, regresasteis a Asís y os enfrentasteis con vuestra familia, con los amigos, con la ciudad entera. La burla y el desprecio os golpearon, pero aquello, como me dijisteis antes, no os hacía demasiada mella, pues la gracia de Dios os protegía y empezabais a disfrutar con las cosas que os ayudaban a asemejaros a Cristo. He oído que, en esa época, yendo por un camino os encontrasteis con un leproso y que, tras un momento de duda, os acercasteis a él e incluso le besasteis en la boca.

—Sí, así fue. Dios mío, qué fuerte era yo entonces, qué lleno de energía y de valor. Ahora, en cambio, ¿qué queda de todo aquello?, ¿qué queda del hombre que fui?

—Bueno, padre —le corta León, siempre atento a sostenerle cuando la depresión le invade—, pero ¿qué pasó exactamente?

—Aquella fue una época dura. No solo por la incomprensión de los míos, que al fin y al cabo terminó por pasar. En cuanto a la opinión de la gente y de mis amigos, ya no me importaba demasiado. La dificultad estaba en no saber exactamente qué quería el Señor. Porque Cristo me había dicho que abandonara el ejército del conde de Brienne y que regresara a Asís, pero luego, una vez allí, no se volvió a poner en contacto conmigo para decirme lo que tenía qué hacer. Yo estaba desconcertado. El tiempo pasaba y ni Dios ni nadie me decían nada. Lo que antes me gustaba, las fiestas, los negocios, la política, todo me aburría ahora y no sacaba gusto de nada, ni siquiera de aquello que me veía forzado a hacer, pues tenía que seguir junto a mi padre, en sus negocios. Por eso, aprovechaba todo el tiempo libre que podía encontrar para vagar por los campos, pues solo allí, en medio de los árboles y de los arroyos, me sentía confortado. En cierta ocasión me encontraba no muy lejos de la leprosería de San Salvatore delle Pareti. Oí delante de mí la esquila de un leproso. Estaba muy cerca. Me quedé parado. Iba a caballo, así que podía, rápidamente, dar la vuelta y desaparecer. Sin embargo, me quedé paralizado y no fue solo por el pánico. Yo tenía entonces un miedo horrible a la posibilidad de ser contagiado por la lepra. Como tantos, pensaba que el contagio era casi seguro y, a pesar de que me estaba volviendo cada vez más caritativo con los pobres, lo único que evitaba era el trato con los leprosos. Sin embargo, aquella mañana uno de ellos, Dios sabe por qué, se cruzó en mi camino. Al quedarme quieto, no tardó el pobre hombre en aparecer, tras un recodo del camino. Su sorpresa fue enorme al verme allí, a caballo, parado. Le dio miedo, pues les estaba prohibido estar tan cerca de alguien sano, e intentó dar la vuelta y huir. Entonces me pasó algo sorprendente, que no supe explicar. Como llevado de una fuerza que no era mía, me bajé del caballo, le grité que se parara y corrí a su encuentro. Cuando le alcancé, sin pensar en absoluto en lo que hacía, le abracé con fuerza y de repente me descubrí besándole en la boca, una boca espantosa, babeante, podrida. No sé cómo pude hacerlo, ni por qué, pues él sin duda no lo esperaba ni se hubiera sentido ofendido si no lo hubiera hecho.

—¿Qué pasó entonces, padre? —le pregunta León, feliz al ver cómo se anima Francisco al recordar el pasado.

—Por un lado, le di la bolsa con todo el dinero que llevaba. Pero, sobre todo, cuando me separé de él, volvió a sucederme lo que me había pasado semanas antes, mientras la gente y mi familia me insultaba. Lo amargo se me volvió dulce. Lo que me parecía imposible se convirtió en algo asequible. Me había vencido a mí mismo. Había superado mis límites. Había cruzado una barrera que siempre consideré superior a mis fuerzas. Me sentí volar. Fue como si un peso que hubiera llevado desde siempre atado a mis pies, de repente hubiera desaparecido y entonces, utilizando la misma fuerza que antes tenía, me hubiera convertido en un gigante que daba pasos enormes. Y todo lo había hecho, quizá por primera vez en mi vida, por amor. No había testigos. No había honores que alcanzar, ni batallas que ganar, ni aplausos que recibir. Lo había hecho solo por amor. Por amor al Amor, por amor al Dios que me había amado muriendo en la Cruz por mí.

—¿El leproso se debió quedar sorprendido? —inquiere León.

—No sé qué fue de él. No lo conocía y nunca más lo volví a ver. Ni siquiera cuando, años más tarde, empezamos a servir a los enfermos de la leprosería de San Salvatore. El que se quedó sorprendido fui yo. No sabía qué me había pasado. No sabía si al día siguiente estaría enfermo de lepra y tendría que abandonar mi casa y refugiarme yo también en lugares tristes y solitarios. Pero me daba igual. Me sentía llevado en andas por los brazos de los ángeles, volando sobre el suelo sin que mis pies lo rozasen. Por fin era feliz y, lo que es mejor, era consciente de que lo era y de por qué lo era. Volví a mi casa, decidido a cortar con todo para consagrarme al Señor, pero aún sin saber cómo hacerlo. Había probado ya el vino de la felicidad y no podía dejar de buscarlo para emborracharme de él. Solo Dios me hace feliz, me decía a mí mismo. Solo con Él y haciendo lo que Él me pide he probado esta plenitud que siento ahora. No quiero perderla, no quiero volver a una vida gris después de haber conocido y gustado la luz del sol.

—Entonces fue cuando ocurrió lo de San Damián —dice fray León.

—Sí, efectivamente. Dios tiene sus planes y esos son a veces tan misteriosos que nos cuesta mucho entenderlos. Entonces fue cuando ocurrió lo de San Damián. Como sabes, en aquella época estaba en ruinas. Solo quedaba un pequeño fragmento del ábside y allí, colgando, el hermoso crucifijo que conoces. Había ido allí ya varias veces, porque el sitio me gustaba sobremanera, especialmente por la paz que se respiraba en el lugar y por la amistad que había ido surgiendo con el anciano sacerdote que cuidaba de aquellas ruinas y que vivía pobremente en la casita que había adosada a la parte de atrás de la iglesia. Después de lo del leproso pensé enseguida en ir a San Damián a rezar ante aquel crucifijo que tanto me atraía. Lo hice lo antes posible, al cabo de un día o dos. Me postré a sus pies, como siempre, y empecé a preguntarle al Señor: «¿Qué quieres que haga?» Una y otra vez le repetía lo mismo, dispuesto a no moverme hasta no obtener una respuesta. «Te necesito, Señor», le decía. «Necesito estar contigo, necesito que llenes mi alma de felicidad, necesito hacer tu voluntad, necesito amarte, necesito hacer algo por ti, necesito darte algo, lo que tú quieras, de lo mucho que tú me has dado». Era como aquella lucha de Jacob con el ángel del Señor, en la que ganó Jacob aunque quedó herido para siempre. Yo también gané y también quedé herido, aunque mi herida fue de amor y no física.

—Sabía que el crucifijo os había hablado, padre, pero no que os habíais tenido que empeñar para que lo hiciera —dijo León, sorprendido.

—El Reino de Dios es de los esforzados, León, y hay cosas que hay que estar dispuestos a arrancar del Cielo, porque solo si te ven interesado hasta ese punto te otorgan los más preciados tesoros. Sí, oí la voz de Cristo aquel día. No estaba durmiendo, como en Spoleto o como en la pesadilla de la otra noche. Estaba bien despierto cuando le oí decir: «Francisco, repara mi casa que, como ves, amenaza ruina». Eso fue todo. Eso fue más que suficiente.

—¿Qué hicisteis entonces?

—¿Qué iba a hacer? ¡Ponerme a dar brincos de alegría! ¡Por fin me había hablado! Ahora ya estaba seguro de lo que quería. Ya no corría el riesgo de meterme en otra aventura y que a la mitad de la misma me dijera que diera marcha atrás y que regresara a mi casa, dejándome en ridículo ante todos. A esas alturas a mí ya no me importaba nada más que hacer su voluntad y lo único que no quería era volver a equivocarme haciendo algo que me parecía bueno pero que no lo era. Además, tampoco era tan extraño lo que me mandaba. Me pareció algo lógico, muy adecuado a mis posibilidades. ¿No era yo el hijo de un rico? ¿No eran los ricos los que, tradicionalmente y para aumentar su prestigio, daban limosnas a los monasterios y a las iglesias para edificaciones o restauraciones? Pues lo que Dios me pedía era lo más normal. Me extrañó, incluso, que no se me hubiera ocurrido antes. Saltando de contento me fui de allí, dispuesto a poner manos a la obra.

—Entonces vino lo del robo —dice León, interesado en saber todos los detalles.

—No fue un robo. Al fin y al cabo, yo era el administrador de los bienes en ausencia de mi padre y siempre tuve la sensación de que lo que había en aquella casa sería mío algún día, pues yo era el primogénito. Por eso, como mi padre no estaba, cargué con varias de las mejores piezas de tela y me marché a Perugia. Al día siguiente ya estaba de vuelta. Las había vendido todas y, con el dinero, me dispuse a encargar al anciano sacerdote de San Damián que contratara a unos albañiles para que repararan la ermita. Era lo más normal, lo que habría hecho cualquier rico: pagar, de lo que le sobra, para que otros hagan la tarea. No tuve el más pequeño escrúpulo de conciencia y me pareció en todo momento cumplir al pie de la letra la voluntad de Dios.

—El señor Bernardone no pensó lo mismo —dijo León.

—Gracias a Dios, mi padre volvió a los dos días. No sé cómo, se percató inmediatamente de que faltaban algunas de las mejores piezas de tela y me preguntó por ellas. En mi inocencia, le conté lo ocurrido. Esta vez sí le dije que Cristo me había hablado y que había hecho lo que cualquier buen cristiano rico debía hacer: dar una generosa limosna para reedificar un templo en ruinas. Su respuesta fue típica: una buena paliza y otra vez al calabozo de casa. En cuanto me hubo encerrado, tras haber dicho mil veces que yo era un mal hijo y que él era un desgraciado por tener como heredero a un dilapidador de sus bienes, recuperó todo el dinero. El sacerdote, no sé si por prudencia o porque no había tenido tiempo, no había gastado todavía nada. Con docilidad, le dio a mi padre todo lo que yo le había entregado y este, más tranquilo, volvió a casa. De nuevo, por suerte para mí, tuvo que ausentarse a los pocos días y mi madre, con siempre, en cuanto él se fue me dejó salir de mi encierro.

—¿Qué hicisteis entonces, padre? —pregunta el religioso.

—Huir. Aquello había sido demasiado. Comprendí que mi padre se opondría sistemáticamente a todo lo que Dios me pidiera. Yo todavía no sabía que había recuperado el dinero, pero antes de saberlo ya tenía claro que si quería obedecer a Dios tenía que marcharme de mi casa. De nueva estaba confuso y sin saber qué hacer, pero entre las pocas cosas que tenía claras estaba la de que con mis padres no podría hacer la voluntad de Dios, que era lo único que de verdad me importaba. Me marché, sin despedirme siquiera de mi madre, para no hacerla sufrir y para que mi padre no la hiciera responsable de mi huida. Me fui a la montaña, a unas cuevas que no están lejos de la ciudad y allí decidí aguardar acontecimientos, que no tardaron en presentarse.

—Entonces fue cuando vuestro padre os denunció ante las autoridades y os llevó ante el obispo —dice León.

—Sí, efectivamente. Mi padre estuvo fuera pocos días en esa ocasión. Al regresar, temeroso de que yo hubiera hecho algún otro atentado contra su avaricia, se encontró con que había abandonado la casa. En vano mi pobre madre trató de defenderme y de decirle que debía respetar mis deseos, que quizá yo aspiraba a hacerme sacerdote o algo así. Él no atendió a razones. Solo le preocupaba su dinero. Y yo, que era el heredero, era una amenaza para su negocio. Si él moría, pensó, yo me quedaría con todo y no tardaría en derrocharlo dándoselo a los pobres. Tenía que acabar con ese riesgo y para eso decidió desheredarme. Acudió al podestá de Asís y este envió a unos guardias a buscarme. No tardaron en encontrarme, pero cuando me llevaban preso a la ciudad, yo les dije que me había consagrado al Señor y que estaba fuera de la jurisdicción civil, por lo que invocaba el derecho a ser juzgado ante el tribunal del obispo. Aquello se convirtió, de repente, en un asunto delicado, en un pleito entre dos jurisdicciones, la civil y la eclesiástica, que no se podía resolver a la ligera. Un guardia se quedó conmigo mientras el otro fue a informar al podestá. Este, por miedo a la excomunión que sin duda el obispo don Guido le habría lanzado, informó al prelado y a mi padre de lo que sucedía y en vez de ser conducido a la cárcel del municipio fui encerrado en la de la Iglesia.

—¿Cómo se portó el obispo? —pregunta, lleno de curiosidad por los detalles que no conocía, fray León.

—Se portó como un padre. Era muy joven entonces, pero tenía en su sangre el vigor de los Frangipani, que se habían enfrentado años atrás incluso a los pontífices romanos. Era, sobre todo, un hombre de Dios. Vino a verme a la cárcel. Sin duda que no entendió muchas cosas de lo que yo le decía, pero sí comprendió que el Señor me había hablado y que tenía que ayudarme. Así, cuando se celebró el juicio, en la plaza de la catedral, yo estaba seguro de que podría contar con su ayuda.

—Entonces fue lo de la ropa —dice el religioso.

—Sí, León, sí. Entonces fue lo de la ropa. Pero, lo mismo que días antes con el leproso, todavía no sé cómo hice aquello. Confío en que fuera una inspiración de Dios. Simplemente lo sentí así y lo hice, sin pensarlo dos veces.

—Nunca entendí —afirma León— cómo pudo vuestro padre, don Pietro, ser tan duro con vos.

—Yo tampoco lo entendí entonces. Ahora, en cambio, lo comprendo mejor. Dios se sirve a veces de la maldad de los hombres para darnos a todos grandes lecciones. Eso ocurrió en aquella ocasión. Mi padre era un hombre que había sufrido mucho para sacar a su familia adelante. Había tenido que trabajar lo indecible e incluso tragarse no pocas humillaciones para situarse al frente del gremio de los comerciantes de Asís. Viajes a Francia, a Milán, a Venecia, a la misma Roma, siempre desafiando los peligros de los salteadores, los abusivos impuestos de algunos municipios, los caprichos de los condottieros o de los nobles. Las guerras, las enfermedades, los mil problemas de la vida, no habían podido con él, que se había hecho a sí mismo y había situado nuestro apellido entre los más prestigiosos no solo de Asís sino de toda la Umbría. Yo era no solo su hijo, sino, sobre todo, su principal capital. En mí veía la posibilidad de prolongarse en el tiempo, de escalar aún cimas más altas que las que él había podido coronar. Por eso me quiso soldado, para ver si así hacía noble su apellido. Se decepcionó mucho con mi vuelta de Spoleto, pero el disgusto se le habría pasado si yo hubiera aceptado un ventajoso matrimonio y me hubiera puesto a trabajar junto a él, sin tener otro objetivo más que el de enriquecernos sin medida. Por eso, mi huida y la decisión de abandonar el hogar y entregarme a Dios y a un estilo de vida pobre y vagabunda, le sonó a traición. De ser el principal aliado de sus planes, me convertí en un peligro. El miedo que le entró a perder sus tesoros por culpa mía fue más fuerte que el amor paterno. Yo, querido León, valía menos para mi padre que lo que él había soñado sacar de mí. Cuando tuvo que elegir entre mi felicidad y sus intereses, no le importó sacrificarme. Así son muchas veces los hombres. Recuerda en cuántas ocasiones, a lo largo de estos años, nos hemos encontrado con problemas semejantes por parte de padres parecidos al mío, que nunca dejarán de ir a misa el domingo, pero que si el hijo o la hija dicen que quieren servir al Señor, se enfrentan con el mismo Dios antes de dejarse arrebatar la presa. Porque, para esos padres, el hijo no existe por sí mismo; es un objeto más de entre sus preciadas posesiones; no tiene derechos, ni puede pretender aspirar a ser otra cosa más que lo que al padre le convenga que sea. Si ha decidido, por ejemplo, que la hija no se case para cuidarlo en la ancianidad, esta no se casará por más que la muchacha esté enamorada y corra el riesgo de quedarse soltera para siempre. Si su interés le lleva a casar al hijo o a la hija con una mujer fea y desagradable o con un anciano, lo harán sin que importen los sentimientos de aquellos a los que debería amar más que a su vida. Todo esto, querido León, lo supe de golpe, en aquellos días en que anduve huido, escondiéndome de mi propio padre como si yo fuera una alimaña a la que hay que salir a cazar con ballestas y perros. Por eso, cuando llegó la hora del juicio y vi a mi padre ante mí que reclamaba del podestá y del obispo que yo renunciase a mis derechos como heredero, sentí la necesidad de ir más allá de lo que él me pedía y me desnudé por entero. Todo le di, todo lo que él podía considerar suyo. Desde entonces ya no tuve más padre que el del Cielo, que ese sí que se cuida de nosotros sin pensar en él, sin pensar siquiera en lo que va a poder sacar de nuestro amor, si es que este se surge algún día en el corazón del hombre.

—Entonces, eso fue lo que pasó, por eso dijisteis aquello de «Ya no diré más padre a Pietro Bernardone sino Padre nuestro que estás en el cielo», para sorpresa de todos —dice el religioso, que escucha admirado.

—Yo entonces no sabía muchas cosas, pero luego, a lo largo de los años, he ido comprendiendo que lo que empezaba a descubrir era tan viejo como el hombre. Recordarás, sin duda, aquel texto que solemos leer en nuestros rezos: «Aunque tu padre y tu madre te abandonen, yo no te abandonaré», dice el Señor. Dios se manifestó, desde el primer momento, como el que nunca falla. Incluso el amor más grande, el de los padres, se puede venir abajo. El de Dios no. Él no te quiere por tus méritos. Él no te quiere por tus virtudes o por el negocio espiritual que vaya a hacer contigo. Él, simplemente, te quiere. Te quiere aunque seas el más perdido de los hombres, el más pecador, el más ruin y miserable. Te quiere y te querrá siempre.

—Fray León está contentísimo de escuchar estas palabras. Francisco ha vuelto a ser el de siempre, el hombre arrebatado de amor a Dios, que con su verbo encendido llenaba de fuego el corazón de los oyentes. Por eso aprovecha la ocasión para intentar que el ánimo de Francisco se eleve y se llene de luz, de esa luz que él da a los demás y que, sin embargo, no puede iluminarle a sí mismo.

—Padre, cuánto me alegra oíros hablar así. Pero, si creéis esto, ¿a qué se debe vuestra tristeza? ¿Cómo es posible que dudéis de que Dios os ama cuando desde hace tantos años le habéis conocido y experimentado como el Padre que nunca falla? —pregunta.

—León, querido León, si tú supieras lo oscura que es la gruta en la que se encuentra mi alma no me harías esa pregunta. Sé que hay luz, pero no la veo. He conocido esa luz y soy capaz de recordarla, pero ahora me encuentro ciego y torpe. Vivo de la fe y de la memoria, pero estoy tan débil que necesitaría volver a vislumbrar al menos algo de lo que, en aquellos maravillosos días, disfrute a manos llenas. Gracias por estar conmigo, querido hermano. Eres como un reflejo de la ternura materna de Dios. Pero ahora déjame solo. Has conseguido que recuerde que en cierta ocasión fui rico, no de dinero sino de fuerza, de luz, de entusiasmo. Déjame solo que necesito llorar y necesito suplicarle al Dios misericordioso que no abandone para siempre la obra de sus manos.

León se va. Pero antes, sin que Francisco pueda evitarlo, se acerca a su fundador y le besa la mano. Hubiera querido hacer más. Hubiera querido estrecharle entre sus brazos y ser, de verdad, testigo de la ternura de Dios. Se conforma con ese gesto, mitad respeto, mitad cariño. El otro lo deja hacer y apenas ve partir a su amigo, se pone de rodillas y estalla en sollozos.

León se reúne con el resto de la comunidad, que espera noticias del enfermo. La vida sigue, con sus rezos y sus ocupaciones. Rufino, por fin, ocupa el sitio de León, vigilando a Francisco, pero sin atreverse a hablar con él. El antiguo caballero observa de lejos a su maestro, pendiente siempre de él por si necesita ayuda. Cuando el sol se pone, se retira justo antes que lo haga el fundador de los Hermanos Menores, el cual se dirige, en silencio, a su choza.


## EL SEÑOR ME DIO HERMANOS

Al día siguiente fray León se ve obligado a ceder, por segunda vez, a los ruegos de fray Rufino que quiere también él hablar e intentar consolar a Francisco. Después de Laudes, el primo de sor Clara, que ha estado esperando el momento oportuno, se acerca a su maestro con un cuenco de leche tibia y unos mendrugos de pan.

Francisco, agradecido, le sonríe.

—¿Cómo estás, Rufino? —le pregunta—. Veo que te ha tocado hoy a ti el turno de cuidar a este pobre enfermo? ¿Sigue teniendo miedo fray León a que lleve a cabo el sueño que tuve la otra noche?

—Hermano Francisco, por Dios, dejad ya eso de una vez —dice Rufino que, al contrario de León, no gusta de llamar «padre» al fundador de la Orden—. Fray León ha tenido que ir a la aldea a atender algunas obligaciones y me ha pedido que os sirviera este sorbo de leche. Os suplico que os lo toméis. Y os pido también que me dejéis estar a vuestro lado. Vos no os dais cuenta, pero inspiráis tal paz que solo con estar cerca de vos ya se experimenta la contemplación del Cielo —añade.

—¡Qué zalamero has sido siempre, querido Rufino! ¡Cómo se nota tu casta noble y la educación distinguida que recibiste! ¡Quién sabe qué metas habrías podido alcanzar si no me hubiera cruzado yo en tu camino!

—Hermano, por favor, no digáis eso. Yo era noble y rico cuando os conocí, efectivamente, pero no era feliz. Ahora lo soy. Y si eso es así os lo debo a vos, bueno a Dios en primer lugar, pero a Dios que actúa a través de vos —responde Rufino.

—A Dios no sé lo que le deberás —dice Francisco—, pero lo que es a mí solo me debes preocupaciones, persecuciones y un futuro tan incierto como el que llevaría un criminal acechado por la Justicia.

—¿Cómo podéis pensar así? Es cierto que en estos años, desde que os conocí y me uní a los Hermanos Menores, no me han faltado problemas. También es verdad que ahora los hay en la Orden, pero, permitidme que os lo diga, creo que exageráis. Nuestro futuro es espléndido. Nuestra familia crece continuamente. Gozamos del favor del Santo Padre. Los cardenales y los obispos nos respetan y nos quieren. ¿Cómo podéis pensar que estamos en la misma situación que los criminales que no saben dónde reposarán mañana la cabeza, porque dudan que esta esté aún sobre sus hombros?

—¡Ay, fray Rufino! Tus palabras ahondan mi herida. Veo que no te das cuenta de la situación, o que finges no darte cuenta para no aumentar mis angustias. ¿Qué importa el éxito del momento si este se construye sobre la ruina futura? La Orden es famosa, poderosa, aplaudida. Es verdad y eso es precisamente lo que me da miedo. No creas que yo deseo nuestra desgracia. Lo que sucede es que la gloria no es mi meta. Prefiero el fracaso si el éxito viene acompañado de la traición a mis principios. Somos triunfadores hoy, pero ¿qué seremos mañana? Preveo, querido Rufino, un futuro triste, de permanentes luchas, de tensiones sin cuento, donde los hermanos despedazarán a dentelladas a los hermanos y siempre debido a lo mismo: ¿hasta dónde hay que ceder en la pobreza?, ¿hasta dónde hay que adaptarse para conseguir más éxito, más aplausos, más grandeza? Si ahora, que vivo yo, sucede esto, qué pasará dentro de unos años.

Rufino está aturdido. No se esperaba esta reacción de Francisco. León le había dicho que la tarde anterior el padre común se encontraba más animado. Ahora, en cambio, le ve de nuevo deprimido. De sobra sabe el primo de sor Clara cuáles son los problemas, pero tampoco es cuestión de hablar de ellos con el pobre enfermo que tiene delante. Sin embargo, su intento de quitar hierro al asunto ha fracasado por completo. Desorientado, intenta reconducir la situación hablando, una vez más, del pasado.

—Hermano, permitidme que interrumpa vuestras lamentaciones. Sin duda tenéis razones que yo no alcanzo a entender. Pero fray León me pidió que cumpliera con el encargo que nos hizo mi prima y quisiera seguir adelante con esa tarea. Así que, si no os importa, podemos seguir hablando de los primeros tiempos de nuestra Orden. Si no me equivoco, ayer os quedasteis en lo sucedido tras la denuncia de vuestro padre ante el podestá de Asís y el obispo don Guido.

—Sí, sí, vamos a hablar del pasado. Haz conmigo como con los niños —dice Francisco—, entretenme con historietas y con cuentos para que me distraiga y no piense en la realidad que me oprime y me hace daño. Adelante, cuéntame lo que quieras que yo te diré lo que deseas saber, pero no te asustes si de vez en cuando la negrura de mi alma aparece. Rufino, tú yo hemos compartido demasiadas amarguras como para, a estas alturas, tener que ocultarnos cosa alguna.

—Como queráis, hermano. Por supuesto que podéis desahogar conmigo vuestro corazón. Sabéis que os soy absolutamente leal. Recordad, si no, aquella ocasión en que me mandasteis a predicar a la catedral de Asís vestido solo con los paños menores. Y os obedecí al pie de la letra.

—Tienes razón, Rufino —dice Francisco, que comienza a reír a carcajadas, ante la mirada complacida de su compañero, que ve cómo, por fin, se ha roto el hielo—. Me acuerdo de aquella anécdota. Y es que eras un jovencito más tímido que una damisela. No se te podía decir nada, no se te podía pedir que hicierais lo que se había convertido en nuestro modo habitual de vida. Así que aquel día me harté de verte tan frágil y decidí que si debías seguir en la Orden tendrías que romper algún plato. Por eso, lo recuerdo bien, te mandé, por santa obediencia, que fueras en ropa interior a predicar a la catedral, delante del obispo, de tus amigos nobles, de tu propia familia. O eso o te ibas a tu casa.

—Siempre os agradecí aquello. Lo mismo que os agradecí que, a la mitad del sermón, cuando la iglesia estallaba de risas y burlas, os hicierais presente al lado mío, también vos con poca ropa —añade Rufino.

—¿Qué otra cosa podía hacer? Apenas te vi partir sentí remordimientos y me dije: «¿Cómo te atreves, hijo de Pietro Bernardone el comerciante en telas, a mandar a este noble muchacho, orgullo de su estirpe, a que haga el ridículo delante de toda la ciudad? Vete tú ahora mismo tras él y comparte su vergüenza». Y así lo hice.

—Aunque no lo hubierais hecho, yo os habría querido igual, hermano Francisco. En ningún momento dudé de vos ni de vuestro amor. Era consciente de que aquella orden extraña y provocativa la habíais proferido para mi bien, para romper de una vez mi timidez, para hacerme llegar hasta mis propios límites y, una vez cruzados, ser capaz de llevar a cabo, con completa naturalidad, cosas menores que aquella. Además, si me hubierais pedido cualquier otra cosa, por absurda que hubiera sido, la hubiera cumplido sin rechistar. Todo antes que abandonaros. A vuestro lado me sentía, como me siento ahora, en el Cielo. Por escucharos hablar de Dios habría cruzado mares y montañas. No, no me podía ir de vuestro lado porque la vida no habría tenido nunca más sentido ni esperanza.

—Gracias, querido Rufino —dice Francisco, que se ha puesto de nuevo serio—. Gracias por tus palabras. Te habrá contado León que me encuentro mal. Tú mismo lo has notado, sin duda, por lo que te he dicho antes. Pero si algo me alivia es tu presencia y la de él. Sois para mí como gotas de agua que caen en la tierra reseca, promesa de que algún día el desierto volverá a florecer. Anda, vamos a seguir con la historia de nuestra familia. ¿En dónde dices que nos habíamos quedado ayer?

—En lo de la renuncia a vuestra herencia terrena para haceros heredero de las riquezas del Cielo —contesta Rufino.

—¡Ah, sí! —responde Francisco—. Después de aquello, protegido por mi carácter de consagrado al Señor dentro del orden de los penitentes, me fui a la ermita de San Damián. Al fin y al cabo, tenía un encargo divino que cumplir y todavía no había hecho nada. Comprendí que Dios no quería que llevara a cabo esa obra por el camino fácil de pagar para que otros la hicieran. Así que, pobre como era, no tuve más remedio que ponerme a pedir por las calles de mi propia ciudad.

—¿No os costó, hermano, pedir limosna donde antes derrochabais en juergas? —pregunta Rufino.

—Me costó mucho. Fue intensa la vergüenza, pero breve. Sucedió como cuando lo del leproso, que lo amargo se me volvió dulce. No olvides, hermano Rufino, que yo estaba enamorado. Más aún, estaba poseído del amor de Dios. Eran los primeros pasos y estos eran tan difíciles y delicados que el Señor me daba una superabundancia de gracias y me llevaba en volandas a fin de que mis frágiles pies no se hicieran daño con las afiladas piedras del camino. Lo más duro fue, sin duda, el día en que tuve que pedir limosna en mi propia casa. Mi padre no estaba, pero mi madre sí. La oí llorar en el piso de arriba. No quiso bajar a la puerta de la calle, la pobrecita. ¡Cuánto debió sufrir, tiranizada por su marido, que la había prohibido, como a mis hermanos, incluso saludarme! Murió pronto, harta de llorar y de suplicar misericordia para mí. Sin embargo, aquel día, te lo confieso, el corazón se me partió de nuevo. Me marché de allí destrozado. Pero seguí pidiendo limosna y así iba creciendo en el amor a Dios, pues a amar se aprende amando y a ser pobre y humilde se aprende con la práctica más que con mil reflexiones.

—¿Y no os pareció excesivo ese corte tan radical con vuestra familia, con vuestra madre?

—Recuerda que no era yo quien lo quería. Había sido mi padre quien me había echado de casa y quien había mandado a los guardias a prenderme. Yo había elegido a Dios y él, mi propio padre, me había forzado a optar entre el Señor o la dedicación a sus negocios, a sus intereses. Yo a mi padre no le importaba por mí mismo, sino como instrumento para sus propios planes y ambiciones. Además, si se me hubiera presentado la oportunidad de hacer algún negocio suculento en un país lejano, ¿no me hubiera marchado de mi casa sin remordimientos? Si, antes de decidirme a seguir por entero al Señor, se me hubiera ofrecido un matrimonio con alguna joven noble y rica pero de otra comarca, ¿no habrían estado encantados mis propios padres con la idea de que dejara la casa común, quizá para perderme de vista para siempre? Más aún, ¿no estaba mi padre entusiasmado con la idea de que yo me fuera a la guerra, sabiendo que cabía la posibilidad de que muriera en ella? No, Rufino, dejar mi casa no fue una traición o una falta de amor a mi familia. Lo que yo no podía consentir, y aconsejo que nadie lo consienta, es la tiranía de mis padres. Por dinero o por otros motivos, sí que se acepta la separación del hogar, por Dios en cambio no se acepta. ¿Es que vale menos Dios que un matrimonio ventajoso? Quizá para ellos sí, pero para mí no. Y era mi vida, no la suya, la que estaba en juego. Ellos habían tomado su decisión en su día y ahora era a mí a quien le correspondía decidir sobre el propio futuro.

—Recuerdo yo también aquellos momentos. Era un adolescente todavía, pero en la ciudad no se hablaba de otra cosa más que de la locura del hijo de Bernardone, que había renunciado a su cómoda posición para convertirse, por Dios, en un mendigo. Os daban mendrugos de pan, sobras de las comidas, restos que solo se ofrecen a los perros.

—Sí, me daban todo eso. Pero, poco a poco, me fueron dando otras cosas. Por ejemplo, una viuda que había perdido a su hijo por unas fiebres tercianas, me preguntó que por qué hacía todo aquello. Yo le contesté que por amor a Dios, que se había hecho pobre por nosotros. Yo quería ser pobre para imitarle a Él, le dije. Ella, que no era rica y que sufría, me sonrió y aquel día pude añadir un remiendo de tela fuerte y buena al tabardo que vestía, que era el mismo que me habían dado en casa del obispo cuando me desnudé ante mi padre. Otro día un hombre me hizo pasar a su casa, me dio de comer abundantemente y me preguntó por mi fe. Pertenecía en secreto a los seguidores de Joaquín de Fiore, que había muerto pocos años antes. Quería saber si yo era también de alguna secta de herejes. Cuando le dije que estaba dispuesto a dar la vida por el Papa me echó a la calle.

—También pedíais piedras —dice Rufino.

—Es cierto, incluso me inventé una cancioncilla que me servía de estribillo mientras recorría las calles. «A quien me dé una piedra le daré una bendición, a quien me dé dos piedras le daré dos bendiciones» —repetía.

—Bueno —afirma el religioso—, nunca fuisteis muy buen cantante y creo que no fue aquella de vuestras mejores poesías.

—Pero fue muy útil. La gente me oía cantar y se asomaba. Primero eran las burlas, las bolas de barro arrojadas contra mí por los muchachos, las cáscaras de huevo o los huesos que me tiraban desde las ventanas. Luego vinieron las preguntas. Después empezaron a ayudarme. Uno tras otro, se acercaban a San Damián a traerme piedras, argamasa, provisiones. Ya no tenía que ir a Asís, porque eran muchos los que venían a colaborar conmigo. Empezaron a decir que yo no era un loco, que era un hombre de Dios, que si el Señor me había hablado yo merecía respeto. Todo cambió rápidamente y no pude disfrutar mucho de imitar a Cristo en el camino de la Cruz, cuando le insultaban los sayones y la multitud se burlaba de Él.

—¿Cuánto duró todo aquello? —pregunta Rufino.

—Algo más de un año. Sé que a finales de 1207 vino a vivir conmigo Bernardo de Quintavalle. Como sabes, era uno de mis viejos camaradas. Había ido a la guerra y había vuelto lleno de honores, pero lleno también de decepciones. Dios había tocado su corazón y estaba, como yo hasta hacía poco, preguntándose qué quería el Señor de él. Primero me observó con cuidado, por si acaso lo mío era una cosa pasajera, ganas de llamar la atención de alguien que había fracasado como soldado y que ahora quería justificarse camuflando su miedo con la excusa de una llamada divina. Pronto se convenció Bernardo de que lo mío iba en serio y entonces me siguió. Pero no era el único que me observaba. Silvestre, que era canónigo de la catedral, se había convertido en uno de mis peores enemigos. Me criticaba continuamente ante el obispo, que no le hacía ni caso, por cierto. Me acusaba de ser un hipócrita, de ser un hereje, de quién sabe cuántas barbaridades. Todo era miedo. Puro miedo a no querer escuchar su propia conciencia, que le estaba pidiendo que hiciera lo mismo que yo hacía: dejarlo todo para servir, pobre y humildemente, al Señor de la pobreza y la humildad. El día en que Bernardo se convirtió y decidió venirse a vivir conmigo a San Damián, le puse como condición que debía vender lo que tenía, todo lo que tenía, y dárselo a los pobres. O íbamos en serio, o mejor nos quedábamos en nuestra casa, jugando a ser buenos, jugando a ser santos. Bernardo no lo dudó. En la guerra había visto muchas veces la muerte cara a cara y, como era dueño de sus bienes, no tuvo que dar explicaciones a nadie. Aquella mañana habíamos oído misa juntos y recuerdo que, como cosa excepcional, habíamos comulgado. Después nos dirigimos a su casa y allí, a la puerta, empezamos a regalar el dinero a manos llenas, como si una locura extrañísima se hubiera apoderado de nosotros. Era un gesto, la verdad, porque la mayor parte ya la había distribuido Bernardo entre personas que los dos conocíamos y que sabíamos que atravesaban necesidades. Pero con aquel gesto queríamos llamar la atención de nuestros vecinos. Queríamos que se preguntaran por qué hacíamos aquello. Y que encontraran la respuesta: Dios es la principal riqueza, la que los ladrones no roban ni los ratones roen. Entonces apareció Silvestre. Nos había seguido desde la catedral y se dirigió a nosotros lleno de ira. Se encaró conmigo:

—Estás echando a perder a este hombre —me dijo—. Vas a ser la ruina de esta ciudad. Si la gente te sigue, Asís se quedará sin riquezas, sin prestigio, sin nada —añadió.

—Yo, al principio, me quedé sorprendido. Era un sacerdote y ya solo por eso merecía mi respeto. Pero algo en mi interior me dijo que aquel hombre estaba respirando por su propia herida, así que me acerqué a él y le recordé las palabras de la Escritura: «Mirad los lirios del campo, que ni tejen ni hilan y ni siquiera Salomón en todo su esplendor se vistió como uno de ellos».

—¿Crees, padre —le pregunté— que por vivir al pie de la letra el Santo Evangelio ponemos en peligro a nuestra ciudad? ¿Es que el Evangelio es peligroso para los hombres?

Él enrojeció de ira. Bernardo, mientras tanto, seguía repartiendo dinero a manos llenas, en medio de una multitud que cada vez era más densa. Silvestre, entonces, enloqueció. Se puso a dar gritos, a dar empellones y patadas a unos y a otros, a pelear con la gente para que soltaran las monedas que mi compañero le daba. Entonces Bernardo, que, fuerte como era, podía haberlo derribado de un manotazo, se limitó a meter la mano en el saco donde guardaba el dinero y, sacando un buen puñado, se lo dio a él. Sorprendido, Silvestre lo cogió, lo guardó entre sus ropas y se fue corriendo. La gente acompañó su huida con gritos de burla.

—Pero luego Silvestre se convirtió también —afirma Rufino.

—Efectivamente. Cuando todo aquello acabó, Bernardo y yo, felices, nos dirigimos a San Damián. No habíamos hecho más que cruzar las puertas de la ciudad cuando oímos que Silvestre nos llamaba.

—Esperad, esperad —nos gritaba, mientras venía corriendo hacia nosotros. Nos paramos, sorprendidos y dispuestos a darle nuevas explicaciones sobre nuestra conducta. No hubo ocasión. Apenas llegó, fatigado como venía, se echó a mis pies y me pidió perdón. Fíjate, Rufino, que era un sacerdote. Yo me quedé paralizado, sin saber qué significaba aquello. Ayudado por Bernardo, le hice levantar y entonces él, que estaba llorando, nos volvió a pedir disculpas. Nos devolvió todo el dinero que le habíamos dado y nos dijo que su actitud se debía a que nuestro comportamiento le estaba provocando una fuerte crisis interior. Se rebelaba contra ella insultándonos a nosotros. Nuestra actitud le había vencido y ahora, afirmaba, estaba dispuesto a unirse a nosotros.

—¿Cómo reaccionó el obispo? —pregunta Rufino que, si bien sabía toda la historia, quería que Francisco la contase de nuevo para que, reviviéndola, recobrase el entusiasmo de los primeros tiempos.

—Don Guido fue, de verdad, lo que debe ser siempre un obispo. Nunca se preocupó del qué dirán. Siempre estuvo más atento a discernir si lo nuestro era de Dios que a saber si le interesaba o no apoyarnos. No nos utilizó para sus planes, sino que se puso al servicio de algo en lo que intuyó que estaba el Espíritu Santo. Por eso, y a pesar de la enorme novedad que suponía que un sacerdote, canónigo de la catedral para colmo, decidiera irse a vivir con unos mendigos, no puso objeciones. Exigió, eso sí, que Silvestre mantuviese sus votos sacerdotales y que siguiese cumpliendo, en la medida de lo posible, sus compromisos con la catedral. Y esto solo hasta que la Orden recibió la primera aprobación del Papa, pues luego le dejó completamente libre para que ejerciera su sacerdocio al servicio de los hermanos y de las damas pobres, como hizo hasta hace poco, cuando Dios lo llamó a su gloria.

—Así fue, pues, como vinieron los primeros hermanos. Pero, ¿cómo supisteis qué teníais que hacer para formarlos? —pregunta el compañero de Francisco.

—En cierta ocasión, Rufino —le dije al cardenal Hugolino—, que se extrañaba de lo poco organizada que estaba nuestra familia, que el Señor me dio hermanos pero que nadie me dijo lo que debía hacer con ellos. Sin embargo, esto no es del todo verdad. Alguna cosa sí que me fue diciendo el Señor. En ese bendito año del 1208, el 24 de febrero, fiesta de San Matías, los tres nos dirigimos a la iglesia para preguntarle al Señor qué quería exactamente de nosotros. Varios caminos se nos abrían por delante, sobre todo ahora que habíamos terminado la reconstrucción de la ermita de San Damián. Quizá Cristo quería que siguiéramos haciendo esa tarea, que nos convirtiéramos en albañiles suyos reparando otros templos que había en ruinas por la comarca. Quizá, al modo de los penitentes que merodeaban por aquí y por allá, quería que hiciésemos obras de beneficencia construyendo puentes derruidos, atendiendo hospederías en los caminos, cuidando leprosos. También cabía la posibilidad de que el Señor deseara que entráramos en alguna de las Órdenes religiosas existentes, especialmente en el monasterio de los benedictinos que estaban en el valle. No sabíamos lo que Él quería, pero sí sabíamos que estábamos dispuestos a hacer su voluntad y que nuestra felicidad no la encontraríamos más que allí donde Él hubiera decidido ponernos. Así pues, entramos en la iglesia y nos dirigimos al libro de los Santos Evangelios. Tres veces lo abrimos, echando suertes y confiando en la intervención de Dios. Tres veces se repitió el mismo mensaje: vivir la santa pobreza, ir y predicar por todo el mundo que solo Dios basta, que Dios es el único tesoro que puede saciar el corazón del hombre y que todo lo demás, aunque pueda ser necesario, nunca es tan importante como para hacernos absolutamente felices.

—Recuerdo yo también —interrumpe Rufino el relato— lo que sucedió entonces. Fue una auténtica revolución, porque desde San Damián primero, desde Rivotorto y La Porciúncula después, empezasteis a predicar el Evangelio de una manera nueva. La gente acudía a oíros como si fuera la primera vez que escuchaba el mensaje de Cristo. De vuestros labios salían palabras llenas de fuego, de luz, de amor. Don Guido os cedió la catedral para predicar, los benedictinos os regalaron una gran parcela de terreno para que pudierais edificar vuestras primeras chozas en lo que se conoció como La Porciúncula. De todas partes venían hombres y mujeres, ricos y pobres, a escuchar hablar de un Dios que, por amor, se había hecho pobre.

—Sí y no, hermano. Venían, efectivamente, a escuchar. Pero sobre todo venían a ver. Venían a comprobar si era posible vivir en la pobreza en que había vivido Jesucristo. Venían a tocar con sus manos la vida del Evangelio que, pobres de nosotros, llevábamos a cabo más por la gracia divina que por nuestros propios méritos. Oían, veían y se convertían.

—No todos, hermano Francisco —objeta Rufino—. No faltaban los enemigos que querían que nuestra familia desapareciera.

—Es cierto, no nos faltaron las denuncias, pero de todo salimos adelante, gracias a Dios y al obispo. Sin Don Guido no sé qué hubiera sido de nosotros. Pero de eso, querido Rufino, hablaremos luego. Estoy cansado y tengo ganas de rezar. Te agradezco mucho este rato que hemos pasado juntos. Me encuentro mucho mejor. Las tinieblas de mi alma se han disipado un poco, pero ahora déjame. Necesito estar con el Señor y darle gracias por el pasado y, ojalá, también por el presente.

Rufino se aleja. Más que andar, parece que vuela. Las últimas palabras de Francisco han sido para él el mejor de los regalos. Haber podido servir de distracción y consuelo a quien tanto ama, es la mejor recompensa a sus esfuerzos. Corre rápido al encuentro de León y se encuentra con la sorpresa de que la comunidad está reunida en torno a un nuevo hermano que acaba de llegar, fray Ángel Tancredi.

## EL SUEÑO DE UN PAPA

Cuando Rufino se incorpora al grupo percibe tensión en el ambiente. Anselmo, el hermano guardián, está enfadado. En ese momento le está diciendo a León:

—No me lo creo. Veo que me habéis estado engañando y eso no me gusta. Es imposible que fray Ángel haya venido aquí por casualidad. Estoy seguro de que ha sido todo una estratagema y no me extrañaría ver aparecer dentro de un día o dos a fray Maseo. No me va a quedar más remedio que informar al superior general y que él decida lo que tiene que hacerse con Francisco y con vosotros.

—Cómo queráis —responde León—. Vos sois el superior, pero hasta ahora no hay ninguna orden contra el hecho de que varios hermanos pasen, a la vez, unos días de descanso y de oración en lugares como Le Carceri, Poggio Bustone, Fonte Colombo o este convento del monte Alverna. Al contrario, nuestra Regla lo aconseja y nuestra práctica en todos estos años ha sido siempre la misma. En cuanto a lo que decida el superior general sobre nosotros, siempre hemos obedecido y lo seguiremos haciendo, pero no olvidéis cuál es la situación de nuestro padre y si a él le ocurre algo, la responsabilidad será completamente vuestra.

—Bien —dice Anselmo, que se encuentra desbordado por los acontecimientos—, podéis quedaros fray Ángel, pero solo hasta que reciba órdenes de Asís. En cuanto a vosotros, quisiera que le dijerais a fray Francisco que ya está bien de melindres. Tiene que venir a los rezos comunes y a los demás actos de comunidad. Él precisamente debería dar ejemplo de observancia y dejarse de tanta crisis y de tanto cuento. Ayer mismo vino un joven de un pueblo cercano y se extrañó de que el fundador de nuestra fraternidad no participara en la oración con nosotros. Con este mal ejemplo, ¿cómo vamos a tener vocaciones?

—Estoy seguro —dice fray Ángel con ironía—, hermano Anselmo, de que vos supisteis justificar a nuestro padre. Sois una persona caritativa y no me cabe duda de que recordasteis aquello de San Pablo de que la caridad todo lo excusa.

—Hice lo que pude, ciertamente —contesta, turbado, el superior—, pero no pude mentir y, claro, el muchacho comprendió que algo raro pasaba. En fin, si viene a la Orden más vale que sepa desde el principio que el fundador no es todo lo ejemplar que debiera.

León tiene que hacer un esfuerzo por contenerse, lo mismo que Rufino, al cual se le ha pasado de repente la alegría con que llegaba de su conversación con Francisco. Ángel, en cambio, que no está tan desgastado por la difícil convivencia, responde:

—Querido hermano Anselmo, vuestras palabras son harto curiosas. No os conozco. No sois el mismo que hace unos años entró en esta familia, cuando os deshacíais en elogios de nuestro fundador. ¿Ha sido él quien ha cambiado o habéis cambiado vos? ¿O acaso es que sois como los girasoles, que saben dirigirse siempre hacia el sol que más calienta?

—Si habéis venido aquí a insultarme, fray Ángel, ya podéis marcharos. No pienso tolerar impertinencias de nadie. Soy el superior y merezco un respeto. Sin embargo, no quiero dejar sin respuesta vuestras acusaciones. No, yo no he cambiado. Lo que pasa es que tengo ojos para ver y no como vosotros, que estáis ciegos de admiración por Francisco. No os dais cuenta de que tiene defectos y de que esos defectos pueden hacer daño a la Orden. Ya es hora de que os hagáis la pregunta de si es mejor servir a Dios o a los hombres. Creo que vosotros estáis sirviendo a los hombres y yo he elegido servir a Dios. ¿Qué es más importante, la Orden o las personas? Sin duda que la Orden. Gracias a eso ha sobrevivido la Iglesia más de mil años, porque ha sabido sacrificar incluso a sus hijos más queridos para que la institución permanezca.

Ángel, que es uno de los primeros compañeros de Francisco y que tiene alma de guerrero, no se amilana y responde:

—Perdonad que no os llame todavía superior, pues aún no he decidido si me quedaré o no en este convento donde se dicen cosas tan peregrinas. Vuestras palabras me recuerdan a las que pronunció el Sumo Sacerdote judío poco antes de sentenciar a muerte a Nuestro Señor. «Es necesario que un hombre muera para salvar al pueblo», dijo. Y Cristo fue crucificado. ¿Acaso vos justificáis aquel proceder?

—Sois un liante, Ángel —dice Anselmo, que comprende que ha sido atrapado en una contradicción terrible—. Sois un liante y no quiero seguir discutiendo con vos. Quedaos en el Alverna si os place y llevad aquí una vida de oración y penitencia. En cuanto a vosotros dos —dice dirigiéndose a León y Rufino— desde esta tarde mismo os incorporaréis a vuestras obligaciones. Se ha acabado eso de andar mimando a fray Francisco. Lo que le tenga que ocurrir le ocurrirá igual con vosotros o sin vosotros.

Anselmo no espera respuesta alguna. Da media vuelta y se va. Es un religioso que jamás perderá una hora de oración, que jamás infringirá un precepto, que jamás discutirá una orden. Es el religioso perfecto para hacer carrera y por eso fray Elías lo ha puesto en un sitio estratégico. Sin embargo, es un hombre que no tiene corazón. En su lugar está la ley y, camuflada bajo ella, la ambición, una terrible, devoradora ambición.

León, Rufino y Ángel se miran consternados un momento. Luego se encogen de hombros y se abrazan con alegría. En el fondo, la escena que acaba de ocurrir no es nada nuevo. Si Francisco está como está es precisamente por cosas así. Ángel, que es el más inteligente de los tres, comprende hasta cierto punto lo que está pasando. Son cosas del crecimiento rápido de la Orden y también de las reales y efectivas limitaciones de Francisco como organizador. Pero él sabe también que, más allá de esas limitaciones, el fundador ha recibido un don de Dios, una gracia única y preciosa, para fundar la Orden y que lo esencial de ese don debe ser preservado, por más que en algunas cosas haya que, efectivamente, adaptarse a las nuevas circunstancias. En todo caso, ahora está allí y sus amigos le preguntan:

—¿Cómo es posible que hayáis venido tan pronto, fray Ángel —le interroga Rufino.

—Me encontré con fray Maseo cuando yo ya estaba de camino hacia aquí. Me lo ha contado todo y para sorpresa mía, de él y supongo que también vuestra, os diré que la misma noche en que Francisco tuvo la pesadilla, yo soñé que se me aparecía en la habitación y me suplicaba que acudiera a su lado, que necesitaba mi ayuda. Así que, al alba, dejé todo y acudí para acá lo más rápido que pude —responde Ángel.

—¿Y entonces Maseo dónde está? —pregunta León, temeroso de que su viejo amigo aparezca de improviso, aumentando la irritación del superior.

—Aunque tenía ganas de venirse conmigo —contesta Ángel—, lo convencí de que dilatara un poco su llegada. Veo que hice bien, pues si Anselmo nos ve llegar a los dos juntos, entonces sí que le da un ataque de verdad.

—¡Qué lástima! —dice Rufino—. Con lo bien que había ido esta mañana —añade—. Le he dejado tan contento. Él mismo me lo ha dicho. Está mucho mejor y si ahora ocurre algo que nos obliga a separarnos de su lado, Dios sabe lo que le sucederá.

—No pasará nada, ya veréis —dice Ángel, que quiere ir cuanto antes a saludar a su viejo amigo—. Obedeced a fray Anselmo. Es una buena persona en el fondo, aunque no sepa comprender que la ley está hecha para el hombre y no el hombre para la ley. Dejadme a mí que ocupe vuestro sitio y mientras tanto sigamos rezando para que nuestro padre se recupere pronto.

—No olvidéis —le dice León— que tenéis que seguir contándole las viejas historias de la Orden como si estuviéramos cumpliendo un encargo de sor Clara.

—Por cierto, ¿dónde os habéis quedado? —pregunta Ángel.

—Esta mañana hablamos de la vocación a vivir la pobreza tal y como la experimentaron él, Bernardo y Silvestre en el día de San Matías. Ahora deberíais hablarle de la aprobación de la Regla —contesta Rufino.

—Vaya, veo que he llegado justo a tiempo para afrontar las cosas más difíciles. ¡Con que la aprobación de la Regla, eh! Pues no me va a resultar sencillo que no se hunda más de lo que está al recordar lo que él deseaba y lo que se está llevando a cabo.

—¡Que Dios os ayude! —le dice León, mientras pone su brazo sobre los hombros de su amigo.

—Vamos a comer, que es la hora —añade—. Ya nos hemos saltado varios rezos y si también faltamos a la comida, Anselmo se puede morir de un ataque.

Los tres se ríen mientras se encaminan hacia la choza que sirve de refectorio. Allí, en silencio, comen las pocas viandas de que dispone el convento, pues a pesar de que bajo el gobierno de fray Elías se ha mitigado algo la dureza primitiva, la austeridad sigue siendo extraordinaria. Después, mientras los demás se van a disfrutar de la hora del descanso, fray Anselmo se dirige a fray Ángel, más tranquilo ya y le dice:

—Supongo que estaréis deseando ver a fray Francisco. Id y llevadle algo de comida. Saludadle de mi parte. Decidle que me gustaría que se incorporara a la vida común, pero que respeto su voluntad y que lo que más deseo es que se reponga del todo. En cuanto a vos, perdonadme si antes estuve algo grosero. Yo también me encuentro algo nervioso. No es fácil ser el superior de un convento donde vive el fundador de la Orden, en un momento tan delicado como el que atraviesa nuestra familia. Por favor, colaborad conmigo en que en esta casa haya paz.

—Así lo haré, fray Anselmo —contesta Ángel—. Creo —añade— que todos queremos lo mismo, incluido el bien de nuestro padre y el éxito de la Orden. No deberíamos olvidar que lo que nos une es más importante que lo que nos separa. Contad conmigo para que el Señor esté siempre presente en medio de esta fraternidad, pues donde hay unidad allí está Dios.

Los dos religiosos se separan. Ángel va directamente a las grutas que sirven de refugio a Francisco, donde este pasa todo el día, en contemplación, en soledad, a veces en desesperación y siempre en éxtasis, un éxtasis que es de dolor pero que no por eso es menos verdadero.

—Hermano Francisco —dice Ángel, en voz alta, cuando se va acercando a las cuevas, todavía sin ver al fundador de la Orden que anda escondido en una de ellas—, soy yo, fray Ángel Tancredi. ¿Dónde estáis? He venido de muy lejos para pasar unos días aquí, de retiro y oración, y quiero saludaros. Salid, por favor.

—Ángel, querido Ángel —dice Francisco, que aparece inmediatamente y, torpemente, se dirige hacia él—. ¡Cuánto me alegro de que estés aquí! Tu presencia es como una promesa, la promesa de que, quizá, el sol logre vencer la oscuridad de mi alma. Pero ven tú, yo estoy cada vez más ciego y me cuesta trabajo moverme.

—Veo que vuestros ojos siguen perdiendo vista —afirma el religioso recién llegado, que se sorprende también del aspecto demacrado que tiene Francisco—. Me han dicho los hermanos que estáis pasando un mal momento y que tenéis pesadillas espantosas.

—No os han engañado, viejo amigo —en ese momento los dos están ya juntos y se abrazan—. No os han engañado. Me encuentro mal y no solo en lo que se refiere a mi salud, que ya sabéis que nunca fue buena. Por primera vez en mi vida, me siento desconcertado, roto por dentro. No consigo encontrar las fuerzas para seguir adelante. No digo ya para luchar en la batalla de la evangelización o en la del gobierno de nuestra Orden. Ni siquiera tengo el ánimo suficiente para pelear en mi propia batalla, la que se libra en mi interior.

—Hermano —responde Ángel—, veo que si Dios me ha hecho venir es por algo. Pero ahora, por favor, sentaos. Vamos a sentarnos los dos. Todavía nos queda un buen lienzo de tarde para disfrutar juntos y, en los días próximos, tendremos ocasión de hablar de muchas cosas, incluso de vuestros sueños.

Los dos religiosos se sientan y Francisco, torpemente, coge a su amigo de la mano. El contacto con aquel viejo compañero de batallas, con uno de los primeros que empezaron junto a él, en Asís, la aventura de la fundación de la Orden, le tonifica. Ángel, que lo sabe, guarda silencio mientras nota cómo los dedos de su hermano aprietan, con la fuerza de la desesperación, sus propios dedos.

Después de unos momentos así, es Francisco el que empieza a hablar.

—Soy un egoísta. Pero discúlpame, hermano. Se debe a mi enfermedad. No te he preguntado por tus cosas, por tu alma, por tu relación con el Señor. ¿Qué has descubierto últimamente? ¿Qué nuevos tesoros de sabiduría ha puesto el Altísimo en tu espíritu?

—Hermano Francisco, no tenéis por qué excusaros. Soy yo quien debe escuchar. Vos sois nuestro guía y lo que yo o los demás podamos aprender directamente de Dios, no tiene comparación con la aventura espiritual en que vos os movéis.

—¿Llamas aventura a esto? ¿Crees que me está ocurriendo algo especial? ¿Piensas que Dios está trabajando conmigo en este momento? Quizá tengas razón, pero yo no lo noto. Por el contrario, me siento absurdamente débil, abandonado, solo. Y no es porque me falte el cariño de los hermanos; León, Rufino, Maseo e incluso los demás, sé que me quieren. Sin embargo, por muy cerca que estén, hay como un foso infranqueable entre el resto del mundo y yo. Nadie puede cruzarlo. Dentro de este castillo interior, asediado por las fuerzas del mal, estoy consumiendo poco a poco todas mis reservas y percibo que llega el momento en que habré de rendirme al enemigo. Y ese momento, querido Ángel, quizá sea como el del sueño del que te han hablado. Un momento de desesperación, de entrada irremediable en el infierno.

—Francisco —responde Ángel, que venía preparado para encontrar a su amigo en una profunda crisis, pero que aún así se muestra sorprendido por su bajo estado de ánimo—, quizá tengamos que ir hablando, a lo largo de los próximos días, de muchas cosas, incluido ese famoso sueño. Me gustaría daros algo de luz, serviros de ayuda. Ahora, sin embargo, os ruego que me disculpéis. Además de veros y saludaros, tengo que cumplir los dos encargos que fray León me ha hecho. El primero es que comáis esto que os he traído, incluido un dulce parecido a los que hace doña Jacoba de Settesoli. Después está lo de nuestra historia. Por lo que fray León me ha contado, las Damas Pobres reclaman un relato completo de los primeros pasos de nuestra Orden, a fin de tenerlo por escrito y poder enviarlo a los distintos monasterios que se están fundando.

—Quieres tú, también, por lo que veo, distraerme con las viejas historias. Yo, en cambio, desearía más bien verter en alguien el caldero rebosante de angustia que llevo dentro. Pero que se haga como quieres. Al fin y al cabo, durante estos días pasados, escuchar a León y a Rufino me ha distraído y me ha aliviado, aunque en realidad he sido yo más que ellos quien ha hablado.

—No os fatiguéis. Ahora estoy yo aquí, que ya sabéis que tengo fama de conversador y que he estado a vuestro lado desde el primer momento. Pero, aparte de eso, os prometo que mañana hablaremos, antes que nada, de vuestro actual estado de ánimo. Un poco de cada cosa, si os parece. Pero, ahora, comed. Yo ya lo he hecho hace un momento.

Francisco come, sin apetito al principio, pero con más ánimo luego. Disfruta especialmente con las galletas que Ángel ha traído. Están recién hechas, pues, por la mañana, mientras Rufino acompañaba al fundador de la Orden, León ha ido a la aldea y ha suplicado al panadero que le cociera unas pastas con miel, huevo y harina. El resultado ha sido, efectivamente, parecido al que consigue la señora de Settesoli, una de las protectoras de la Orden y con quien Francisco tiene tanta confianza que, con frecuencia, se refiere a ella llamándola «fray Jacoba». Ángel lo contempla, en silencio. Espera a que termine y está dispuesto, incluso, a irse si Francisco desea descansar algo después de la comida. Pero este, al acabar, tras beber un largo trago de agua del cuenco que siempre tiene allí, en la cueva, le dice:

—Supongo que estarás cansado, querido amigo. Si quieres irte a echar un rato, ahora que el calor es más fuerte, vete y luego vuelve. Yo me quedaré aquí, rezando y dando gracias a Dios por haberte hecho venir. Tu presencia me conforta. No sé por qué, pero me siento más protegido contigo a mi lado.

—Hermano, si vais a descansar vos, entonces yo me marcho. Pero si no, prefiero quedarme. También para mí es un alivio estar a vuestro lado. Estemos aquí, los dos juntos, a la sombra del hermano sol, escuchando a los pájaros, el canto de la cigarra y el ruido del valle. Cuando os parezca, empiezo a contaros la historia común y, cuando os parezca también, me interrumpís y me marcho.

Francisco asiente. De nuevo coge a Ángel de la mano y así está un largo rato. Los dos se quedan en silencio. El tiempo pasa y la calma del lugar, lo mismo que la presencia del viejo amigo, empiezan a hacer su labor curativa en el alma del enfermo.

—Cuéntame, Ángel —dice Francisco, interrumpiendo el largo rato de silencio—, lo que yo ya sé. Oyéndotelo a ti, seguro que me parece más hermoso y más nuevo.

—Por lo que me han dicho, lo último de que os habló fray Rufino fue de la revelación de Dios en el día de San Matías. Allí el Señor os manifestó su deseo de que la Orden que estaba naciendo estuviera dedicada no a hacer esta o aquella cosa por buena que fuera, sino a vivir la santa pobreza.

—Efectivamente, de eso fue de lo último que hablamos —responde Francisco.

—Pues bien, hermano, después, como bien sabéis, empezaron a llegar rápidamente las vocaciones. En aquel bendito año de 1208 aparecí por la ermita de San Damián también yo. ¿Cómo lo voy a olvidar?.

—En febrero éramos tres y al acabar el año ya éramos una docena.

Sí, todo fue rapidísimo, quizá demasiado rápido —afirma Francisco.

—Sí, ese fue nuestro principal problema. Pero no hablemos de eso ahora. Ya tendremos ocasión más adelante. El caso es que acabamos el año siendo un buen grupo, casi todos de Asís y su comarca, aunque no todos perseveraron. La conversión de fray Bernardo y, sobre todo, la de fray Silvestre, habían llamado mucho la atención y no solo en Asís. El obispo, que nos quería, se vio comprometido al tener que defendernos y entonces nos aconsejó que acudierais a Roma.

—Aquello me sonó como si me dijera que tenía que escalar hasta la luna —interviene Francisco.

—No resultó tan difícil. Don Guido tenía en los palacios lateranos muy buenas influencias. Uno de ellos, al que nos recomendó encarecidamente, era el cardenal Hugolino. Este era uno de los principales consejeros del papa Inocencio y, de su mano, nos resultaría relativamente fácil ser recibidos por el Pontífice. Así que, en cuanto pasó el invierno y los caminos se hicieron transitables, nos dirigimos hacia Roma. Era la primavera del 1209.

—¡Qué viaje, Ángel! Íbamos los doce como si fuéramos novicios. Quizá el que más miedo tenía era yo, porque me sentía responsable de lo que pudiera ocurrir. Ya nos habían acusado varias veces de herejía y, sobre todo, lo que molestaba a nuestros enemigos era la pretensión de vivir de acuerdo con la santa pobreza de Nuestro Señor Jesucristo. Eso, decían, era una pretensión excesiva. Nos acusaban de ser soberbios por aspirar a imitar al mismo Dios y a su Santa Madre. Ellos, Cristo y María, tuvieron gracias especiales que nosotros no teníamos, decían nuestros enemigos. Aspirar a ser como ellos era intentar revivir el mito de Ícaro, que soñó con volar y llegar al sol con unas alas de cera, pero que se precipitó en el abismo cuando el astro las derritió con su calor. Todos nos aconsejaban prudencia y mesura. Y no es que yo despreciara esas virtudes, pero en su boca querían decir otra cosa. Cuando ellos hablaban de equilibrio, a mí me sonaba a mediocridad. Cuando me pedían que fuera prudente, comprendía que lo que en realidad deseaban era que fuera cobarde, que no me complicara la vida ni se la complicara a ellos. Porque, en realidad, de eso se trataba, de que no les complicara la vida a ellos. Si un grupo de hombres era capaz de vivir la pobreza hasta el extremo, si éramos capaces, con la gracia de Dios, de imitar la vida de Nuestro Señor, eso significaba que el listón quedaba puesto más alto y que ellos se veían obligados a dar un poco más de lo que daban. Si nosotros podíamos, ellos también podían. No, quizá, hacer lo que nosotros, pero sí hacer más de lo que hacían. Y ese, precisamente ese, era el problema. Sin quererlo, nos habíamos convertido en personas incómodas, cuya vida era una acusación silenciosa a su propia manera de vivir. Querían acabar con nosotros, querían que fracasáramos, para así poder decir que la vida según el Evangelio estaba reservada solo a unos pocos casos raros y que la Palabra de Dios había que interpretarla, atenuarla, modificarla.

—Tenéis razón, hermano, pero en aquel momento nosotros no éramos conscientes de todo esto. Íbamos hacia Roma como niños inocentes. No sabíamos ni lo que nos esperaba ni, en el fondo, la revolución que suponía la nueva vocación a la que Cristo nos había llamado. Vos, quizá, lo sabíais algo más, pero creo que tampoco mucho. Queríamos, simplemente, ver al Papa, hablarle de nuestro deseo de vivir en santa pobreza y conseguir su bendición. Eso era suficiente para nosotros porque tranquilizaría nuestra conciencia, asegurándonos que estábamos en un camino católico, y calmaría también a nuestros enemigos.

—Sí, en el Papa estaba la clave de todo. Sin él, sin su aprobación, yo no quería seguir adelante. Siempre tuve eso muy claro. Era más importante para mí ser católico que obedecer mi propia voz interior, porque lo primero sí que sabía que era voluntad de Dios, mientras que lo segundo, por muy fuerte que lo sintiera, podía ser una sugestión del diablo.

—Ni vos ni yo teníamos estudios de Teología —dice Ángel—, pero fray Silvestre sí los tenía y también el obispo. Ellos nos habían informado de la existencia de numerosas herejías. Gracias a ellos habíamos oído hablar de los pietrobrusianos, cuyo fundador, Pietro de Bruys, murió quemado en la hoguera en Francia. Estaban los logomilos, los patarinos, los albigenses y, sobre todo, los seguidores de Petrus Valdo, que todavía vivía en ese momento. Sus seguidores, junto con los cátaros, habían sido condenados en el Sínodo celebrado en Verona en 1184. Joaquín de Fiore era uno de los que más preocupaban a los obispos y al Papa. Su teoría de que estaba a punto de nacer una nueva Orden, con la que se entraría en la tercera edad, la del Espíritu, estaba de moda en aquellos días. A muchos les dio por pensar que quizá nosotros éramos esa Orden de puros, de espirituales. De hecho, algunos de los que venían a nosotros para unirse a nuestras filas, también lo creían así. Otros, en cambio, pensaban que bajo la capa de la fidelidad al Papa se escondía una profunda hipocresía y que nos creíamos superiores a los demás, miembros de una casta de perfectos que se sentía capaz de juzgar y de condenar a los que no eran capaces de vivir con su altísima medida.

—Sí, eran tiempos difíciles para la Iglesia. Con razón nuestra madre estaba preocupada. Tenía motivos para mirar con sospecha todas las cosas nuevas que, por doquier, estaban surgiendo. Y nosotros éramos una de ellas. Sin embargo, si en Roma el papa Inocencio me hubiera dicho que debía disolver la Orden, no lo hubiera dudado un momento. Cada uno de nosotros habría vuelto a su casa o habría ingresado en alguno de los monasterios ya aprobados por la Iglesia. Antes de salir ya nos juramentamos para cumplirlo, pasara lo que pasara: nada sin el Papa, todo con él. Allí, en la piedra angular de la Iglesia, debíamos encontrar la aprobación o la condena, pero lo que nos viniera dado de sus manos sería recibido con una acción de gracias. Cumplir la voluntad de Dios, no fundar una Orden, era nuestro único deseo.

—Gracias al Señor, todo fue bien. Llegamos a Roma. Era primavera. La ciudad nos pareció, a provincianos como nosotros, maravillosa y caótica. No es que Asís fuera un prodigio de limpieza, pero lo de Roma era una suciedad que contrastaba con la esplendidez de sus palacios y regios caserones. Fuimos enseguida a visitar al cardenal Hugolino y a él le dimos las cartas de presentación otorgadas por don Guido.

—¡Qué suerte tuvimos con Hugolino! Sin él no sé qué hubiera sido de nosotros en aquel inmenso laberinto —afirma Francisco.

—Es verdad. Os acogió como un padre pero también como alguien encargado de velar por la ortodoxia de la Iglesia. Acordaos, hermano Francisco, de aquella primera recepción en su palacio. Nosotros allí, sentados en el suelo en torno a él, que ocupaba su espléndida butaca, contestando a sus preguntas. Como quien no quiere la cosa, nos fue examinando de todo. Se enteró de nuestra vida, de cómo conseguíamos sobrevivir, del tiempo de oración que hacíamos, de cuáles eran nuestros propósitos y de qué formación recibíamos. Al final, también como quien habla de pasada, nos dijo: «Creo que no sabéis lo que sois pero, si yo no me equivoco, lo que tenéis en las manos puede ser un regalo de la Providencia». Nosotros no entendimos en aquel momento a qué se refería, pues no habíamos llevado ningún presente, ni para él ni para el Papa. Solo años después comprendimos qué quería decir.

—Sin embargo, incluso a él, a pesar de su influencia, le costó trabajo conseguirnos una audiencia con el Papa —añade Francisco.

—Sí, Inocencio III era un hombre muy ocupado. Tenía tantos problemas que no era fácil que pudiera dedicar algo de su tiempo a entrevistarse con gente como nosotros. Al fin y al cabo, lo nuestro era solo un caso de entre decenas de situaciones similares. Italia y Europa entera estaban en efervescencia. No solo había grupos heréticos, sino que otros, fieles a la Iglesia, intentaban dar respuesta a las grandes inquietudes espirituales de los hombres de esta época. El Papa no podía recibir a todos, ni siquiera a todos aquellos que llegaban a Roma para pedir su aprobación y creyendo, aunque ese no era nuestro caso, que habían encontrado una piedra filosofal que transformaba en oro espiritual el barro de que están hechos los hombres.

—De hecho —interviene de nuevo Francisco—, si no hubiera sido por aquel sueño, quizá no nos hubiera recibido.

—No lo creo. Lo del sueño fue, efectivamente, providencial, pero más pronto o más tarde el cardenal Hugolino habría conseguido una audiencia para nosotros. Lo que hubiera sucedido entonces ya no lo sé. Pero la verdad es que el sueño del Papa, justo en los días en que Hugolino le hablaba una y otra vez de nosotros, sirvió para que el Santo Padre nos acogiera con cariño y nos diera su aprobación.

—Un sueño, siempre un sueño. Un sueño como el de José, cuando fue advertido por el ángel de que su mujer estaba embarazada del Espíritu Santo, o como aquel en el que le fue dicho que Herodes buscaba al niño para matarle. Un sueño como el mío de Spoleto, donde el Señor me reclamó para sí y me quitó de una vez todas las ambiciones mundanas. Siempre los sueños. ¿Comprendes, Ángel, por qué estoy tan preocupado por el que tuve el otro día? ¿Será, una vez más, que Dios quiere decirme algo, algo terrible en este caso?

—Hermano Francisco, os he prometido que escucharé con gusto vuestro sueño, pero ahora dejadme que termine de relataros aquella vieja historia. Necesito vuestra confirmación de los detalles. Mañana, os lo prometo, os prestaré toda mi atención. Decía —añade inmediatamente Ángel para no dejar a Francisco que vuelva a la causa de sus angustias—, que el papa Inocencio tuvo un sueño. Vio cómo la catedral de Roma, la iglesia madre de todas las iglesias, se inclinaba peligrosamente hacia un lado. Sus cimientos fallaban y sus muros iban, poco a poco, ladeándose. Ni siquiera él, que era la piedra angular sobre la que reposaba todo el edificio, podía evitar ya su ruina, que era inminente. En ese momento vio llegar a un hombrecillo, vestido con un tabardo roído, como el que usan los campesinos. No tenía una gran apariencia, pero, animoso, puso sus espaldas contra los muros de la Iglesia. El Papa, siempre en sueños, le pedía que se alejara, que el edificio estaba a punto de caerse y que podía aplastarle si no se iba corriendo. El hombrecillo, según el sueño del Papa, se limitó a decir una frase de San Pablo: «Para mí la vida es Cristo y una ganancia el morir». Después empezó a empujar y a empujar, hasta que las paredes se enderezaron y la iglesia volvió a recuperar el equilibrio perdido. Cuando el Papa le preguntó qué quería a cambio de su gran servicio, el hombrecillo contestó: «Quiero el privilegio de vivir como vivió Nuestro Señor, como vivió su Santa Madre, como vivieron sus apóstoles. Quiero vivir en la santa pobreza». El Papa, a pesar de su agradecimiento, quiso poner algunas objeciones a tan exagerada petición, objeciones dirigidas no a desanimarlo, sino a hacerle comprender lo elevado de sus aspiraciones y lo difícil de su cumplimiento. El hombrecillo, por su parte, solo supo alegar que si pedía vivir así era porque el mismo Señor se lo había exigido y que confiaba, no en sus fuerzas, sino en las del Todopoderoso. Por último, añadía, si el Papa no le daba ese permiso, él obedecería y regresaría a su casa, pero muchos creerían que dentro de la Iglesia católica era imposible vivir a tenor de lo que enseña el Santo Evangelio, con lo cual sería como si se les invitar a irse y a entrar en las sectas de los herejes.

—Sí —interrumpe Francisco el relato—, aquel fue el sueño del Papa. Sueño, visión, intuición. ¿Quién lo sabe? El caso es que a nosotros nos recibió pocos días después y su estado de ánimo no podía ser más favorable. Apenas me vio, se levantó de su trono, me señaló con el dedo y, exaltado, gritó: «¡Tú, tú eres el hombrecillo que he visto en sueños!» Después se derrumbó sobre la silla y perdió el conocimiento. Cuando los guardias nos rodearon para detenernos, creyendo que habíamos llevado a cabo algún maleficio contra el Pontífice, este recupero el sentido y nos hizo acudir a su lado, para sorpresa de todos. Hugolino le habló a nuestro favor, le dijo que solo pedíamos su bendición y su permiso para vivir con pobreza, ayudando a los que sufre, predicando el santo Evangelio según lo enseña la Santa Romana Iglesia y estando siempre sujetos a la obediencia de los Obispos y del Vicario de Cristo.

—El Papa, lo recuerdo bien porque para mí aquello será siempre inolvidable —dice Ángel—, nos miraba atentamente mientras Hugolino intercedía a nuestro favor. Después él mismo quiso hacernos algunas preguntas. Si llegáis a una aldea —nos dijo— y os encontráis con un sacerdote que vive en concubinato con una mujer, siendo este hecho conocido por todos, ¿qué haríais vosotros? ¿Recordáis, Francisco, lo que le dijisteis?

—Sí, le conté algo que nos había ocurrido no hacía mucho. «Eso ya nos ha pasado, Santo Padre», le dije. «Fue cerca de Rieti. Yo estaba acompañado por el hermano Silvestre, que es canónigo de San Rufino, en Asís. La gente, al saber que él era un sacerdote, acudió a nuestro encuentro y denunció a su párroco con los peores insultos. Quizá pensaban que éramos delegados del obispo y que habíamos acudido allí a hacer justicia. Nadie iba a misa ya en aquella aldea. Los valdenses y los cátaros les habían dicho que un sacerdote que está en pecado no puede consagrar, que solo los sacerdotes puros tienen poder para renovar el sacrificio de la Cruz y para perdonar los pecados. Silvestre no sabía qué hacer. Yo les pedí que me condujeran ante aquel sacerdote. El pobre estaba en su mísera cabaña. Allí vivía, efectivamente, con una mujeruca y con cinco chiquillos a los que no podía ni siquiera alimentar. El pueblo rodeó la casa. Algunos llevaban palos. No es que ellos fueran más buenos que él, pero exigían del sacerdote lo que ellos no eran capaces de practicar. El hombre salió a la puerta, temblando. Yo estaba ante él y los demás nos rodeaban. Entonces me puse de rodillas ante él, le cogí sus manos y se las besé. Después las puse sobre mi cabeza. La gente estaba sorprendida. Silvestre y yo vestíamos ropas pobres, como las de ellos, éramos de su misma condición y algunos les habían dicho que éramos hombres santos. Podían esperar de nosotros una condena hacia aquel hombre. Podían esperar, incluso, que les diéramos permiso para castigarle hasta con la misma muerte. En cambio, yo hice aquel gesto y luego me levanté. Llorando —lo recuerdo bien— les dije: «Estas manos son sagradas, aunque este hombre esté en pecado. Estas manos tocan el Cuerpo de Nuestro Señor y nos dan la bendición que perdona nuestras culpas. No conozco ni quiero conocer otra cosa de este hombre. Será Dios quien le juzgue, no yo. Solo sé que es un sacerdote de la Iglesia católica y que a él le debo obediencia y respeto». Eso fue lo que hicimos —le dije al Papa— y eso es lo que queremos predicar si nos dais permiso para ello.

—Y el Papa nos lo dio. Recuerdo que estaba conmovido y que bajó de su alto trono para llegar a donde estábamos nosotros, que habíamos permanecido de rodillas ante él todo el tiempo. A vos el primero y luego a todos, nos bendijo en la frente. Después, en voz alta, para que toda su corte le oyera, afirmó solemnemente: «Proclamo que fray Francisco de Asís y sus compañeros tienen mi permiso y mi bendición para vivir en la pobreza en que vivió Jesucristo, fieles siempre a mí y a mis sucesores, para el bien de sus almas y el de la Santa Romana Iglesia». Luego, aún emocionado, regresó a su trono y se sumergió en un profundo ensueño. Hugolino nos hizo levantar y nos sacó de allí, en medio de las felicitaciones de todos. ¡Estábamos aprobados y nada menos que por el Papa! ¡Ya nadie nos podría decir que éramos herejes o que hacíamos las cosas sin autorización!

—Sí, estábamos aprobados, podíamos vivir según el Santo Evangelio, podíamos imitar a Cristo, a su Santa Madre, a los apóstoles. Podíamos hacer todo eso, pero ¿lo hicimos? ¿Qué es lo que queda de aquellos buenos propósitos? Dímelo, Ángel, ¿qué es lo que queda?

—Hermano, si os parece bien, de eso hablaremos mañana. Se acerca la hora de Nona. Quiero ir a rezar con la comunidad. Vendré luego, antes de las Vísperas, a estar otro rato con vos, pero ese tiempo lo dedicaré a escucharos, a que me contéis algo del famoso sueño. Pensaba hacerlo mañana, pero veo que es mejor adelantar el momento de vuestro desahogo. Ahora, mientras yo vuelvo, por favor serenaos. Recordad que Dios no es un día sí y al otro no, que Dios no modifica nunca sus planes y que si Él sembró en vos y en nosotros una semilla buena, será también él quien se encargue de sacarla adelante.

Ángel se despide de su maestro con un fuerte abrazo. Francisco lo ve marchar y cae después de rodillas. La tarde va avanzando. Hace, sin embargo, mucho calor. Es el final del verano y probablemente se está preparando una tormenta. Pero el fundador de los Hermanos Menores ha sido tocado en el corazón por las últimas palabras de su amigo y necesita meditarlas despacio. Quizá allí está la llave que puede abrir la puerta de su corazón a la esperanza.

## SOR CLARA, LA MUJER FUERTE

Como una hora después fray Ángel Tancredi reaparece. Esta vez viene dispuesto a escuchar. Sabe que tendrá que estar muy atento para discernir si hay algún mensaje del Señor en el relato que Francisco le quiere hacer de su pesadilla. Quizá solo él, de entre la numerosa familia de Hermanos Menores, está en condiciones de aconsejar a su maestro, pues la intimidad con Francisco es tan grande como la que tiene fray León pero tiene, al contrario que este, la experiencia de haber compartido con el fundador de la Orden los primeros momentos de la vida de la misma. Sin embargo, cuando Ángel llega, se encuentra con una sorpresa.

—Adelante, Ángel, te estaba esperando —le dice Francisco, que, efectivamente, había estado aguardando expectante a que su amigo volviera.

—Ya veo —responde Ángel, contento de ver a su maestro más animado que cuando le encontró por la mañana—. Aquí me tenéis, dispuesto a escucharos atentamente —añade.

—He cambiado de idea. Creo que todavía es pronto para contarte lo que soñé, incluso puede que no sea necesario. En cambio, estoy deseoso de que me hables tú. No importa de qué. Tus últimas palabras, justo cuando te ibas, me han dado un poco de luz y creo que puedo estar cometiendo el error de no dejar que nadie me ayude porque pretendo encontrar en mí mismo la solución a mis preguntas y a mis problemas. Perdona este cambio de humor y de planes. Háblame, dime lo que quieras, porque es posible que a través de tus palabras el Señor me quiera dar la paz que necesito.

—¿De qué queréis que os hable? —pregunta Ángel, sorprendido.

—Empieza por hablarme algo sobre ti, sobre tu relación con Dios. Luego, ya veremos —responde Francisco.

—Bien —empieza a decir Ángel, sin saber muy bien qué decir y con miedo a contar alguna cosa que pueda dañar a Francisco al remover heridas que siguen abiertas, sobre todo porque él mismo también tiene problemas con la nueva línea que está asumiendo la Orden—. Sobre mí os puedo decir que en este último tiempo he hecho, ante todo, una experiencia fundamental, la de creer de verdad en el amor de Dios. Estoy preocupado, como vos y como tantos, por la suerte de la Orden y también por la suerte de la Iglesia. Se oyen cosas poco tranquilizadoras de lo que está pasando en Roma, de lo que sucede en Francia en la lucha contra los herejes, de la situación de nuestros hermanos en Tierra Santa y en Marruecos. Nuestra familia misma soporta fuertes tensiones. El otro día tuve que enfrentarme con un hermano que elogiaba, delante de mí, a Joaquín de Fiore. Los extremos, le dije, no conducen a ninguna parte. Él me contestó que los

Hermanos Menores habían perdido la capacidad de vivir la santa pobreza y que, junto con otros religiosos, estaban pensando formar una fraternidad marcada por el rigor y la austeridad más absoluta. Siento deciros esto, pero me habéis preguntado por mi experiencia y eso es, en este momento, lo que ocupa mi alma.

—No sabía nada de esto que me estás contando —dice Francisco, que da, de nuevo, muestras de abatimiento y que ha metido la cabeza entre las manos—. Pero, sigue, por favor y, sobre todo, dime cómo estás afrontando tú estos problemas.

—Desde la paz, hermano Francisco. Yo siempre me he sentido muy poca cosa. El no ser, al contrario que vos, fundador de nada, me ha dado gran tranquilidad. Mi carácter, quizá, hace el resto. Creo absolutamente en la Providencia divina. Creo que es Dios quien dirige la historia, incluida la historia de la Iglesia y mi propia historia. Aunque parezca que ciertas cosas caen y desaparecen, sin duda que otras se levantan. Continuamente me recuerdo a mí mismo aquellas palabras de la Escritura: «No temas, pequeño rebaño». «No temas», me digo, «ni uno solo de los cabellos de mi cabeza cae sin que Dios lo sepa y lo permita». Y esta confianza en Dios me permite seguir adelante. Creo, hermano Francisco, en el amor de Dios. He tenido, a lo largo de estos años, pruebas sobradas de que Él no abandona nunca a sus hijos, así que no veo por qué ahora tenía que dudar de lo que antes sabía con seguridad.

—Así que esa es tu experiencia —dice Francisco, mirándole fijamente a los ojo—. Pero, ¿qué harías tú si hubieras sido el fundador de la Orden? ¿qué harías, si tuvieras responsabilidad ante los hermanos, ante esos que quieren irse con los rigoristas de Joaquín de Fiore o ante los otros, los que pretenden que nos dediquemos al estudio y que adquiramos posesiones para poder vivir con una cierta holgura?

—Hermano Francisco, siento no poder ayudaros dándoos una respuesta a vuestra pregunta. Comprendo que vuestra situación es muy distinta a la mía. Lo mío es fácil y hasta cómodo. Solo tengo que dejarme llevar. Debo limitarme a ser fiel a lo que os prometí a vos y a Dios. Y hasta ahora, en la Orden no nos han prohibido que vivamos la pobreza. Es cierto que se hacen adquisiciones de fincas y de tierras, aunque siempre a nombre de la Iglesia. Es cierto también que en la mesa hay más abundancia de comida que la que suele haber en las casas de los pobres. Pero ni lo uno ni lo otro me afecta personalmente, pues las casas no son mías y la comida puedo no comerla. En cambio, comprendo que vuestra situación es distinta, pues de alguna manera todavía tenéis deberes sobre esta familia, aunque ya no seáis el superior general. Pero, permitidme que os dé este consejo, no dejéis que la paz desaparezca de vuestra alma, no os creáis más fuerte de lo que en realidad sois. Dios nos pide que intentemos llegar hasta el final, hasta la Cruz, pero no más allá. Él también vio el fracaso de su obra y eso que Él era Dios. Es una cosa obvia lo que voy a deciros, pero quizá os ayude: hermano Francisco, vos no sois Dios, no sois omnipotente, no sois el redentor del mundo, no sois indestructible, ni inagotable, ni incansable. Solo Dios es Dios, no lo olvidéis.

—Querido hermano, lo que me dices es una gran verdad y la voy a custodiar en mi corazón como un sagrado tesoro. Tus palabras me hacen mucho bien y sé que son la respuesta a mis oraciones, así que tendré que pensar en ellas luego, cuando te hayas ido. Dejemos todo esto ahora y sigue contándome las cosas de los primeros tiempos. Estoy cada vez más interesado en ese relato. Es como si sintiera la necesidad de terminarlo. Sin duda que ha sido una inspiración de la hermana Clara el pedírmelo. Noto que el tiempo me apremia y deseo que todas estas cosas queden escritas para que, en el futuro, no se tergiversen.

—De la hermana Clara quería hablaros precisamente ahora —contesta Ángel. Vuestras andanzas en Asís y en los alrededores no le habían pasado inadvertidas a la joven hija de Favarone Offreduccio. Pronto, a pesar de que era muy joven, había acudido a ayudarnos en el trabajo que hacíamos en la leprosería de San Salvatore. Siempre iba acompañada por una de sus criadas, o por alguna de sus amigas. Siempre, incluso cuando se entrevistaba con vos. Ambos, vos y ella, teníais sumo cuidado en que nadie pudiera dudar de la honestidad de la muchacha y de las motivaciones espirituales de vuestros encuentros. Sin embargo, aquello iba cada día a más. Recuerdo que, en cierta ocasión, Bernardo y yo os preguntamos qué habíais pensado hacer con ella, porque ya tenía 18 años y sus padres debían estar a punto de comprometerla en matrimonio. Entonces, vos nos dijisteis que todo dependía de Dios y de ella.

—Sí, me acuerdo muy bien. Y a pesar de los riesgos que entonces corrimos, de esa etapa es de la única que no me arrepiento en absoluto. Sor Clara es para mí un modelo. Ella tiene las cualidades humanas que a mí me faltan. Es más equilibrada, lista y organizadora que yo. Por eso entre sus hijas no hay las tensiones que hay entre nosotros —dice Francisco.

—No os atormentéis de nuevo —le interrumpe Ángel—. Nadie es completo. Cada uno es como es y lo que vos admiráis en ella, ella lo admira en vos. El caso es que en aquellos años la situación se había hecho ya insostenible. La muchacha habló primero con vos y luego con el obispo. Cuando este dio el permiso para ello, lo cual significaba que, como había hecho con vos años atrás, la acogía bajo su protección, ella salió de su casa, siempre acompañada por la criada. Salió de noche, por la puerta de los muertos, para evitar la vigilancia. Salió huyendo, renunciando a su familia, como os había sucedido a vos. Razones no la faltaban. Apenas llegó a La Porciúncula, donde estábamos viviendo en ese momento, vos la acogisteis en religión y, como prueba, de ello la cortasteis el pelo. Luego, rápidamente, la enviasteis al monasterio de San Pablo, con las benedictinas, para que se protegiera allí de la furia de sus familiares. Era la noche del domingo de Ramos del año 1212.

—Recuerdo perfectamente aquel momento —dice Francisco—. Allí, ante el altar de La Porciúncula, solo le pregunté una cosa.

—¿Qué vienes a buscar aquí, Clara Offreduccio? —le dije.

—Vengo a buscar a Dios —me contestó. Podía haberme dicho otra cosa. Podía haberme dicho que venía en pos de la felicidad, que anhelaba una vida de pobreza y sacrificio, que quería consagrarse al servicio de los pobres, ¡qué sé yo, cualquier cosa buena! Y, sin embargo, solo tuvo una palabra en su boca. Y esa palabra era «Dios». No quería ni siquiera la pobreza, quería al Señor de la pobreza. No buscaba el amor, sino al Señor del Amor. No venía por el agua de la felicidad, sino por la fuente de donde brotaba esa agua. La gente dice que yo fui su maestro. Tienen razón, quizá, pero no toda la razón. Ella me enseñó también a mí. Cuando os enseñaba a mis queridos hijos a repetir ante el Crucifijo o ante el Sagrario esa frase que es como un lema de nuestra espiritualidad: «mi Dios y mi todo», creo que había sido ella quien me lo había enseñado a mí primero.

—Sí, ella es una maestra en ir al corazón de las cosas y en dejar de lado todo lo que no es esencial, todo lo que no es absolutamente divino. «Solo Dios», ahí está su enseña, el tesoro que custodia celosamente. Por eso, quizá, las Damas Pobres han tenido menos problemas que nosotros. Por eso aceptaron, como el cardenal Hugolino os sugirió hace unos años, llevar una vida de retiro y clausura, adoptando algo incluso de la regla de San Benito, por más que ella insiste en considerarse vuestra hija espiritual y en reclamar el privilegio de poder vivir según la santa pobreza. La pobreza para ellas es una cosa santa, importantísima, pero no un absoluto. Lo absoluto, lo primero, solo puede ser Dios.

—Pobrecilla, lo mal que lo pasó al principio —dice Francisco.

—Sí, no fue sencillo. Cuando sus hermanos llegaron a buscarla, no dudaron siquiera de penetrar en el templo de las monjas benedictinas donde se escondía. Pero si ellos eran bravos, de la misma casta era ella. Allí, junto al altar, agarrada a los lienzos sagrados, los retó a todos a que pusieran las manos sobre una virgen consagrada al Señor. Al ver sus hermanos su cabeza, de la que vos habíais cortado casi todo el pelo, comprendieron, horrorizados, que ya había cruzado la frontera que la separaba del mundo. Comprendieron también que intentar sacarla por la fuerza de aquella iglesia les supondría la excomunión inmediata, pues ella se ocupó de decirles que el obispo le había dado permiso para hacer los votos y que, por lo tanto, pertenecía ahora a la jurisdicción eclesiástica. Así fue como ella defendió sus derechos. El derecho a decidir sobre su propia vida, a desposarse con quien ella amaba por encima de todo, con el Señor más grande, con el Todopoderoso.

—Después, sin embargo, la tuvimos que cambiar de monasterio y llevarla al del Santo Ángel de Panzo, también de benedictinas. Eran duros los Offreduccio, ciertamente, y lo demostraron aún más cuando la hermana de Clara, Catalina, más joven aún que ella decidió escaparse también de casa y seguir los pasos de su hermana mayor. A ella sí que la lograron sacar del monasterio y, de no haber ocurrido el milagro del arroyo, cuando se hizo más pesada que el plomo, se la habrían llevado a casa. Por fin, cuando las cosas se hubieron calmado algo y hubieron llegado las primeras compañeras, pudimos instalarlas en San Damián. En ese momento ya eran cuatro: Clara, Catalina —a la que llamé Inés al tonsurarla—, Bienvenida y Pacífica. Así, aquella primera casa nuestra, en la que Dios mismo me había hablado pidiéndome humildemente mi ayuda para restaurar su arruinado templo, se convertía en la morada de aquellas mujeres, dedicadas a velar, con la oración y la caridad, por el decoro y la honestidad de la mansión divina, de la Iglesia.

—Tengo que deciros, hermano Francisco, que quizá hayáis sido un poco exagerado en estos años en vuestro alejamiento de las Damas Pobres, especialmente de sor Clara. Sé que lo hacéis para evitar que la gente hable mal y, sobre todo, para que no caiga ninguna mancha de deshonor sobre su prestigio. Pero ellas se quejan, y con razón, de que no las cuidáis como hacéis con la rama masculina de la Orden. De hecho, creo que de entonces acá, y ya han pasado doce años, no habéis visto a sor Clara más que en dos o tres ocasiones.

—Se quejan de que no las atiendo, pero no saben lo mucho que rezo por ellas. Además, sor Clara lo está haciendo tan bien que mi intervención quizá sería contraproducente. Fíjate, si no, en lo que ocurre con los Hermanos Menores. Con todo, tienes razón. Tengo previsto pasar una temporada en San Damián cuando regrese a Asís. Necesito hablar a solas con sor Clara, pedirle consejo y comunicarle todo lo que el Señor ha hecho conmigo en estos últimos tiempos.

—Hermano, ¿significa eso que os encontráis mejor? Si estáis pensando en viajar, en volver a Asís y enfrentaros con fray Elías es porque habéis recuperado las fuerzas. Es una gran noticia que alegrará a todos los que os queremos —afirma Ángel.

—No. No estoy bien todavía. Pero intuyo que algo ha empezado a cambiar. Y han sido tus palabras, querido amigo, las que han removido el agua estancada y, al ponerla en movimiento, la han empezado a sanear. De hecho, aquí está, quizá, la solución a tantos de nuestros problemas. Lo que no comunicamos, se pudre y muere. Lo que ponemos en común, unos con otros, no solo enriquece a quien lo escucha sino sobre todo al que lo da. Déjame ahora, que quiero rezar a solas para que Dios siga haciendo su trabajo conmigo. Y dile a fray Anselmo que mañana estaré con la comunidad en el rezo de Laudes y en todos los demás actos, si Dios me da fuerzas para ello.

## LA REINA DE LOS ÁNGELES Y DE LAS GRACIAS

La noticia de la mejoría de Francisco, como fray Ángel había previsto, fue acogida con entusiasmo por toda la comunidad. El superior ordenó celebrar fiesta grande para agasajar al hermano que se había recuperado y fray Alberico había sido encargado de ir a comprar carne después de Laudes, sin que Francisco lo supiera, para poder hacer una comida decente.

Francisco, efectivamente, se comportó aquella mañana con total normalidad. Acudió a la capilla y ocupó su sitio allí, cerca del altar, desde donde podía ver a la vez el Sagrario y la imagen de María Santísima a la que tanta devoción tenía. Al acabar Laudes, se dirigió, con los demás, al refectorio para el desayuno y después fue a hablar con fray Anselmo.

—Hermano Anselmo —empezó diciendo el fundador de la Orden—, os agradezco las atenciones y la paciencia que habéis tenido conmigo en estos últimos días. Especialmente os doy las gracias por haber permitido a fray León y a fray Rufino que estuvieran pendientes de mí. Os habéis comportado como un verdadero guardián, en el sentido de estar atento para velar por el bien de aquellos que Dios os ha confiado.

—Fray Francisco —responde el superior—, no he hecho más que cumplir con mi obligación. Pero ya que me dais la oportunidad, quisiera deciros algo que he estado callando todo este tiempo. Comprendo que en determinados momentos necesitéis más la presencia de unos que de otros. Al fin y al cabo, el Señor os ha dado una salud frágil y Él sabrá por qué lo ha hecho. Sin embargo, debo recordaros que todos nosotros somos vuestros hijos y no solo aquellos que más os adulan o que os dan la razón en todo. Además, tenéis que iros acostumbrando a ser como los demás, a no reclamar para vos privilegios ni tratos especiales. Si estáis enfermo, se os debería tratar como a los demás enfermos y no mejor. Si a los demás no se les permite tener un enfermero permanentemente, ¿por qué a vos sí? Pero en fin, dejemos estas cosillas, que son pequeñas en comparación con la alegría de que habéis vuelto a recuperar el buen ánimo. Para que veáis que me alegro de ello, he ordenado que hoy dispongamos de carne en la comida.

—Francisco, que ha escuchado la corrección de fray Anselmo con la mirada baja y haciendo un esfuerzo por no llorar, debido a que su estado todavía no es lo suficientemente fuerte, levanta la cabeza cuando ha terminado el superior y responde:

—Querido hermano guardián, nunca os agradeceré bastante estas palabras. Vuestra corrección viene muy bien a mi orgullo y me ayuda a purificarme. Solo os quiero recordar que la compañía de mis enfermeros, lo mismo que la carne que hoy habéis dispuesto que se sirva en la comida, no la he pedido yo. La acepté agradecido y ha sido muy útil, como espero que lo sean los manjares que hoy vamos a comer, pero es un regalo y no una petición. En cuanto a por qué a mí se me tienen que conceder ciertas cosas, incluso aquellas que no pido, me recuerda una anécdota que me pasó hace años, precisamente con fray Maseo. Ya sabéis que él es uno de esos hermanos que me están «muy unidos», como vos decís. Pues bien, en aquellos momentos Maseo tuvo unos fuertes ataques del demonio que le hacían pensar que él tenía más méritos que yo para ser aplaudido por la gente e incluso para gobernar nuestra, entonces, joven fraternidad. Un día se me encaró y me dijo claramente: «¿Por qué a ti te quieren más que a mí? ¿Por qué a ti te ha elegido Dios para fundar esta Orden y no a mí?» Me gustó tanto aquella pregunta, por su sinceridad y espontaneidad, que le di un abrazo. Luego le respondí: «Si Dios se ha fijado en mí, estate seguro Maseo, es porque soy el más débil, el más pecador, el más miserable. El Señor se complace en la debilidad. El Señor quiere que cuando los hombres se fijen en la grandeza de esta Orden no digan: es mérito del fundador, que tenía estas o aquellas cualidades. Sino que digan: es obra exclusivamente divina porque con ese fundador no se explica cómo esto ha podido ir adelante». Por eso, querido fray Anselmo, el Señor me ha elegido a mí así de débil, de frágil, de enfermo en todos los sentidos y no solo en el del espíritu. Y ahora, permitidme, por favor, que haga con vos lo que hice en su día con fray Maseo. Dejadme que os dé un abrazo. Dejadme también que os reverencie besando vuestra mano. Al fin y al cabo, vos mismo decís que no os trato a todos por igual. Si eso no ha sido así en el pasado, que lo sea desde ahora y para siempre.

Sin que Anselmo lo pueda evitar, Francisco lo abraza tiernamente y luego, de rodillas, le coge la mano y se la besa. En ese momento, el corazón del superior, por fin, se abre a la ternura y a la gracia. Entonces se arrodilla él también ante Francisco y los dos se funden en un nuevo abrazo.

—Perdóname, padre —le dice Anselmo—. Perdona mi soberbia y mi vanidad. No es cierto lo que dices. Si Dios te ha escogido a ti para fundar esta Orden es porque eres el más bueno, el más humilde, el más humano de todos nosotros. Y yo, y otros como yo, quizá de buena fe, no nos damos cuenta de que por buscar lo importante quizá estamos perdiendo lo esencial. Al intentar conseguir el éxito, es posible que estemos poniendo en peligro no solo la salvación de nuestra alma sino la de nuestra propia Orden.

—Estate tranquilo, querido Anselmo —responde Francisco, que se ha levantado trabajosamente y ha ayudado a levantarse al superior, al cual ha empezado a tutear como señal de una intimidad que antes no tenía con él—. Al fin y al cabo, no hay que olvidarlo nunca, es Dios el que hace las maravillas y no nosotros. Aún no estoy recuperado del todo, pero empiezo a estarlo y eso gracias a que empiezo a entender que todo es gracia. Todo, incluso el pecado, puede servir para que amemos más a Dios. Y ahora, por favor, déjame ir a meditar. Necesito la paz que me da el Señor para que mi alma termine de curarse.

Los dos religiosos se separan. Francisco va hacia las cuevas y allí se recoge, enseguida, en oración. Sin embargo, su soledad no dura mucho. Fray Ángel Tancredi no tarda en aparecer. Sabe que su amigo está mejor pero duda de si será necesaria o no su compañía. Además, tanto él como León y Rufino le han visto hablar con el superior y temen que este haya podido decirle algo inconveniente.

—Hermano Francisco, soy yo, fray Ángel. ¿Os molesto? ¿Queréis que me vaya o preferís que esté un rato junto a vos y que sigamos hablando de las cosas de los primeros tiempos?

—Adelante, Ángel, amigo mío —responde Francisco—. Estaba en compañía del Señor pero en ti también está el Señor, así que no haré otra cosa más que dejar a Dios para encontrarme con Dios. Ven junto a mí y hablemos. Tengo muchos asuntos que resolver con Cristo. Mi alma está empezando a rebosar, pero intuyo que todavía no ha llegado al borde, por lo que, seguramente, me falta algo más, que quizá tú, como sucedió ayer, seas el encargado de comunicarme. Ven y cuéntame lo que quieras. Sin duda que el Señor hablará por ti.

EL SUICIDIO DE SAN FRANCISCO

—He pensado, hermano, que después de hablar de sor Clara deberíamos pasar revista a otro de los momentos más importantes de aquellos primeros años. Me refiero a la aparición de la Santísima Virgen en La Porciúncula y al privilegio que el Papa os concedió a raíz de todo aquello. ¿Qué os parece? —pregunta Ángel.

—Me parece perfecto. Sí, háblame de la Virgen. Sin duda es lo que me falta antes de que el Señor pueda pedirme lo que intuyo que quiere de mí. Háblame de la Virgen pero no te extrañes si, al oírte, lloro o me arrodillo. Es que Ella sigue siendo para mí la fuente de la ternura y también de la paz. La quiero tanto que a veces tengo miedo a que este amor desplace en mi corazón el lugar que debe ocupar Dios. Pero ¿qué puedo hacer si Ella es mi Madre, mi amiga, mi maestra, mi consuelo?

—Si no me equivoco —empieza diciendo Ángel—, vos os encontrabais en La Porciúncula y ya entonces estabais muy mal de salud, aunque todavía no era la vista vuestro principal problema. Era el año 1216. Cuatro años antes, poco después de la consagración de sor Clara, habíais intentado ir a Siria, a predicar el Evangelio y, quién sabe, también a recibir el martirio de manos de los sarracenos. Entonces os dieron unas fiebres grandísimas que os duraron desde octubre hasta bien entrado el año siguiente. Por esa época os conoció el conde Orlando, que os regaló este monte para que de él hiciéramos los hermanos un lugar santo dedicado a la oración. En 1214 volvisteis a intentar ir al encuentro de los musulmanes, pero esta vez quisisteis hacerlo por la vía de España. De nuevo la debilidad os lo impidió y tuvisteis que regresar. Así llegamos a 1216, hace ocho años por lo tanto, en que os encontrabais en La Porciúncula, reponiéndoos de vuestras enfermedades y dirigiendo, como podíais la Orden.

—Se me había olvidado casi todo eso —responde Francisco—, pero no estoy seguro de que mi primer intento de viajar a tierras del Islam fracasara por las fiebres. ¿No fue por una tormenta que impidió que el barco zarpara?

—Tenéis razón, hermano, me había confundido. Pero, a lo que vamos, vos estabais aquel año en La Porciúncula con una salud más bien débil, que el tentador aprovechaba para acosaros con las pruebas de la carne. Vos estabais profundamente angustiado y llegasteis a dudar, incluso, de tener las fuerzas suficientes para vencer esas tentaciones. En un momento de desesperación, os arrojasteis, semidesnudo como estabais pues era de noche y verano, a unos rosales que había en el jardín. La sangre os salpicó a vos y sirvió no solo para que la tentación desapareciese sino también para que a ellos se les fueran para siempre las espinas, como todavía se puede comprobar. Sin embargo, lo más importante vino luego. Cuando os habíais repuesto de aquella prueba y os encontrabais en la ermita haciendo oración, una luz llenó la iglesia y, sobre el altar, apareció Nuestro Señor. A su derecha estaba su Madre y rodeándolos a ambos había una multitud de ángeles. Vos os postrasteis en adoración y ellos os preguntaron qué deseabais para la salvación de las almas.

—Entonces yo contesté —interviene Francisco, tomando parte en el relato—: «Aunque yo sea un miserable pecador, te ruego Señor que a todos los que, arrepentidos y confesados, vengan a visitar esta iglesia, les concedas el perdón total junto con la remisión de todas sus culpas». Cristo pareció sorprendido por tan exagerada petición, pero en ese momento intervino su Madre, apoyándola, por lo que el Señor accedió y solo me puso como condición que el Papa confirmase esta indulgencia».

—Cosa a la que ha accedido el Pontífice felizmente reinante, nuestro papa Honorio, que a la sazón se encontraba muy cerca de allí, en Perugia. Desde entonces, no hay día en que no acudan decenas y aun cientos de personas a recibir de los sacerdotes de nuestra Orden el sacramento de la Penitencia y, a continuación, el beneficio de la indulgencia plenaria para todas sus culpas.

—Sí, fray Ángel, todo eso es verdad y sucedió tal y como lo cuentas. Pero hay algo más que no has dicho. Te falta explicar mejor la intervención de la Santísima Virgen.

—Eso, hermano, prefiero que me lo contéis vos mismo —responde Ángel, que se dispone a escuchar a su fundador.

—La Virgen es para mí mucho más que la Señora de los Ángeles. Es la Madre de Dios, la Reina del Cielo, la que nos ayuda a vencer en las batallas que libramos cada día contra el maligno. Es también aquella en la que encontramos siempre un puerto seguro al abrigo de toda tempestad, el refugio de los que nos sabemos pecadores, el consuelo de los que lloramos, la salud de los que estamos enfermos. María es la que lucha, permanentemente, ante el Trono de Dios para defendernos de nosotros mismos; es nuestra abogada, la mediadora de la gracia, la intercesora en nuestros problemas, como hizo aquella primera vez en Caná de Galilea. Sin su misericordia de Madre, hace tiempo que habríamos sido aplastados por la justa ira de Dios; Ella nos obtiene, día a día, prórrogas que nos evitan un castigo de sobra merecido. Si me fijo en Ella como purísima, castísima e Inmaculada, también la veo como Madre amable, digna de toda admiración y respeto. Todo eso es la Virgen María, y mucho más. Por ejemplo, Ella será siempre para mí la que permitió al Redentor entrar en el mundo de los hombres, la que cuidó de Jesús durante su infancia, la que aceptó la oscuridad de la vida oculta cuando Él brillaba, la que reapareció junto a la Cruz cuando los amigos de ocasión se habían ido. Nosotros, que queremos estar siempre al lado del que sufre, no podemos tener un ideal mejor; María, al pie de la Cruz, sosteniendo con su fe y con su amor al que moría para sostenernos a todos, es el mejor modelo para todos los Hermanos Menores. Por eso, fray Ángel, quisiera que todos mis hijos la llevaran siempre en el corazón, en la mente, en los labios y, sobre todo, en las obras. Deberíamos intentar siempre amar como Ella amó, perdonar como Ella perdonó, creer con la fidelidad y fortaleza con que Ella creyó y socorrer al que sufre como si fuera nuestro propio hijo carnal, como Ella hizo con el suyo, Jesucristo. Solo si somos buenos imitadores de la Santísima Madre de Dios, seremos buenos Hermanos Menores. De hecho, pienso que las rencillas entre nosotros se deben a que no la tenemos presente lo suficiente en nuestra vida, pues los hermanos solo se pelean cuando falta la madre o cuando esta no tiene autoridad suficiente sobre ellos.

—Ya que habláis de estas cosas con tranquilidad y que os encontráis bastante mejor, ¿os apetece contarme lo del sueño de vuestro suicidio? —pregunta Ángel.

—Estoy, efectivamente, mejor, pero no sé si es pronto aún para recordar esa amarga experiencia. Te diré solo una cosa, la primera que recuerdo —responde Francisco.

—Hablad, hermano. Dios quiera que pueda ayudaros con mi consejo.

—Mi sueño, o mejor mi pesadilla, empieza en La Porciúncula. El superior general estaba departiendo con un religioso, creo que con fray Alberto de Pisa, sobre el plan para extendernos por Inglaterra. En ese momento apareció en la estancia fray Anselmo. Venía directamente de aquí, del Alverna. Le llevaba a fray Elías la noticia de que yo me había suicidado. Quizá todo hubiera sido distinto si la respuesta del superior general hubiera sido otra. Sin embargo, él no preguntó: «¿cómo ha sido?», «¿ha sufrido mucho?», «¿por qué lo ha hecho?». No dio ninguna muestra de dolor incontenible, de algún tipo de sentimiento de culpa. Se limitó a preguntar: ¿no podemos ocultar la noticia? Quizá de todo el sueño, eso y que al final murieran dos de nuestros queridos hermanos, torturados como si fueran asesinos, fue lo que más me dolió. Ángel, antiguo compañero de las batallas divinas, ¿tú crees que los frailes me quieren?, ¿crees que les importo yo, como persona, o que solo importo como símbolo, como abstracción, como instrumento útil para el éxito de la Orden? Sé que hay muchos hermanos que me quieren y no creo que nadie en nuestra familia me odie o me desprecie, ni siquiera los que no están de acuerdo conmigo. Pero, incluso los que me quieren, ¿me quieren a mí o a la imagen que tienen de mí? Si yo cayera, si pecara terriblemente, ¿quién de todos vosotros me seguiría queriendo?

Fray Ángel enmudece. La cuestión ha sido planteada con tal crudeza que no sabe qué contestar. Nunca había pensado en ello. Para él, como para todos los Hermanos Menores, Francisco es un modelo acabado y completo de perfección. Pensar en que él puede hacer algo malo es casi blasfemo. Le aman y le admiran a la vez. Prácticamente, le han canonizado en vida. Ese respeto, que ellos consideran suficiente, puede resultar —ahora Ángel lo ve— demasiado frío e inhumano para la persona concreta, para una persona que todavía está viva, que no es una figura de barro o una talla de madera colocada sobre un altar.

Ángel comprende todo eso de repente y no tiene palabras que decir, porque intuye que Francisco tiene razón y que no solo los más teóricos dentro de la Orden le han dejado de amar a él por él, sino que hasta los primeros compañeros, entre los que el mismo Ángel se encuentra, quizá no le quisieron nunca por sí mismo. Le admiraron desde el primer momento. Desde que Francisco recorría las calles de Asís venciendo su orgullo y pidiendo limosna, comprendieron que era un hombre de Dios, un enviado del Altísimo, un instrumento para la propia santificación. Le siguieron, aplaudieron, obedecieron e incluso quisieron como tal instrumento, pero sin que ese amor calara más adentro, sin que penetrara la epidermis de lo que la gracia divina había hecho en la persona.

La reacción del religioso no puede ser más que una: se pone de rodillas ante Francisco, le coge la mano y, dulcemente, se la besa. Luego le pide perdón.

—Perdóname, hermano Francisco. Perdónanos a todos. Qué solo te has debido sentir todos estos años, rodeado de gente que te quería, sin darse cuenta de que no lo hacía. Qué amargos te han debido saber nuestros aplausos, cuando te preguntabas qué ocurriría si un día te encontraras en situación de verte crucificado, y no solo en lo referente a la salud corporal. Perdóname a mí especialmente, y a todos los demás primeros compañeros. No siento que yo sea mejor que fray Elías, o que el último recién llegado a la Orden, para el cual tú eres ya un mito viviente, del que se habla como si estuviera muerto.

—Querido Ángel —dice Francisco, que se ha puesto en pie y ha obligado a levantarse a su compañero—, te agradezco tus palabras. Mi herida es más profunda aún que esto que te he contado. No quisiera haberte hecho daño al mostrarte esta pequeña abertura. No tengas remordimientos. Has hecho lo que has podido, lo que has sabido, como los demás, como todos. Creo que el problema es otro. Se trata de un asunto entre Dios y yo, entre el Creador y su criatura. Presiento que la solución está ya muy próxima, quizá venga incluso hoy mismo. De hecho, hoy es ya 4 de septiembre. Está muy próxima la fiesta de la Exaltación de la Cruz y creo que el Señor está a punto de romper el velo que le separa, aunque ya tenuemente, de mi mirada. Vámonos ahora a rezar la Tercia, que no quiero, ya que estoy mejor, dejar de cumplir todos los actos de comunidad.

## EN MANOS DEL SULTÁN

La comunidad está de fiesta por la creciente mejoría del fundador de la Orden. Aunque se están preparando para celebrar una fiesta marcada por el dolor de ver a Cristo en la Cruz, ni pueden ni quieren evitar el gozo que representa para todos ver a Francisco casi totalmente recuperado. Fray Ángel ha aprovechado un momento para reunirse con fray León, antes de empezar la oración de media mañana, y contarle las últimas novedades, especialmente la concerniente a la parte del sueño que Francisco le ha querido revelar.

—Es tremendo, León —le dice—, porque resulta que no son solo los que le discuten y le niegan el derecho a gobernar la Orden los que le están haciendo sufrir. Casi te diría que somos tú y yo y los más íntimos los que más daño le hemos hecho. No se ha sentido querido en todos estos años. Lleva arrastrando consigo una soledad espantosa, de la que somos culpables sin saberlo.

—¿Qué quieres decir? —pregunta León, molesto y extrañado con la afirmación de que Francisco no se siente querido—. Yo llevo todos estos años pendiente de él, ¿cómo puede creer que no le quiero? —añade.

—No es eso. Está seguro de nuestro amor, lo que pasa es que duda de si ese cariño va dirigido a él o a la imagen de hombre perfecto y santo que tenemos de él —responde fray Ángel.

—Creo que tendré que hablar con él sobre este asunto, porque si en algo le he podido hacer daño o le he podido defraudar, no puedo estar tranquilo hasta que no me lo diga y me perdone. Si te parece —sigue diciendo León—, al acabar la oración seré yo quien le acompañe. Intentaré hablarle de su viaje a Egipto e incluso del primer capítulo general que tuvo lugar en la Orden. Después haré como tú, preguntarle por su sueño a fin de que me diga algo y me pueda excusar con él.

—Como quieras, pero no le digas que yo te he comentado nada. Quizá eso le sentaría mal. Hazlo todo con la mayor discreción. Y ahora, vámonos a rezar, que se nos hace tarde.

Cuando la oración termina, todos parten a sus obligaciones. Fray León entonces le pide permiso a fray Anselmo para acompañar a Francisco hasta el rezo siguiente, el de Sexta, que precede a la comida del mediodía. El superior, mucho más relajado y comprensivo, lo acepta sin dificultades. León, entonces, sale en busca de Francisco. Se acerca a las grutas con cuidado y entonces, estando aún fuera de su vista, le oye hablar con Dios.

—Deja ya de ocultarte, Señor mío. Ven, dulce huésped del alma, rompe la barrera que nos separa. Mi alma tiene sed de ti, tiene necesidad de ti, quiere estar cara a cara contigo. Ven y hablemos. Soy tu siervo, pero también soy tu amigo porque tú me has concedido ese noble título. ¡Tengo tantas cosas que preguntarte! —dice Francisco.

León se ha quedado rígido. No sabe qué hacer. Teme, incluso, volver atrás, pues no desearía hacer ruido y que este molestara al fundador de la Orden en lo que parece una íntima experiencia de unión con Dios. Mientras tanto, reina el silencio. Solo se oyen los pájaros y, a lo lejos, algún trueno. El verano quiere despedirse con tormentas y el ambiente está muy cargado de sopor y de bochorno. Pasado un largo momento, León oye de nuevo hablar a Francisco.

—Así que será esta noche. Lo imaginaba. Tenía la seguridad de que el momento decisivo estaba cercano. No podíamos entrar, ni tú ni yo, en la fiesta de la exaltación de la Cruz en estas condiciones. Bien, me alegro mucho. Cuanto antes ventilemos ese asunto mejor.

En ese instante una avispa se acerca, inquieta por la proximidad de la tormenta, a León, que sigue inmóvil. Este, forzado a ello, hace un gesto para ahuyentarla y, al hacerlo, deja caer unas piedras de la pared de roca de la cueva. Francisco oye el ruido y pregunta.

—¿Quién anda ahí? ¿Eres tú, fray Ángel? Pasa, amigo mío, tu presencia no me molesta, adelante.

—Soy yo, padre —contesta fray León, que gira la curva que le separaba de Francisco y entra en la cueva donde estaba este—. Venía a estar un rato con vos, si no os incomodo. Fray Ángel ha tenido que hacer algunas cosas. Ya sé que no necesitáis, como antes, nuestra presencia continua, pero me apetecía mucho estar un rato más a vuestro lado, si eso no os sirve de molestia, por supuesto.

—En absoluto, hermano León, ovejuela de Dios. Tú nunca me molestas. Al contrario. Si no hubiera sido por ti, por tu fidelidad en todos estos años, la vida se me habría hecho mucho más cuesta arriba.

León se muerde entonces la lengua. Le gustaría hablar y preguntar cómo es posible, entonces, que afirme que no le han querido a él por él sino solo por lo que representa. Pero comprende que si lo hace estaría revelando el secreto que su amigo le ha contado y que debe seguir conservando hasta que Francisco se lo diga a él mismo. Entonces decide volver al asunto de la historia de la Orden con la esperanza de, en algún momento, poder afrontar la cuestión que más le importa.

—Padre —dice— ¿no os importaría que siguiéramos un poco más con el repaso de los hechos ocurridos en nuestra familia y en vuestra propia vida? Ya falta poco y creo que fray Rufino desea partir pronto para Asís, con lo que le podría llevar ese relato a sor Clara, su prima.

—Por supuesto, León, adelante. ¿De qué quieres que hablemos hoy? —pregunta Francisco.

—El hermano Ángel me ha dicho que ya habéis hablado del milagro de La Porciúncula y cómo el Señor os concedió el privilegio de la indulgencia plenaria para todos los que acudieran a nuestra iglesia y confesaran y comulgaran. Como eso sucedió en 1216, hace ocho años, podríamos ver ahora lo que pasó en los años siguientes.

—Que yo recuerde —dice Francisco—, lo más importante de esos años fue la extraordinaria expansión de nuestra familia y mi viaje a Egipto.

—Y también, padre, el empeoramiento de vuestra salud. En aquel mismo año, poco después de que el papa Honorio os concediera el privilegio de La Porciúncula, estuvisteis al borde de la muerte debido a unas fiebres terribles que pasasteis en la ermita de San Urbano. ¿Ya no os acordáis?

—Si llevara recuento de todas mis enfermedades, querido León, tendría que dedicar mi memoria casi por entero a ello. Tú, en cambio, que has sido siempre mi más sincero y leal amigo, seguro que las recuerdas todas —responde Francisco.

De nuevo León tiene que hacer un esfuerzo para no plantear el problema que le acucia, tanto más fuertemente cuanto con más cariño habla Francisco de las atenciones que durante tantos años le ha brindado. Conteniéndose, sigue adelante con la historia.

—Al año siguiente, 1217, celebramos el primer capítulo general de la Orden. Todavía erais vos el superior general. Aquella fue una experiencia maravillosa. Tan solo hacía ocho años que habíamos recibido la aprobación oral del papa Inocencio y ya fue necesario que nos dividiéramos en once provincias distintas, incluidas algunas de fuera de Italia.

—¿No te parece —pregunta Francisco— que hemos tenido demasiado éxito o que, al menos, ese nos ha llegado demasiado pronto?

—En absoluto, padre —contesta León—. Nosotros no hemos buscado nunca el éxito, pero cuando este nos ha llegado, lo hemos aceptado como un regalo que Dios nos enviaba y nos hemos alegrado por ello, bendiciendo al Señor que nos lo daba.

—Sí, es así, efectivamente. Pero, con todo, se hace muy difícil mantener la pureza de espíritu cuando se triunfa. Al final, sin querer incluso, no sabes si estás buscando el éxito por Dios o por sí mismo. En fin, dejémoslo, esto forma parte de las cuentas que pronto tendré que rendirle a Dios —dice el fundador de la Orden.

—¿Qué queréis decir, padre? ¿Estáis de nuevo alterado con la idea de la muerte? —pregunta León, asustado.

—No, León, no estoy pensando en mi muerte, aunque no creo que esta se demore muchos años. Es otra cosa. Es un asunto particular entre Cristo y yo que intuyo que está próximo a resolverse. Pero sigue, por favor, con tu historia.

—En 1219 decidisteis partir para Egipto, haciendo escala en San Juan de Acre, que era la principal plaza fuerte cristiana de la zona. Fue después del capítulo general que dimos en llamar «de las esteras», pues mediante chozas de paja y lona tuvimos que proteger a los cinco mil hermanos que nos dimos cita en La Porciúncula. Para evitar los fracasos que se habían producido en las anteriores expediciones misioneras, el papa Honorio había expedido una bula de presentación que los hermanos deberíamos llevar allá donde fuésemos, la «Cum dilecti».

Entonces vos decidisteis dar ejemplo y anunciasteis vuestro viaje a Tierra Santa. El papa Honorio os agradeció mucho el gesto, pues fue una señal para todo el mundo católico, escandalizado ante las continuas excusas que el emperador Federico ponía para ir a la Cruzada. Las tropas cristianas estaban en Damieta, luchando contra los musulmanes y vuestra presencia allí debía servir para darles aliento, como si fuerais un talismán que propicia la victoria. De nada sirvió que os hiciéramos los cargos de vuestra salud, tan deteriorada. Queríais estar allí, en el centro de la batalla, soldado al fin de Cristo, para intentar colaborar en lo que es la legítima pasión de todo buen cristiano: la liberación de los Santos Lugares.

—Sí, marché yo también a las Cruzadas. Era, efectivamente, uno de mis sueños y el Papa me lo había pedido, a ver si así se animaba el astuto emperador Staufer. Pero mi ánimo, como sabes, no era de lucha, sino de reconciliación —añade Francisco.

—Creo que eso fue lo que más sorprendió a todos. Si en el Laterano pensaron alguna vez que os ibais a comportar como un predicador fogoso, al estilo de lo que años atrás hiciera San Bernardo de Claraval, se equivocaron. Pero los más sorprendidos fueron los propios cruzados. Después de acogeros bien y de disponerse a oír vuestra arenga, resultó que lo que predicabais era el mensaje de la paz y del amor.

—¿Qué otra cosa podía hacer? —pregunta Francisco—. Yo comprendí enseguida que la mayoría de aquellos soldados y caballeros estaban en Egipto para alcanzar la gloria y la riqueza. La liberación de la patria de Nuestro Señor era una hermosa excusa. También los había, no lo niego, sinceros y generosos, como estoy seguro que era sincero el Vicario de Cristo cuando animaba a los señores cristianos a emprender el camino de la guerra. Pero lo que allí había, en aquel campamento militar, era muy distinto. Las orgías nocturnas, las borracheras, el juego y tantos otros excesos eran lo habitual. Es verdad que no faltaba ninguno a la Santa Misa los domingos, pero también es cierto que antes y después de ella se cometían los peores pecados. Cuando vi aquello comprendí que aquel ejército no podía ser el que Dios quería para liberar su tierra. Comprendí también, mejor aún que desde aquí, que había que intentar otro tipo de conquista, la de las almas y no la de los cuerpos. Y que para eso había que emplear otro tipo de armas. Por eso me decidí a visitar personalmente al sultán. Te confieso también que en mi interior escondía un ardiente deseo de alcanzar el martirio. Si este hubiera tenido lugar, mi dicha habría sido completa. ¡Entrar, por fin y sin más demora, a la presencia del Señor! ¡Poder compartir con Él la eternidad! Sí, el martirio se me ofrecía allí en Damieta como una fruta que estaba al alcance de mi mano y yo me precipité a conseguirla.

—Que vos quisieseis ir al campamento enemigo fue una sorpresa para todos, para los musulmanes tanto como para los cristianos. Los señores de nuestras filas no os querían dejar ir; tenían miedo a que os mataran o, quizá más aún, a que tuvierais éxito. Para nuestros enemigos, vuestra presencia era muy extraña. El sultán El-Kamil era un hombre culto, amante de las discusiones filosóficas pero a la vez muy respetuoso con las personas que tenían fama de sabios. Como tal os tomó a vos y eso fue lo que os permitió llegar a su presencia.

—No, León, no fue la buena disposición del sultán hacia las letras, sino la voluntad de Dios, que se sirvió de esas buenas cualidades, la que hizo posible que atravesara ileso las filas enemigas.

—Tenéis razón, padre. El caso es que, a finales de septiembre, fuisteis introducido a su presencia, acompañado solo por fray Iluminado de Rieti, pues los demás hermanos se habían quedado en el campamento cristiano. ¿Qué pasó entonces? Aunque he oído hablar de ello a unos y a otros, me gustaría saberlo directamente de vos mismo.

—Algunos de los consejeros de El-Kamil me miraban como un espía y reclamaban en voz alta que me cortaran inmediatamente la cabeza. Otros pedían para mí la cárcel, a fin de conseguir un rico rescate por mi libertad. El sultán les mandó callar. Hablamos y hablamos durante mucho tiempo. Sus sabios teólogos discutieron conmigo acerca de la veracidad de las Escrituras, de si las que estaban inspiradas por Dios eran las nuestras o las suyas. Así pasó el día y llegó la noche. Entonces el sultán quiso probar mi virtud. Le habían dicho que yo era una especie de santón que despreciaba las cosas terrenas y que voluntariamente había renunciado a tomar mujer. Organizó una cena en mi honor, una bacanal más bien. La música era ensordecedora y, en cuanto a lo demás, apenas te puedo decir qué ocurrió pues en cuanto vi que aparecían unas mujeres medio desnudas, cubiertas solo con tenues velos, cerré los ojos, me puse de rodillas y empecé a rezar. Después de un tiempo, cansado el sultán de ver que no daba muestras de interés por lo que me ofrecía, me preguntó si deseaba irme a descansar. Me tenía tendida una última trampa para probar mi virtud. Cuando llegué a la tienda en que habían decidido alojarme a mí solo, pues a fray Iluminado le llevaron a otra, encontré en ella a una mujer. Yo no sabía que el propio sultán estaba observando la escena sin ser visto. Ella me invitó a acostarme a su lado en la cama que había preparada. En el centro de la tienda había un brasero con tizones al rojo vivo para calentar el ambiente, pues por la noche en el desierto hace frío. Yo entonces le dije a ella que lo invitaba a estar a mi lado, pero no en aquella cama, sino en otra. Entonces levanté las alfombras del suelo, dejé al descubierto la arena del desierto que había bajo ellas y allí arrojé las brasas. Sin dudarlo, me puse encima, con los pies desnudos sobre los tizones y le invité a compartir conmigo aquel otro fuego, tan distinto al que enciende la pasión en el corazón de los hombres. Entonces ella dio un grito terrible y en ese momento entró el sultán, que me encontró así, de pie y descalzo sobre los carbones encendidos. Creo que aquello le impresionó más que todos los argumentos que habíamos cruzado horas antes.

—¿Qué pasó, entonces, padre? —pregunta León, que, efectivamente, había oído la historia, pues aunque Francisco la había ocultado al principio, fray Iluminado la había contado a todos, pues lo ocurrido se había sabido inmediatamente en todo el campamento musulmán.

—El sultán nos despidió a la mañana siguiente. Nos expresó su admiración y, como prueba de afecto, nos expidió un salvoconducto para que pudiéramos ir a Jerusalén sin peligro.

—Sin embargo, tardasteis en llevar a cabo esa parte de vuestro viaje —añade León.

—Yo ansiaba visitar los lugares donde nació y murió Nuestro Señor, pero cuando llegué al campamento cristiano me encontré con que estaban a punto de lanzar un nuevo asalto a Damieta. Tuve que esperar, entonces, no solo por seguridad mía y de mis compañeros —estaban conmigo doce hermanos, entre ellos el propio fray Elías de Cortona—, sino también por ver si serían necesarios nuestros servicios espirituales después de la batalla. La plaza fue, por fin, conquistada a primeros de noviembre y lo que vi, te lo aseguro fray León, no puede ser contado. La crueldad, la barbarie más completa, el pillaje, todo lo que de malo hay en el hombre se puso de manifiesto allí, en aquella ciudad que supuestamente había sido conquistada en el nombre de Cristo. Aquello terminó por desanimarme y, lo antes posible, emprendí el viaje a Jerusalén.

—¿Qué impresión os causó, padre, la patria de Nuestro Señor? —pregunta León, lleno de curiosidad, pues él nunca había podido ir a Tierra Santa.

—Es difícil encontrar palabras para expresar el alud de emociones que sentí en aquellas semanas, tanto en Belén como en el Santo Sepulcro. Allí, en aquella tierra maravillosa, había estado Jesús. Allí había nacido. Allí había sido adorado por los pastores y por los magos, cantado por los ángeles, servido por su Santísima Madre y por San José. En aquella misma tierra había llevado a cabo sus milagros, curado a los enfermos y resucitado a los muertos. También fue allí donde le traicionaron, donde sudó sangre junto a los olivos, donde le besaron para venderle. En la roca blanquecina del Gólgota fue clavada la cruz y allí fue expuesto él, varón de dolores, para que le insultasen sus enemigos. Por fin, a pocos metros del lugar de su sacrificio, fue enterrado por sus amigos y allí mismo conoció la gloria de la Resurrección. Todo, en Belén y en Jerusalén, estaba marcado por esta palabra: «Aquí». Todo había ocurrido allí. No era una hermosa leyenda como las que narran los trovadores, sino que era una realidad. «Aquí», me decía a mí mismo una y otra vez, mientras estaba echado sobre las blancas rocas en las que él había apurado el cáliz de la amargura. «Aquí», me repetía, mientras lloraba inconsolable junto al monte de la calavera. Te lo aseguro, León, no hubiera deseado irme de Tierra Santa nunca y solo las malas noticias que llegaban de Asís me forzaron al regreso.

—Sí, ya sé —afirma León, un poco temeroso de que el relato entré en los hechos más recientes de la historia de los Hermanos Menores, causantes del bajo estado de ánimo de Francisco—. En vuestra ausencia —añade— algunos quisieron aprovecharse para cambiar lo que no debía ser cambiado.

—Yo había confiado la Orden a dos vicarios que me debían representar mientras durara mi viaje. Eran Gregorio de Nápoles y Mateo de Narni. Los dos eran de mi absoluta confianza. Sin embargo, me equivoqué. El hermano Esteban llegó a Jerusalén en la primavera del año siguiente, 1220, con noticias alarmantes. La relajación en la Orden era un hecho y eso con permiso de los vicarios que me representaban. Además, Juan de Capella, que había sido de los primeros en iniciar conmigo nuestra experiencia pero que llevaba años alejado de nosotros, había decidido fundar una Orden alternativa, más rigorista. Por si fuera poco, el hermano Felipe había conseguido de la Santa Sede, con apoyo del propio cardenal Hugolino, unos privilegios para las Damas Pobres que sor Clara no deseaba pues las hacían más parecidas a las monjas de San Benito que a lo que debían ser unas religiosas que siguieran nuestro espíritu. En fin, el hermano Esteban me dijo también que se había corrido la voz de que yo había muerto y que eran varios los hermanos que aspiraban a sucederme en el cargo de superior general, por lo que la división de la Orden era inminente. Entonces me vi obligado a volver. Fue como cuando Nuestro Señor tuvo que dejar el Tabor para descender a una realidad dura en la que había de ser crucificado. Yo también, sin saberlo a ciencia cierta pero intuyéndolo, salí de Tierra Santa hacia el sacrificio. En aquel momento me acompañaba el hermano Pietro Cattani, que en paz descanse, y los hermanos Elías de Cortona y Cesáreo de Spira. Por fin llegamos a Venecia. Yo estaba agotado del viaje y las noticias que nos dieron nada más desembarcar, como por ejemplo lo que acababa de ocurrir en Bolonia, eran terribles. Decidí recluirme unos días, a solas, en una de las islas de la laguna para hacer oración y calmar mi espíritu, pues si entraba a saco en la contienda dudaba de poder ser en todo momento un hombre de paz. Pero, ¿de verdad tenemos que seguir hablando de estas cosas, León? Recordarlas me hace tanto daño que temo volver a caer en el pozo de angustia en que he estado sumergido estas últimas semanas.

—Tenéis razón, padre —contesta León, que también deseaba dejar el asunto, pero que, a la vez, tenía mucho interés en saber por qué Francisco decía que a él no le quería nadie como persona sino solo como símbolo de santidad. Llevado por ese interés más que por la salud de su fundador, preguntó: «¿Queréis, no obstante, contarme algo de vuestro sueño? ¿Os ayudaría eso a desahogaros?».

—Intuyo, querido León —contesta Francisco— que fray Ángel ha debido hablar contigo sobre lo poco que le dije que había soñado. Supongo que no solo tienes curiosidad, sino que también estás inquieto por saber qué papel ocupabas tú en ese sueño. Estate tranquilo. No estoy decepcionado de ti. Pero ahora no puedo hablar más. Estoy cansado, muy cansado. Déjame solo, por favor. Debo recuperar fuerzas. Iré a la oración dentro de un rato y luego estaré con todos en la comida, especialmente hoy en que fray Anselmo la ha querido más copiosa en honor mío. Pero ahora no quiero hablar más.

—Quizá después, por la tarde —insiste torpemente León.

—No lo creo. Por la tarde tengo ya una cita con Jesucristo. Es una cita que no puedo demorar más. A los dos nos urge resolver unos asuntos que tenemos pendientes. Así que, esta tarde y quizá durante la noche, no lo sé, deberéis dejarme solo. Que ninguno de vosotros se acerque a este sitio. Me disgustaría mucho si os viera rondar por aquí. Pero, estate tranquilo, no me va a pasar nada. Nada, al menos, que Dios no quiera que me pase.

León se aleja, pensativo y, también, con un ligero sentimiento de culpabilidad. Comprende que ha sido excesivamente curioso y que debía haber respetado desde el principio el ritmo de Francisco a la hora de revelar sus angustias y sus problemas. Pero ahora lo que más le preocupa es esa exigencia de soledad. Por el tono de voz de su fundador, intuye que no hay peligro en lo concerniente a un suicidio, pero a la vez teme que la herida, aún abierta, le pueda provocar un dolor tan fuerte que él no lo pueda resistir. No sabe qué hacer y también duda en consultarlo con los otros. Al fin, opta por obedecer a Francisco, pero solo a medias. Estará alejado de las cuevas, pero no tanto como para no oír lo que suceda, por si su amigo le necesita.

## 3. LA FIRMA DEL CRUCIFICADO

La tarde en el monte Alverna es singularmente pesada en este cuatro de septiembre de 1224. La tormenta ha estallado a lo lejos y el aire está cargado de tensión. El bochorno que ha hecho durante el día no se ha disipado. Las nubes, amenazadoras, oscurecen el cielo. La habitual bruma que impide ver el magnífico espectáculo del paisaje, es ahora mucho más densa. Bajo los altos abetos y las gruesas hayas, los frailes se refugian en sus pequeñas chozas, tan frágiles, tan llenas de goteras cuando llueve. Todos esperan a que pase la lluvia para después, quizá al día siguiente ya, poder emprender la vida normal. Todos menos dos: Francisco y León. El primero no teme a las tormentas y menos en las circunstancias en que se encuentra ahora. El segundo, que siente pavor ante los truenos y los relámpagos, se vence a sí mismo y en lugar de refugiarse en el rincón más protegido, se dispone a estar cerca de su maestro por si este le necesita. El primero no sabe de la vigilancia del segundo y este solo teme no estar lo suficientemente cerca para llegar a tiempo de ayudarle en caso de apuro.

Francisco está en su cueva, junto al precipicio, aquel abismo que un día estuvo a punto de tragarle, en una de sus singulares luchas con el demonio, y cuyas paredes se alzaron, como una mano protectora, para protegerle de la muerte. No hay sitio que le guste más, a excepción de la proximidad del viejo abeto en el centro del bosque, pero está lejos y no es el momento de ir hasta allí dando un paseo. En la cueva está protegido de la tormenta y tiene la suficiente intimidad como para enfrentarse, cara a cara, con su Señor.

—Aquí estoy, Señor —dice Francisco, arrodillado ante el Crucifijo que ha instalado en una de las paredes de la cueva—. Aquí estoy —añade— para que resolvamos los asuntos que tenemos pendientes. Estoy a tus órdenes, como siempre. Pero esta vez también tengo yo algo que reprocharte, si me lo permites.

—Yo también estoy aquí, Francisco —se oye decir al Crucificado—. Tienes razón. Ha llegado la hora. Como dos viejos amigos que somos, es el momento de hablar claro. Te doy permiso para que lo hagas y, por mi parte, haré lo mismo contigo.

—Empecemos, entonces —responde Francisco, que no se extraña de la voz que escucha, acostumbrado como está no solo a esos gestos extraordinarios, sino a la continua intimidad con Jesucristo—. Como sabes, he tenido una pesadilla terrible y, lo primero que quiero saber, es si ese sueño contiene un mensaje tuyo, como en otras ocasiones, o si es, por el contrario, algo que procede de nuestro enemigo —añade.

—Ni un solo cabello que cayera de tu cabeza, querido Francisco, llegaría al suelo si yo no lo permitiera. Por tanto, incluso ese sueño terrible ha sido permitido por mí. Eso no significa que sea un mensaje directo mío, como sucedió en Spoleto, por ejemplo. Pero algo hay de verdad en lo que has soñado. Dime tú, ahora, qué es lo que más te preocupa de ello.

—Lo primero, Señor, es lo mal que lo he hecho en estos años, a causa de lo cual la Orden está en la penosa situación en que se encuentra, hasta el punto de que algunos de mis más fieles discípulos se ven acosados como si fueran los traidores al fundador en lugar de ser sus más fieles seguidores. En segundo lugar, me preocupa el futuro de la Orden misma. ¿Qué va a ser de ella? ¿Se dividirá? ¿Seguirá por senderos ajenos a lo que vos y yo queríamos cuando se fundó? Esto me angustia extraordinariamente y no sé qué tengo que hacer porque tampoco sé hacia dónde tengo que conducir a los Hermanos Menores. Después, me duele mucho la situación de la propia Iglesia; en estos años he conocido más sus interioridades y he aprendido a quererla de una manera más realista, sin idealizarla, sabiendo que los hombres que la gobiernan tienen defectos y a veces graves defectos. Pero ahora me siento desbordado; es como si ya no fuera capaz de amarla tal y como es, o como si empezara a dudar de que el Espíritu Santo está en ella y actúa por medio de ella.

—¿Nada más? —pregunta Cristo— ¿Eso es todo? Venga, Francisco, termina de sacar lo que llevas dentro para que podamos curarlo —le anima el Salvador.

—Tienes razón, Señor, aún hay más cosas —responde el enfermo fundador de los Hermanos Menores—. Además de lo anterior, tengo que decirte que me siento mal con los demás porque creo que no me quieren a mí, que me han idealizado tanto que se han olvidado de que soy una persona de carne y hueso, un ser humano y no una figura de madera de las que se ponen en los altares. También me siento mal con vos, porque creo que, de alguna manera, me habéis abandonado. Yo no quise meterme en este lío de la fundación de la Orden. Fuisteis vos quien me arrastró a ello. Fuisteis vos quien me dio hermanos y quien hizo crecer rápidamente esta familia. Y ahora parece que nos habéis abandonado, a ellos y a mí. Me siento como si hubiera sido engañado, como si me hubierais arrastrado a un lugar público para dejarme en ridículo delante de la gente. Si yo no valía para gobernar la Orden y si no hay personas capaces de hacerlo en mi nombre, con fidelidad a la vez al espíritu con que fue fundada, ¿por qué empezar esa aventura?, ¿por qué, vos que conocéis el futuro, permitisteis que naciera algo que tenía que terminar en fracaso?

—¿Ahora sí que está todo? —pregunta de nuevo el Señor.

—Sí, ahora sí —responde Francisco, que sigue de rodillas ante el Crucifijo.

—No, todavía no, pero no te das cuenta de ello. Luego lo veremos y terminaremos de sacar las raíces del pecado que aún se esconden en tu alma sin que te des cuenta. Pero vamos ahora con las cuestiones que me has planteado. Pero, por favor, siéntate en aquella roca. No estoy a gusto hablando con un amigo tanto tiempo si le veo incómodo, sobre todo si está enfermo con lo estás tú. No quiero que me reproches a mí también que no te quiero.

Francisco, obediente y algo avergonzado, se levanta y se sienta en un saliente de la pared, mientras se dispone a escuchar lo que tiene que decirle Jesucristo.

—Esta situación —sigue hablando el Señor—, me recuerda a cierta conversación, hace muchos años, entre mi Padre y un amigo nuestro de raza judía. Job se llamaba. El fondo del problema era el mismo. ¿Por qué tiene que existir el dolor, el sufrimiento, el mal? ¿Por qué, quería saber aquel hombre justo, si Dios lo conoce todo y lo puede todo, no previene el mal que va a ocurrir y evita que suceda? ¿Es que Dios se complace en el mal? ¿Es que la suerte de los hombres, sobre todo de los hombres buenos, su dolor y su sufrimiento, le resulta indiferente? En aquel momento mi Padre le dio a Job una respuesta que era la única que se le podía dar: leo invitó a contemplar el universo, a mirar alrededor suyo y darse cuenta de la grandeza de lo creado y, a partir de ella, de la grandeza aún mayor del Creador de todas aquellas maravillas. Es decir, lo invitó a tener fe en Dios, una fe que fuera capaz de aceptar las circunstancias adversas, los testimonios reales y cotidianos que aparentemente van en contra del contenido esencial de esa misma fe, que Dios existe y no es indiferente a la suerte del hombre. En aquel momento no podíamos hacer mucho más que eso. Después, cuando llegó la hora, cuando el tiempo alcanzó su plenitud y la persona adecuada, mi Santa Madre, pisó con sus pies desnudos la cabeza de la serpiente, pude nacer yo. Los tres, mi Padre, el Espíritu Santo y yo mismo, pensamos que con mi encarnación y con mi muerte en la Cruz, habrían quedado aclarados todos los interrogantes sobre la complicidad de Dios con el mal. ¿Cómo iba a ser Dios indiferente ante el dolor del hombre si el propio Dios hecho hombre se había sometido a la prueba del dolor? Por supuesto que sabíamos que el misterio permanecía abierto de algún modo, pero estaba ya aclarado lo esencial del mismo: Dios no es partícipe del mal ni quiere el sufrimiento de los hombres. La prueba es que el propio Hijo de Dios, Dios verdadero de Dios verdadero, ha venido a la tierra para comulgar con el hombre en sus padecimientos. Sí, eso debería haber bastado.

—Perdonadme, Señor —dice Francisco, avergonzado, lo mismo que en su momento, más de mil años atrás, estuvo avergonzado Job por haber interrogado a Yahvé—. Me doy cuenta de que he sido soberbio al pediros explicaciones. No sigáis hablando, por favor. No tengo derecho a vuestras respuestas. Perdonad incluso mis dudas, que sabré asumir sin que vos las disipéis.

—No digas tonterías, Francisco. Aquí estamos como dos viejos amigos, como dos camaradas que han peleado juntos muchas batallas. Soy yo quien te ha dado permiso para que me preguntes y tú tienes, a tu favor, tus propios sufrimientos. Nunca le ofende a Dios que un hombre herido le pregunte el por qué de su dolor. Recuerda que yo sé algo de eso. Nos incomoda un poco, eso sí, que nos planteen esas cuestiones los teóricos, los que se pasan la vida haciendo preguntas y responsabilizando al Cielo de lo mal que van las cosas mientras ellos no mueven un dedo para mejorarlas. Así que no te preocupes y vamos a seguir con las respuestas, entre otras cosas porque confío en que después me ayudes a transmitírselas a los hombres.

—Como queráis, Señor —responde Francisco, avergonzado—. Pero, permitidme al menos que os escuche de rodillas. Yo también le he dejado a fray León llamarme «padre». Dejadme entonces vos que, si me habláis, acoja vuestras palabras con el debido respeto.

Está bien, pero te advierto que el respeto es una actitud ante todo del alma, por más que a veces, si uno está sano, convenga también expresarla con el cuerpo. Ponte como quieras, siempre que no sufras. No era broma lo que te decía antes acerca de mi preocupación por ti. Te quiero más que tú a ti mismo y sobre las exageraciones que has estado haciendo con tu cuerpo en estos años también tendremos ocasión de hablar más adelante. Como te decía —añade el Señor—, los tres, el Padre, el Espíritu y yo mismo, habíamos llegado al convencimiento de que, además del valor redentor de mi sacrificio en la Cruz, aquel gesto tendría también un valor explicativo. Comprendíamos las angustias de los hombres cuando se ven heridos por el sufrimiento y circundados por el mal y por eso quisimos dejar constancia de que ambas cosas no procedían de nuestra divina voluntad. Dios no disfruta con el dolor del hombre, eso tenía que quedar claro con mi nacimiento y mi muerte en el Calvario. La fe, por supuesto, no quedaba desterrada, pero sí atenuada su oscuridad con la presencia, pensábamos que luminosa, de mí mismo en la Cruz, verdadero símbolo y compendio de todos los sufrimientos humanos. Hemos visto en estos años, sin embargo, que no ha sido suficiente y tus propias preguntas nos lo confirman. Por eso creo que es importante contestarlas una a una. Repítemelas, por favor, Francisco.

—Quisiera no hacerlo, Señor, de lo avergonzado que estoy. Tenéis razón. Basta con veros ahí, en ese trono de dolor que es la Cruz, para encontrar razones suficientes para la fe y para la esperanza —responde el religioso.

—Es igual, las contestaré sin que tú me las preguntes de nuevo. La primera era sobre tu papel en la Orden. Querido Francisco, amigo mío, comprendo tu estado de ánimo porque yo también tuve esa tentación hace años, sobre todo cuando empezaba mi vida pública. Estás preocupado por el papel que estás haciendo. Estás tan preocupado por hacerlo bien, por agradar, por conseguir el aplauso del público, que te olvidas de que Dios escribe derecho con renglones torcidos. ¿Y si nosotros lo que quisiéramos de ti fuera, precisamente, el fracaso? ¿Y si tú sirvieras más a nuestra causa, a la del bien, la paz y la justicia con el fracaso que con el éxito? ¿Acaso no fue mi fracaso en la Cruz lo más útil que yo hice cuando viví en el mundo? ¿Acaso no di más gloria a mi Padre y más salvación a los hombres cuando era un inútil colgado de un madero que cuando triunfaba haciendo milagros espectaculares en las orillas del lago de Galilea? ¿Por qué te preocupas tanto, querido amigo, de hacer un buen papel? Eso es que te amas aún mucho a ti mismo.

—Pero Señor —protesta Francisco, que no entiende del todo el argumento de Cristo—, ¿no debemos estar preocupados los hombres por alcanzar la santidad, por lograr la perfección?

—Fui yo, querido amigo, no lo olvides, quien os pidió que fuerais santos y perfectos como mi Padre y vuestro Padre lo es. Pero la perfección divina que tienes que imitar no es la que tú piensas. Se trata de la perfección del amor, no la de la ausencia de arrugas en la piel. Vosotros los hombres, lo sé porque yo también lo sigo siendo, confundís la perfección con ser el número uno en todo. Ser perfectos significa ser el primero en la escuela, ser el mejor artista, el más hábil negociante, el más joven y más guapo, el mejor gobernante, el que, en definitiva, vence en todas las competiciones. Os creéis que solo el triunfador es imagen de Dios, es el elegido y bendecido por Dios. Te repito, de nuevo, lo de antes: mira la Cruz y mírame allí, crucificado. ¿Era yo el modelo de la perfección según la entendéis los hombres? Varón de dolores, guiñapo humano, era yo entonces y no el hombre gentil e impecable que no lleva en su vestido ni una mota de polvo.

—¿De qué se trata entonces, Señor? ¿Qué perfección es la que debemos buscar? —pregunta Francisco, asombrado.

—La del amor. Y por amor a veces hay que meterse en el barro y llenarse de lodo para salvar a los que se encuentran allí; hay que estar dispuesto a contagiarse de enfermedades por estar al lado de los enfermos; hay que llegar, incluso, a pelear a muerte con el pecado, corriendo el riesgo de ser devorado por él, para salvar a los pecadores. ¿No fue eso lo que hice yo al hacerme hombre? Si hubiera querido conservar mi vestido sin una sola arruga, no me hubiera hecho hombre. Acuérdate que fui tentado en el desierto y que aquello no fue solo una apariencia. La tentación era auténtica y el peligro para mí existía. Lo acepté por amor y ahí estuvo, en el amor que tuve al Padre y que os tuve a vosotros, la perfección.

—Entonces, Señor, ¿cuál es la respuesta a mi primera pregunta?

—No te preocupes demasiado por el éxito o el fracaso de tus planes. Algo sí, ciertamente, pero no tanto como para perder la paz. Preocúpate por hacer las cosas del mejor modo posible, sabiendo de antemano que no vas a ser el número uno en todo, que no vas a acertar en todo, que no vas a poder estar a la vez en todos los sitios donde deberías estar para que las cosas salieran a la perfección. Es decir, acepta que eres hombre y no Dios. Acepta que tienes limitaciones, un carácter determinado, una salud no muy fuerte, unos conocimientos teológicos más bien escasos, una cierta incapacidad para gobernar y todo eso que constituye tu manera de ser. Querido Francisco, si yo no hubiera querido contar con un hombre para construir la Orden de los Hermanos Menores me habría buscado un ángel. Pero quise hacerlo con un ser humano y por eso di por sentado desde el principio que este habría de ser una persona con defectos, con limitaciones. No olvides, por último, que los defectos y los límites no son pecados. Ni mi Padre ni yo te reprochamos que no seas más alto, más guapo, más fuerte, más listo o más completo. Y si nosotros no queremos que seas una especie de «superhombre», ¿por qué has de quererlo tú? De verdad, créeme criatura de Dios, lo que se esconde debajo de tu crisis es un problema de soberbia. Tienes que aceptarte como eres. Tienes que aceptar que no eres Dios sino solo un hombre, lo cual ya es bastante, por cierto. Tienes que aceptar que tú no eres el redentor del mundo. Entérate de una vez: el Redentor soy yo y no tú. No eches sobre tus hombros más peso del que pueden llevar, porque se romperán y, probablemente, me echarás luego la culpa a mí de que se hayan roto.

—Señor, ¿os puedo suplicar de nuevo que no sigáis? Lo que me decís me libera pero me angustia a la vez. ¿Cómo he podido ser tan estúpido, tan soberbio, tan ciego? —dice Francisco, avergonzado y mirando, con los ojos llenos de lágrimas, al Crucificado.

—¡Ya estamos otra vez! —responde Cristo—. Pero no te preocupes, hombre. No pasa nada. Acepta que todo eso, todo lo que, con razón, llamas estupidez y soberbia, es una consecuencia de tu humanidad. Eres, simplemente, un ser humano. Tienes debilidades, momentos de oscuridad, cosas que no entiendes y necesitas preguntar. ¿Es que no pregunté yo cuando iba a ser crucificado? ¿Es que no dudé yo mismo del porqué Dios estaba escondido aquella tarde del Viernes Santo? Venga, siéntate, deja de estar de rodillas un rato y vamos a seguir contestando a tus preguntas.

—Ahora le toca el turno al futuro de la Orden —dice Francisco, con humildad, mientras se levanta.

—Estás muy preocupado por lo que está sucediendo en los Hermanos Menores, ¿verdad? —dice Jesucristo—. Razones no te faltan, pero te quiero contar otra vieja historia. Es una parte de lo que le ocurrió a Jonás, el de la ballena. Mi Padre le había encargado que anunciara a Nínive, la gran capital asiria, la destrucción si sus habitantes no se convertían de sus pecados. Jonás, después de huir, al final obedeció y predicó en Nínive la llamada a la penitencia. Contra lo que él esperaba, los asirios se arrepintieron y dieron muestras sobradas de conversión, por lo cual Dios les perdonó. Entonces Jonás se enfadó mucho con mi Padre. Lo acusaba de haberle dejado en ridículo. Estando Jonás un día en el desierto, Yahvé, mi Padre, hizo crecer rápidamente un ricino para que diera sombra a Jonás y le protegiera del calor del sol. Pero, al día siguiente, tan rápido como había venido, el ricino se marchitó y murió. Jonás empezó a quejarse de nuevo y a protestar por la pérdida del ricino. Mi Padre le preguntó: «¿Te parece bien irritarte por ese ricino?», a lo que Jonás contestó: «¡Sí, me parece bien irritarme hasta la muerte!». Yahvé, entonces, le dijo: «Tú tienes lástima de un ricino por el que nada te fatigaste, que no hiciste tú crecer, que en el término de una noche fue y en el término de una noche feneció. ¿Y no voy a tener lástima yo de Nínive, la gran ciudad, en la que hay más de ciento veinte mil personas?».

¿Entiendes lo que te quiero decir con este ejemplo, Francisco? —terminó preguntando Jesús.

—No del todo, Señor —contesta el religioso, sorprendido con la comparación.

—Te voy a tener que decir a ti lo que a los apóstoles: qué torpes y lentos sois para entender. La cosa es muy sencilla, querido amigo. Contéstame a esta pregunta: ¿qué es más importante, la Orden de los Hermanos Menores o la Iglesia católica?

—La Iglesia, naturalmente —responde rápidamente Francisco—. Nuestra Orden solo pretende servir a la Iglesia y se siente orgullosa de pertenecer a ella. Siempre les he enseñado eso a todos mis seguidores, lo mismo que les he enseñado a practicar obediencia plena a vuestro Vicario en la tierra, el Sumo Pontífice.

—Sí, lo sé, pero no pareces darte cuenta del significado profundo de las cosas en las que, con tanta convicción, crees. Si la Iglesia es más importante que la Orden de los Hermanos Menores que, como el ricino de Jonás, de la noche a la mañana ha crecido tanto y se ha hecho tan grande y tan extendida, ¿tienes tú más motivos de preocupación que nosotros, la Santísima Trinidad, que no solo estamos preocupados por tu ricino sino por el jardín entero de la Iglesia, que engloba a tu plantita y a muchas otras más que tú desconoces? ¿Es que no lleva existiendo más de mil años la Iglesia sin la Orden de los Hermanos Menores? ¿Es que crees que, si esta desapareciera de repente, la Iglesia se hundiría? ¿Piensas, acaso, que eres tú el verdadero fundador de la Orden y que ni el Padre, ni el Espíritu, ni yo mismo hemos tenido nada que ver en el asunto? Querido Francisco, hermano mío, recapacita un poco sobre todo esto que te digo. La Orden no está en tus manos, sino en las nuestras. Tú no eres el fundador, somos nosotros. Es una obra nuestra y, por lo tanto, no la vamos a dejar morir ni vamos a consentir que se desvíe de la misión para la que la hemos concebido. Recupera tu paz, no te sientas como un enano al que le han cargado sobre sus hombros una montaña gigantesca. Tú no puedes salvar la Orden ni evitar que se pervierta, lo mismo que no pudiste hacerla nacer. ¿O acaso piensas que esa expansión tan rápida y prodigiosa era mérito tuyo?. Así, pues, recupera la paz y no te agobies con problemas cuya solución no está en tus manos. Pero es que, además, suponiendo que por el pecado de los hombres la Orden algún día se desviara de sus auténticos objetivos y llegara a desaparecer, tendrías que estar más preocupado por la suerte de la Iglesia que por la de tu querida Orden. Es la humanidad, es la Iglesia, lo que de verdad importa. En realidad, solo hay un absoluto, que es Dios y, por designio de Dios, la humanidad entera con todos y cada uno de sus componentes. Todo lo demás, querido amigo, es relativo y está al servicio de ese absoluto. Si tienes que sufrir por algo, hazlo por tus pecados personales, por el mucho dolor que padecen tantos seres humanos, por el desconocimiento de Dios que hay en tantos otros y por los problemas de la Iglesia, una parte de los cuales pertenecen a tu familia religiosa».

—Entonces, Señor, ¿no tengo derecho a amar lo mío? —pregunta, desconcertado, Francisco.

—Claro que sí, pero ¿qué es lo tuyo? ¿Es más tuya la Orden que la Iglesia? ¿Es, de verdad, tuya la Orden? —pregunta a su vez Jesucristo—. Si alguna vez —añade— alguno de tus sucesores en el puesto de superior general le preguntara a un joven religioso qué es lo más importante para él, me gustaría oír en sus labios solo esta respuesta: «hacer la voluntad de Dios». Y si el superior quisiera saber qué puesto ocupas tú, por ejemplo, en el corazón de ese aspirante, este debería ser expulsado inmediatamente de la fraternidad si contestara que el primero. El primer puesto en la vida de cualquiera, especialmente si es cristiano, solo lo puede ocupar Dios. De lo contrario, Francisco, lo que tú puedes estar construyendo es una Iglesia dentro de la Iglesia, en la cual el fundador de la misma, que en este caso eres tú, ocupa el lugar de Dios porque se convierte en el primer punto de referencia de los hermanos, en el modelo a seguir. Que nunca tenga que oír yo de tus hijos que son seguidores tuyos. En ese momento dejarían de ser seguidores míos, dejarían de ser cristianos».

—¿Qué deberían decir entonces, Señor? —pregunta Francisco, cada vez más sorprendido.

—Que son seguidores míos pero a imitación tuya. Es decir, que me siguen a mí con el modelo de seguimiento que tú representas, que tú has vivido. Ni tú, ni ningún santo, querido muchacho, pueden ser punto final de nada, modelo absoluto de nada. Solo Dios, Francisco, solo Dios basta. Los demás, todos los demás, son aproximaciones cautelosas para llegar a ese Dios que somos la Trinidad bienaventurada y excelsa.

—En ese caso, Señor, quizá será mejor que la Orden no exista—.

—¿Por qué? Es maravilloso que existan esta y tantas otras como hay y como vendrán en el futuro. Gracias a ellas, y a instrumentos dóciles y buenos como eres tú, renovamos de alguna manera la encarnación que yo llevé a cabo, pues hacemos más presente y actual la presencia de la divinidad en el mundo. Tú ofreces a los hombres de tu época un modelo de seguimiento más cercano a ellos y, por eso, más fácil de entender y de seguir. Siempre y cuando tú estés señalando continuamente con tu vida hacia aquel al que te ha dado todo lo que eres, incluida la santidad: hacia Dios. Solo así cumplirás tu misión. Si te quedas con lo que Dios y los hombres te dan, se pudrirá en ti. Si lo devuelves al Señor que todo te lo dio, fructificará. Por lo tanto, Francisco, también sobre este asunto debes recuperar la paz. No lo olvides: no eres tú el fundador de la Orden, sino Dios, que es quien vela y velará por ella. Cuidarla, protegerla, evitar que se desvíe o se pervierta es un asunto que excede a tus posibilidades, como lo fue su propia fundación. Además, puestos a sufrir por algo, sufre por el conjunto de la Iglesia, por la suerte de la humanidad entera, que es más importante que la de tu propia familia, por muy humano que sea querer a los tuyos antes y más que a los demás. Pero es que tu corazón no puede quedar absorbido por los Hermanos Menores. Si no amas las Órdenes de los demás como a la tuya, no estás cumpliendo el Evangelio, que os enseña a amar al prójimo como a uno mismo. Y, por último, haz todo lo posible por que tus hijos no te sigan a ti, no te idolatren, sino que me sigan a mí, aunque ese seguimiento lo lleven a cabo a imitación tuya.

—Señor, ¡cuánto te agradezco estas palabras que me liberan de un peso insoportable! —responde el religioso.

—No es más que una lección de realismo y, por tanto, de humildad. De una humildad en la que tú tienes que convertirte en especialista. Y no pienses que cuando te digo estas cosas es porque no te quiero o porque no valoro la misión de los Hermanos Menores. Precisamente es porque te quiero a ti y a ellos por lo que te lo digo. Recupera la paz, criatura. No lo olvides: tú no eres Dios, tú no eres el redentor del mundo y puestos a ser poca cosa, no eres ni siquiera capaz de salvar a la criatura que tú mismo has contribuido a engendrar. Pero que eso no te oprima ni te aplaste. Por el contrario, que la percepción de tu pequeñez te devuelva la tranquilidad. Todo está en mis manos, en las manos del Padre y del Espíritu. Estate tranquilo y déjanos actuar a nosotros, que somos los dueños del tiempo y de la historia.

—Señor, había una tercera cuestión, concerniente a la Iglesia, —dice Francisco, que siente la necesidad de quedarse a solas para digerir todo lo que Cristo le está diciendo, pero que comprende que tiene que seguir junto al Maestro hasta el final.

—Me decías que te has sentido escandalizado con la Iglesia, con algunos de mis representantes en ella. En tu sueño has visto realidades tremendas que aún no son, pero que serán y que luego dejarán de ser. Me refiero al uso de la violencia en el nombre de Dios, a la utilización incluso de la tortura. Todo eso lo harán precisamente en mi nombre, como si no hubiera muerto yo perdonando a mis enemigos. Pero, en fin, es algo semejante a lo que ya viste cuando estuviste en el sitio de Damieta. En el nombre del Dios de los cristianos, en el nombre del Príncipe de la Paz, se hacía la guerra y se cometían asesinatos, robos y violaciones. ¿Qué tiene todo eso que ver conmigo?, te preguntas. ¿Por qué lo consiento? ¿Por qué no intervengo para evitarlo? Te voy a contar otra vieja historia, que en este caso me concierne personalmente. Se trata de la historia de mi nacimiento. Tú mismo, el año pasado, en Navidad, lo representaste graciosamente en Greccio. Yo nací así, tal y como tú has imaginado, tal y como pudiste ver cuando visitaste Belén. Nací en una cueva destinada a guardar el ganado. ¡El Hijo de Dios en una cueva! Si ya resultaba increíble que Dios se hiciera hombre, lo de que pudiera nacer en medio de esa pobreza tan absoluta podría parecer hasta blasfemo. Pero no era eso solo. ¿Por qué tuve que nacer judío y no romano o griego? ¿Por qué blanco y no negro? ¿Por qué hace mil doscientos años y no ahora o dentro de cinco siglos? Querido Francisco, la encarnación es eso: es limitación, es concretar las cosas en un momento de la historia y perder la oportunidad de hacerlo en otro, quizá mejor, quizá más interesante y más útil.

—Perdonad que os lo diga, Señor, pero no entiendo qué me que-réis decir —afirma el religioso.

—Lo que quiero decirte es que la encarnación, de alguna manera, no terminó con mi nacimiento en Belén. La encarnación continúa y continúa en la Iglesia. Ella es mi encarnación permanente. Esa es mi cruz y también mi gloria. Es mi cruz, porque al tomar carne en hom-bres limitados y pecadores, forzosamente su comportamiento repercu-te en contra de mi prestigio y en contra de mi mensaje. Pero es también mi gloria porque si no lo hiciera así, no haría, ciertamente, nada malo, pero tampoco haría nada bueno. Recuerda, Francisco, que mi buen padre adoptivo, José, quiso ofrecerme la mejor casa de Belén para mi nacimiento. En realidad, le hubiera gustado que yo naciera en el pala-cio de Herodes y así se lo dijo a mi Madre, pues incluso eso era poco para lo que yo merecía. Se conformaba, a la vista del peligro, con que naciera en la casa más elegante de Belén. Cuando llegaron los dos a la aldea y la encontraron ocupada por los peregrinos, empezaron a rebajar sus pretensiones: de la casa mejor pasaron a una intermedia, luego a una buena posada, después a un albergue cualquiera y, por último, tu-vieron que aceptar aquella cueva apta solo para el ganado. Pero gracias a aquella cueva pude nacer yo y no estuve del todo mal, porque lo que más me gustaba, lo que de verdad necesitaba, eran los brazos cálidos de mi Madre y no mármoles lujosos y ricos oropeles. ¡Qué más quisiera yo que ser servido solo por hombres santos y sabios! Ya me gustaría a mí, no te creas, que todos los sacerdotes fueran castos, pobres, celosos de su deber. Y que lo fueran los obispos y que nunca hubiera habido un Papa que escandalizara con su comportamiento a los fieles. Pero si la Iglesia hubiera tenido que ser gobernada, la evangelización hecha o la misa celebrada solo por esas personas extraordinarias, probablemente no existiría en este momento. ¿No escogí yo mismo a unos apóstoles llenos de defectos? ¿No me vendió uno por un puñado de monedas? ¿No me traicionó otro, precisamente Pedro, cuando más necesidad tenía yo de ayuda y de fidelidad? Querido muchacho, la Iglesia ha sido siempre así: un conjunto de santos y de pecadores, de trigo y de cizaña que crece no solo entre los hombres sino en el corazón de cada hombre. Además, contéstame a esto, ¿tendrías tú cabida en una Iglesia de perfectos?

—No, Señor —responde Francisco—. Esa es la tentación en que ha caído Petrus Valdo y sus seguidores. Si en la Iglesia solo pudieran ser acogidos los que no tienen pecados, yo sería el primero en no poder entrar en ella. Comprendo que en la Iglesia no solo pueden tener cabida los perfectos, los santos, sino también los pecadores.

—No solo «también los pecadores, sino incluso "sobre todo los pecadores"»—contesta Jesucristo—. No olvides que yo vine a buscar lo que estaba perdido y que con gusto abandonaba las noventa y nueve ovejas que estaban seguras en el redil para irme a salvar a la que andaba errante. No olvides, sobre todo, que con frecuencia recibí más amor de los pecadores que de los que se consideraban justos. ¡Qué duro suele ser el corazón de los que se creen buenos! Me amó más, te lo aseguro, Magdalena que aquel fariseo en cuya casa estaba cuando ella derramó su perfume y sus lágrimas sobre mis pies. Volviendo a lo de antes, Francisco, si no puedes construir un palacio para que nazca y more Dios, constrúyele al menos un pajar. Es posible que se sienta más a gusto en este que en aquel, porque es posible que aquí haya más amor, ya que estará edificado por personas que se saben llenas de defectos y que, por eso, están agradecidas a Dios por haberse dignado acudir a su casa y aceptar sus míseras ofrendas. El otro, el rico, el que se considera perfecto, creerá en cambio que le hace un favor al Señor al permitirle entrar en su casa; estará siempre con la actitud de darle limosna a Dios y se dirá a sí mismo: Qué suerte tiene Dios conmigo, que no soy como esos miserables pecadores, pues cumplo esto y aquello. Qué negocio ha hecho el Señor al conocerme! ¡Torpe y soberbio!, habría que decirle. La suerte la tienes tú por poder servir a tal Señor y por poder ofrecerle unos dones que, sin Él, no existirían. Por eso, querido amigo, no te preocupes en exceso por los errores de la Iglesia. Están ahí, ciertamente, y son dañinos y dolorosos. Lo peor es que a algunas almas débiles les producen escándalo y por eso tenemos que luchar siempre contra ellos, para conseguir que el rostro de esta anciana señora sea cada vez más parecido al de su fundador, al mío. Pero cuando, a pesar de todo eso, los pecados, incluso los graves pecados, reaparezcan, que no se turbe tu corazón por ello. De verdad, el Padre, el Espíritu y yo somos los dueños de la historia. Todo tiene su momento y si hay un momento para el mal, también lo habrá para el bien. Pablo de Tarso lo expresó muy bien: «Donde abundó el pecado, sobreabundó la gracia». Agustín de Hipona lo dijo de otra manera: «Oh feliz culpa, que gracias a ti merecimos tal Redentor!» Dios triunfa en la debilidad, no lo olvides, lo mismo que no debes olvidar que la humildad es la puerta de todas las virtudes y, por lo tanto, de la santidad.

—Todo esto, Señor —pregunta Francisco—, ¿no puede servir de excusa a los que son responsables de los pecados y de los escándalos? ¿Esta aceptación por Vos de la inevitable existencia de defectos en la Iglesia, no deja a los hombres y mujeres sencillos a merced del capricho de los responsables de la misma, que con la excusa de que siempre habrá imperfecciones no ponen todos los medios para que no las haya?

—Ese peligro ha estado ahí —responde Cristo— y estará siempre. Y con el peligro, han estado y estarán los abusos y los fracasos, tanto como los éxitos. Siempre habrá pastores que se despreocupen del daño que causan a sus ovejas. Siempre los habrá que estén más interesados en medrar dentro de la carrera eclesiástica que en hacerse santos o en servir a la Iglesia en lugar de servirse de ella para sus intereses. Sí, por desgracia, eso siempre ha sido y será así. Pero también han existido y existen los otros, los que se preocupan de verdad de la fe de los sencillos, los que no tienen como primer criterio de comportamiento un absurdo corporativismo sino el bien del pueblo que les ha sido confiado. Pero esto, querido hermano, ya lo advertí cuando conté aquella parábola del trigo y la cizaña. Crecen juntos en la casa de Dios, lo mismo que crecen juntos en el corazón de cada hombre. Hay que esperar al momento de la siega para separarlos. Hay que saber esperar, lo mismo que hay que saber creer y saber amar. Por otro lado, no olvides que también advertí que el juicio de mi Padre será terrible para con aquellos que han escandalizado a los pequeños y sencillos, a ese pueblo fiel que sigue creyendo que sus pastores son perfectos por el hecho de ser pastores; quizá aquel no debería olvidar que son también seres humanos, mientras que estos deberían tener más en cuenta el peligro en que ponen la débil fe de muchos cuando se comportan de manera equivocada.

—Entonces, Señor, ¿qué tenemos que hacer ante los escándalos que propician a veces vuestros representantes? —vuelve a preguntar Francisco.

—Lo mismo que ante el escándalo que da cualquier otro cristiano —contesta Jesús. Lo que hay que hacer es amar y esperar. Hace falta un amor que esté revestido de perdón. Hace falta vivir la virtud de la esperanza, confiando en que llegará el día en que esa situación termine y en que Dios pueda actuar sin trabas. Lo único que no hay que hacer es huir. Es preferible, querido Francisco, lo menos perfecto en unidad que lo más perfecto en desunidad. Mira, en el fondo se trata de querer a la Iglesia como a una madre. ¿Te marcharías del lado de tu madre cuando la vieras enferma? ¿Y cuando la vieras sometida a alguna debilidad, bajo la influencia de algún pecado? En ese momento es cuando tu madre más te necesita y en ese momento es cuando debes poner a prueba tu amor por ella. Claro que la consecuencia de no huir puede ser terrible para ti, pues estar al lado de un enfermo es no solo cansado, sino también a veces peligroso, pues te puede contagiar su mal. Pero aún así, debes estar a su lado. ¿No me comporté yo mismo de ese modo? ¿No acudí al lado de los hombres, haciéndome hombre para salvarles, aun a riesgo de dejarme contagiar por sus enfermedades? ¿No encontré la muerte en la Cruz y de manos precisamente de los que representaban a mi Padre, de los Sumos Sacerdotes de la religión verdadera que yo venía a llevar a su plenitud? Acuérdate, querido Francisco, de que yo os dije, antes de morir, en aquella última Cena, que no había amor más grande que el de aquel que da la vida por sus amigos. Pues bien, ese amor hay que ponerlo de manifiesto en la caridad hacia la Iglesia.

—Perdonad que insista, Señor —dice Francisco—, pero ¿y si persisten en el error? ¿y si utilizan nuestra docilidad, nuestra obediencia y nuestro amor, para hacer el mal y no para obrar el bien, para continuar con sus abusos y no para dejarse llamar a la conversión y cambiar su comportamiento?

—Recuerda siempre lo que te he dicho antes: tú no eres Dios. Solo Dios es Dios. Solo Dios puede juzgar el corazón de los hombres y por lo tanto solo a Él le está reservado el premio o el castigo, cuando llegue el momento. Por otro lado, si el mal ejemplo persiste, si los que tienen la misión de cuidar del rebaño se dedican, en cambio, a esquilmarlo y ponen en peligro la supervivencia de las ovejas, tanto de las débiles como incluso de las que tienen una fe más fuerte, no hay que olvidar lo que ya enseñé con respecto a los sacerdote de la antigua religión judía: Haced lo que ellos dicen pero no hagáis lo que ellos hacen'. Pero tú no juzgues, Francisco, déjale ese difícil trabajo a Dios. Y, en cuanto a las críticas, procura que siempre sean hechas con amor y con justicia, así como que sean las menos posibles. Ten cuidado también tú, si criticas, no sea que el escándalo que la crítica produce sea causa de un mal mayor que el mal que la crítica quiere corregir. Quizá algún cristiano tenga la misión de hacer esas críticas ante los ojos de todos. Siempre ha habido profetas y el Espíritu Santo no dejará que desaparezcan. Pero habría que advertirles a esos que distingan entre la crítica y el estado permanente de crítica; habría que advertirles también del peligro de ponerse un velo negro ante los ojos, un velo que les oscurecería la mirada y les impediría ver lo mucho bueno que también existe en la Iglesia, para fijarse solo en lo malo y aun eso exagerándolo. Pero, en fin, nos quedan todavía algunos asuntos que tratar, más íntimos, que hacen referencia a la relación personal entre tú y yo. Se ha hecho tarde y creo que será mejor que sigamos luego, después de la cena. Te espero aquí de nuevo dentro de un rato. Ahora vete, que tus hermanos de comunidad te esperan. Esta tarde no has ido a rezar ni Nona ni Vísperas y probablemente fray Anselmo, que no sabe que has estado conmigo, no estará muy contento.

—Cómo queráis, Señor —dice Francisco, que no tiene ningún deseo de irse a cenar, pero que siente la necesidad de quedarse solo para asimilar todo el caudal de revelaciones que le ha hecho su Dios—. Aquí estaré dentro de una hora —añade mientras se arrodilla—, siempre que mi superior me deje venir, claro —dice con una cierta ironía el que, siendo fundador de la Orden, está ahora sujeto a la obediencia de un hombre no excesivamente dotado de luces.

—Si te lo prohibe, no vengas —le contesta Jesús—. Será una ocasión más —añade el Señor— de perder a Dios por Dios. Es como cuando tienes que dejar la oración para atender a un pobre, o como cuando tienes que dejar de predicar para hacer oración. Yo te estaré esperando, pero no te preocupes si no puedes venir. Y si te regaña y te humilla, recuerda que más sufrí yo en la Cruz, pero de eso precisamente será de lo que hablaremos luego. Anda, ahora vete, que necesitas cenar algo y reponer fuerzas.

A continuación el fundador de los Hermanos Menores sale de la cueva. Antes que él, León, que lo ha estado siguiendo todo desde su protegido rincón, se ha marchado ya y ha ganado rápidamente el exterior. El discípulo de Francisco está impresionado por lo que ha oído, aunque no ha podido ver nada de lo que tenía lugar a unos pocos metros de donde él estaba, pues para no traicionarse no se ha atrevido a asomar la cabeza. Conmocionado también él, se dirige, aturdido, hacia el refectorio. Cuando llega comprueba que también lo están haciendo el resto de los hermanos, pues Cristo ha sabido cortar a tiempo sus revelaciones a fin de que los dos, Francisco y él, no lleguen tarde a la cita comunitaria. Poco después de que fray León haya hecho su entrada en el humilde comedor de la comunidad, lo hace Francisco. Ocupa, en silencio, su sitio y, tras recibir la bendición del superior, todos los hermanos dan cuenta de los sencillos alimentos que los campesinos les han regalado.

Al acabar de cenar, fray Anselmo se dirige a fray Francisco y a fray León y les pregunta por su ausencia en las dos horas canónicas de la tarde. Francisco, con humildad, pide perdón y alega en su defensa solamente que estaba en oración y que se le pasó el tiempo sin darse cuenta. Más problemas tiene León para explicarse, sobre todo porque no puede decir ante el fundador de la Orden que ha estado junto a él, espiándole, por más que su intención fuera la de ayudarle en caso de necesidad. Así pues, se decide a guardar silencio. El superior, entonces, aprovecha la ocasión para sentar cátedra sobre la importancia de los actos comunitarios y sobre la relajación de las costumbres que se puede producir si se empieza a faltar, sin motivos gravísimos, a la oración.

—Me sabe mal decirlo, hermano Francisco —dice fray Anselmo—, pero vos, que reprocháis a algunos de los hermanos de la Orden la introducción de medidas mitigadoras de la penitencia, os convertís en el primero de los que vulneran el cumplimiento de las normas. Y claro, la consecuencia es que vuestro favorito, este fray León, os imita en todo y también en esto. En fin —concluye—, que no vuelva a suceder. Si estáis enfermo es otra cosa, pero si no es por ese motivo, os recuerdo a los dos que vuestro deber es participar con el resto de los hermanos en los actos comunes.

Fray Anselmo se va. León y Francisco se quedan solos. Los dos han aguantado el rapapolvo con la cabeza hundida entre los hombros y sin rechistar. Ahora, Francisco mira a su compañero y le dice:

—Yo sé dónde estaba yo y lo que hacía, pero no sé qué hacías tú. Dímelo, León. ¿Acaso me espiabas?

—Padre, no es así —contesta el religioso—. Es cierto que estaba cerca de vos, en la cueva –añade—, pero no para espiaros. Estoy muy preocupado por vuestra salud y pensé que si me necesitabais, sería mejor cuanto más cerca estuviera.

—Supongo que no puedo regañarte por eso. Además, ya nos ha dado a los dos ración colmada nuestro superior común. Que Dios le bendiga por ello. Pero sí me gustaría saber qué has oído o visto en el tiempo en que pasaste observándome.

—No he visto nada y, en cambio, creo, padre, que lo he oído todo —responde León, bastante avergonzado y mirando al suelo.

—Dios nos asista. ¡No sabes, insensato, que ciertos secretos del Altísimo no deben ser compartidos con nadie! Y si el Señor me hubiera hecho una revelación importante que solo yo debería conocer, ¿te hubieras enterado tú también de todo?

—Padre, no sé qué hubiera hecho entonces. Os aseguro que a poco de empezar vuestro diálogo con Nuestro Señor, quise marcharme. Si no lo hice fue por no delatarme, por no hacer ruido. Pero, podéis estar seguro, sabré guardar en secreto todo lo que he oído. Ya veis que no he dicho nada ahora, ni siquiera para defenderme de la reprimenda de fray Anselmo.

—El pasado, pasado está. Pero que no se vuelva a repetir. Dentro de un rato me espera otra vez Cristo y ahora sí que es una cuestión de estricta intimidad entre nosotros. Así que te ordeno que no vengas.

—Permitidme —tercia fray León—, que os acompañe hasta la cueva. Hay ya poca luz y vuestros ojos son débiles. Permitidme también que me quede lo suficientemente cerca como para poderos oír si me necesitáis.

—No. Me dejarás ahora junto a la gruta donde el Señor me espera y luego te irás. Ya me las apañaré yo solo. Y si no puedo salir, pasaré allí la noche, como otras veces —contesta Francisco.

—Padre, estamos ya en septiembre. Hace frío, sobre todo de madrugada. No es bueno para vuestra salud que os mortifiquéis así. Por favor, dejadme estar en un sitio donde ni vea ni oiga nada, pero desde el cual pueda acercarme a ayudaros cuando me llaméis con un grito. Estaré todo el tiempo rezando avemarías en voz alta y así no podré escuchar nada de vuestros secretos con el Altísimo.

—Y si te digo que no, ¿qué harás? —pregunta el fundador de la Orden.

—No obedeceros, por supuesto —responde León, echándose a reír—. Recordad —añade— que ya no sois mi superior. Nadie, ni vos mismo, me puede impedir que os ame y que os cuide. Ese es mi privilegio y por él estoy dispuesto a luchar contra el Cielo si hiciera falta.

—Anda, calla y no digas barbaridades. Está bien. Vente conmigo ahora y luego sitúate lo suficientemente lejos como para que ni me veas ni me oigas. Cuando te necesite, gritaré. Entonces, y solo entonces, puedes acercarte. Pero, te lo advierto, si me desobedeces no seré yo quien te castigue, sino el mismo Dios. Además, te advierto que la espera puede ser larga, pues no sé cuánto tiempo puede querer el Señor que le acompañe esta noche.

—La espera, cerca de vos y cerca de Él, siempre será corta y dulce —responde León, lleno de alegría porque va a poder ayudar una vez más a su amigo y porque va a estar a su lado en un momento que sabe que será decisivo.

Fray León entonces ayuda a Francisco a moverse entre las rocas, camino del precipicio en el que se abre la cueva. Hay, efectivamente, poca luz y la ayuda del joven religioso es vital para el otro que, aunque no es de ningún modo un anciano, pues tiene solo 42 años, se encuentra casi ciego y con una salud completamente deteriorada. Poco a poco, los dos llegan al lugar previsto. León deja a su amigo en la boca de una de las cuevas y él se retira casi afuera. Cuando llega allí, grita para que Francisco le oiga y comprenda que está lo suficientemente lejos. Después, este le da su aprobación con otro grito y luego se oye solo el silencio.

## AMAR COMO TÚ HAS AMADO

Durante un tiempo Francisco permanece de rodillas en el centro del estrecho recinto. Sabe que Jesús vendrá, pero sabe también que antes de hablar con Él tiene que recogerse para introducirse espiritualmente en su presencia. Le cuesta trabajo, sin embargo, hacer silencio en su interior. Multitud de sentimientos y recuerdos le acometen. Hasta las palabras del superior, dichas sin ninguna mala fe pero con poco sentido de la oportunidad, le vienen reiteradamente a la memoria y le quitan la paz. Además, aunque está acostumbrado a estar largas horas arrodillado, en ese momento el dolor en la espalda y en las piernas se le hace insoportable. En esas condiciones le resulta difícil concentrarse y empezar el diálogo mental con Jesucristo, con lo cual los nervios hacen su aparición y la inquietud, ante el paso del tiempo sin conseguir resultados, aumenta.

—Francisco, querido amigo —oye decir, de repente a Jesucristo—, deja ya de luchar y relájate. Yo estoy a tu lado siempre, incluso cuando no te das cuenta, cuando duermes, cuando hablas de otra cosa. No eres tú quien, con un esfuerzo de concentración, me convocas a tu presencia, como si yo fuera un espíritu errante y tú un médium poderoso. Soy yo quien viene a verte, en el silencio o en el rumor, en la calma o en la tormenta. Recupera la paz. Estoy aquí, contigo, para disfrutar un rato de tu compañía. Anda, por favor, ve a sentarte que no disfruto de los sufrimientos inútiles.

—Señor —responde Francisco, levantándose después de besar el suelo al oír la voz de su Maestro—, ya me dijisteis antes que siempre estoy procurando hacer un buen papel en lugar de dejarme querer y de aceptarme como soy. Pero es que no me doy cuenta. Es mi manera de ser y caigo una y otra vez en esta especie de perfeccionismo soberbio. Tened paciencia conmigo, os lo suplico.

—Paciencia es algo que me sobra y no eres precisamente tú quien más abusa de ella. ¿Te acuerdas de los asuntos que habíamos dejado pendientes?

—No muy bien, Señor —responde Francisco—. Quizá —añade— era algo relacionado con mis sentimientos hacia mis hermanos y hacia vos mismo.

—Sí, de eso se trataba —dice Jesucristo—. Tienes dentro la semilla de la queja. Es una semilla venenosa. Sobre todo cuando no se expresa, cuando no se airea. Por eso conviene que la saques. Dime exactamente qué tienes que reprocharme.

—Señor —afirma el religioso que, imperceptiblemente, ha vuelto a caer de rodillas— no me obliguéis a ello, por favor. Si en algún momento he tenido la tentación de haceros algún reproche, os aseguro que no he caído en ella. No tengo quejas contra vos. No hay nada más que gratitud en mi alma hacia quien me ama como vos me amáis y me habéis amado.

—Francisco, no te estoy acusando de ningún pecado. De sobra sé que no has consentido en nada. Pero tú y yo sabemos que has estado rondado por el demonio, como yo mismo lo estuve en el desierto de Judea. Por eso, para que el demonio no se haga fuerte y no salte sobre ti en los momentos de debilidad, te conviene hablar de las cosas en lugar de callártelas. Además, no te estoy diciendo que se las digas a ningún otro, pero sí a mí. ¿O es que no somos lo suficientemente amigos como para poder hablar de todo con franqueza?

—Perdonadme una vez más, Señor, os lo suplico. ¡Soy tan torpe! Confundo sin querer la humildad con la soberbia, la prudencia con el miedo. Tenéis razón una vez más. Vamos a hablar de todo.

Dejemos que mi alma se exponga ante vos sin recovecos ni pliegues en los que se agazapen sentimientos que vuestra mirada no ilumine ni sane.

—Así me gusta. Empecemos por el primero, el que se refiere a tu decepción con tus hijos porque crees que no te quieren a ti, sino a lo que representas.

—En primer lugar, Señor, creo que hay que rectificar el término que habéis empleado. No son mis hijos. Vos mismo dijisteis que no queríais que ninguno de vuestros seguidores llamada «padre» a nadie excepto a nuestro Padre del Cielo.

—No he dicho «tus hijos» por casualidad, Francisco, sino porque creo que de ahí arranca parte del problema. En cuanto a lo que yo dije, no pretendas ahora convertirte en mi maestro o en usar contra mí mis propias palabras. De sobra sé lo que dije y también por qué lo dije y lo que quería decir con ello. No se trata de que tus hijos no te puedan llamar padre. Se trata de que ni tú ni ellos consideréis esa paternidad como absoluta. La única que merece esa categoría es, efectivamente, la paternidad divina. Todas las demás son siempre secundarias y por lo tanto relativas. Eso es lo que quería decir. Pero eso no significa que me parezca mal que a las personas que tú has ayudado a nacer a una nueva vida, las consideres como hijos tuyos y ellos te consideren a ti como padre. Son tus hijos y lo mejor que podías haber hecho es aceptar que te llamaran padre. Porque dime, si no, ¿no es ese el sentimiento que tienes en el fondo? Cuando te quejas de ellos ¿es la queja de un hermano hacia otro, de un maestro hacia el discípulo o es, más bien, la de un padre hacia un hijo? Analiza tus sentimientos, Francisco, y no andes jugando con las palabras, porque estas te pueden traicionar. Atrévete a llamar a las cosas por su nombre. Acéptalo con franqueza: tienes hijos y los quieres como a hijos y si estás sufriendo como lo estás haciendo no es porque tus amigos o tus hermanos te hayan decepcionado, sino porque no encuentras en tus hijos el amor debido. El tuyo es un amor de padre y de madre y sufres como solo puede sufrir un padre o una madre.

—Tenéis razón, Señor. Pero os aseguro que si me he estado engañando a mí mismo ha sido porque pensaba que a vos no os gustaba que nadie me llamara padre. Lo he conseguido con todos menos con fray León, que es tozudo como una mula y que insiste en llamarme de esa manera.

—Sí, él te quiere tanto que ha tenido el valor de desafiarte y de desobedecerte. Ahora que no nos oye, como antes nos oía, te puedo decir que de él no deberías tener ninguna queja. Ni de él ni de otros muchos.

—De forma que sabíais antes que fray León nos estaba escuchando y no os importó —responde Francisco, sorprendido.

—Yo lo sé todo, muchacho —dice Jesús—. No olvides que soy Dios. Pero vamos a seguir con lo que estábamos hablando. Te lamentas de que no te aman lo suficiente y crees tener motivos para quejarte. Primero, ¿qué culpa tengo yo de eso? Segundo, ¿qué se puede hacer?

—Al principio no me importaba que la gente no se fijara en mí más que como un instrumento vuestro, Señor —contesta Francisco—. No solo no me importaba, sino que me regocijaba en ello. En ese desaparecer, en ese ser nada, encontraba una forma exquisita de humillación y de imitación vuestra y de vuestra Santa Madre. Sin embargo, poco a poco, quizá fue el tentador el que lo hizo, empecé a pensar que en realidad yo no era gran cosa para ellos. Si yo cometo un pecado grave —pensé—, ¿quién de todos estos que me veneran seguirá a mi lado? ¿Me siguen a mí o a la imagen de hombre santo que tienen de mí? Y todo eso me empezó a angustiar y a deprimir.

Tuve la impresión de que yo no les importaba nada o casi nada y que si me seguían a mí era solo como instrumento para llegar a vos.

—¿Y te pareció mal? —pregunta Cristo.

—Estamos hablando sinceramente, ¿verdad? —se atreve a preguntar Francisco—. Pues bien, con esa sinceridad os diré que me dolió. Empecé a tener celos de vos. Ya sé que es absurdo, pero es así. Yo soy como el pincel que maneja el artista. El mérito del cuadro es del artista, no del pincel, pero ¿os sorprende que un pincel que pueda pensar no añore que también a él se le dedique una palabra amable? ¿Os sorprendería que, llegado el momento de desechar el pincel porque está gastado, este no sintiera dolor al ver que ha sido utilizado como mero instrumento sin ningún aprecio por él mismo sino por los rendimientos que daba?

—Te repito la pregunta de antes, ¿tengo yo la culpa de eso?

—No, Señor, vos no tenéis culpa de nada. Pero me dolió descubrir que para muchos soy solo un instrumento sin otro valor más que el de ser usado como tal. Si yo caigo, seré arrojado a un lado como un objeto ya inútil. Estoy por decir, incluso, que si algún día dejo de dar la medida que de mí se espera, seré echado de la Orden que yo mismo he fundado.

—Bien, querido Francisco, vamos a resolver este asunto que tanto te agobia. Dices bien en cuanto al egoísmo de los hombres. Todos tenéis metido en la cabeza y en el corazón el concepto de utilidad como uno de los principios rectores de vuestra vida. Las cosas valen si sirven para algo, si son útiles. Por eso los hombres no entendieron ni entienden la cruz. Por eso dan más valor a la actividad que a la oración, al agitarse de acá para allá que a la eficacia de un sufrimiento inevitable aceptado por amor a Dios. Los hombres, tú también Francisco, queréis ser siempre como dioses y creéis que eso se consigue a base de hacer cosas, de ser grandes, de ser influyentes. Incluso los que no creen en Dios quieren ser como Dios, esos incluso más que los creyentes. Para hacer cosas grandes no os importa utilizar lo que sea o a quien sea con tal de lograr vuestros fines. El fin justifica los medios, dicen muchos o por lo menos actúan como si lo pensaran. Y eso sucede también dentro de la Iglesia, lo mismo que ocurre en los palacios de los príncipes o en las chozas de los campesinos. Tú, querido muchacho, eres víctima de eso y también, a tu medida, culpable como los demás. Eres víctima porque la gente se acerca a ti sin verte a ti, sino fijándose solo en que utilizándote van a mejorar, van a santificarse o incluso van a conseguir milagros gracias a tu intercesión. Pero si algún día dejaras de ser lo que ellos creen que eres, no te quepa duda de que la mayor parte de ellos te repudiarían e incluso harían escarnio de ti para justificarse ante los demás y hacer ver a todos que ellos no participan en tu caída. Sí, es muy humano ese comportamiento. Yo mismo tuve ocasión de experimentar sus consecuencias en aquel primer y terrible Viernes Santo.

—Entonces, me estáis dando la razón, Señor —exclama Francisco, sorprendido.

—Sí y no. Tienes razón en cuanto que, efectivamente, hay mucho egoísmo en los que se acercan a ti. Muchos de ellos no te quieren a ti en realidad, sino a una imagen que tienen de ti. Tú les importas mucho menos que lo que les importan los beneficios, materiales o espirituales, que esperan sacar del contacto contigo. Si esos beneficios dejaran de existir, les dejarías de importar.

—En qué no tengo razón? —pregunta el religioso.

—En tener celos de mí. ¿Crees que los que se comportan así contigo no se comportan del mismo modo conmigo? ¿Crees que me quieren a mí más que a ti? Somos los dos igualmente víctimas, Francisco.

Esas personas solo se quieren a sí mismas. Buscan su salvación eterna o la felicidad mundana, buscan cosas espirituales buenísimas o cosas materiales que les parecen imprescindibles, como una curación milagrosa por ejemplo. Pero siempre buscan algo. Los hombres, Francisco, siempre buscáis algo. Nosotros, la Santísima Trinidad, lo sabemos, porque os hemos creado y os conocemos en vuestros más profundos pliegues. A pesar de eso, os amamos y, en lo que a mí respecta, a pesar de eso me dejé y me dejo utilizar por el egoísmo de los hombres. Pero en lo que a ti concierne, comprendo que cuando te has dado cuenta de que estabas siendo usado como un instrumento, te hayas sentido mal. Lo único que te pido es que no tengas celos de mí, que soy una víctima igual que tú, y que no pienses que Dios te está utilizando.

—¿Y no es así, Señor? —pregunta Francisco.

—En absoluto. La diferencia entre el amor de Dios y el amor del hombre radica quizá más que en otras cosas en que Dios ama a cada uno como una madre ama a su hijo único. Francisco, tú no eres para mí un instrumento, un medio, sino un punto final. A través de ti puedo hacer el bien a mucha gente, es cierto, pero aunque eso no fuera así, yo te seguiría queriendo igual. Utilizando el símil del pincel que tú mismo has usado antes, te diré que eres un pincel maravilloso y que contigo estoy pintando uno de los mejores cuadros de la historia de esta bendita Iglesia. Pero te diré también que aunque fueras el pincel más desastroso de los que han salido de la fábrica de mi Padre, serías, del mismo modo, un pincel al que amaría con todo el amor de que es capaz Dios. Y si algún día el pincel pierde sus cerdas, que han ido quedando, una a una, pegadas en el lienzo, te trataré con la misma ternura y, si cabe, con un cariño aún mayor. Te amaré como se quiere y se honra a los veteranos que vuelven de la guerra, llenos de heridas y hasta de pecados, pero gracias a los cuales su pueblo conserva la independencia y la libertad. Por eso, hermano mío muy querido, no tengas celos de mí y no dudes nunca de mi amor. Te quiero por ti y no por lo que pueda sacar de ti.

—Vuestras palabras, Señor, me hacen sentir mal. Estoy avergonzado de haber podido dudar de vuestro amor y también de los celos que me han hecho separarme de vuestro cariño. Perdonadme, os lo suplico. No tengo ya nada más que preguntaros, ni ninguna otra justificación que reclamar.

—Criatura de Dios, no te agobies. Eres solo un ser humano, no lo olvides. Tienes dudas, miedo, tentaciones, pero eso no es nada malo. Te repito que yo también las tuve y no me sentí culpable por ello. La culpa viene cuando se consiente, no cuando se siente, y tú no has consentido en nada. Así que vamos a seguir, que todavía nos quedan algunas cosas de que hablar y algo que hacer. El cuadro, querido pincel, está a punto de terminarse y me falta solamente poner la firma.

—¿De qué más queréis que hablemos? —pregunta Francisco, mientras se enjuga las lágrimas cuyo flujo no puede evitar.

—De la última de tus objeciones. Del porqué te metí en este lío de la fundación de los Hermanos Menores para luego, según tú, permitir que no todo vaya siempre bien y sin dificultades.

—¡Ah, sí, efectivamente! —dice el religioso—. Tenéis razón —añade—, ese es otro de los asuntos que me han amargado en estos años. Pero ya no sé si me importa saber el por qué de lo ocurrido. ¿Creéis que merece la pena hablar de ello?

—Mucho. Tus objeciones no son solo tuyas, así que conviene que sepas la respuesta para que se la puedas transmitir a los que tienen dudas semejantes. Mira —dice Jesucristo con una calma semejante a la que usaba cuando, junto al lago de Galilea, enseñaba a la muchedumbre—, hay muchos hombres que nos reprochan, a mi Padre, al Espíritu Santo y a mí, el no hacer nada para que la situación del mundo sea mejor. Nos acusan de indiferencia ante el dolor de los hombres. Cuando algunos de nuestros defensores alegan que el problema del mal está ligado a la libertad humana, ellos les responden que no siempre es así y que, en todo caso, dado que somos los creadores del hombre, por qué no hemos hecho al ser humano capaz de ser libre y de obrar siempre el bien a la vez.

—Sí, esa es una objeción que he oído muchas veces —tercia Francisco—, pero no es exactamente mi problema.

—Lo es más de lo que tú imaginas. Déjame seguir, por favor, y luego me preguntas lo que quieras. Te decía que hay muchos hombres que nos acusan de indiferencia, cuando no de complicidad con el mal. A la mayoría de estos esos sentimientos les conducen al alejamiento de Dios, a la negación incluso de nuestra existencia. Si Dios calla ante el grito del pobre oprimido, afirman, es porque no existe. En caso de existir, añaden, es que se trata de un Dios al que no le importan los hombres y, por lo tanto, lo mejor que podemos hacer es pagarle con su misma moneda y comportarnos como si Él no nos importara a nosotros. De un modo o de otro, esos hombres viven como si Dios no existiera y aspiran a que la sociedad se organice del mismo modo.

—Pero eso no es así, Señor. Vos no solo existís, sino que habéis demostrado vuestro amor haciéndoos hombre e incluso compartiendo los peores momentos del ser humano, los del dolor, la agonía y la muerte.

—Sí, pero eso tampoco les basta a muchos. Como te he dicho antes, tenéis el vicio del utilitarismo. Las cosas son buenas o malas en función de lo que se pueda sacar de ellas. ¿De qué le sirve al hambriento, al enfermo o al perseguido que Dios se haya hecho hombre y haya muerto en una cruz?, preguntan los que niegan que mi encarnación sea la demostración del interés de Dios por el hombre. Más valdría, afirman, que Dios estableciera una fábrica permanente de milagros. Que se quede con su amor y que nos dé pan, vino, salud, dinero. Prefieren el amor de una mujer o de un hombre, del que ellos o ellas están enamorados, al mío. Ante el ofrecimiento de mi cariño, se encogen de hombros con indiferencia y se limitan a decir: está bien, pero yo lo que quiero es otra cosa; guárdate tu corazón herido y dame el dinero y la salud que necesito.

—Es terrible todo esto que me decís, Señor. ¿Y pensáis que, de alguna manera, yo participo de esos sentimientos cuando os he reprochado que no hayáis actuado para evitar los problemas que padece la Orden?

—Sí, Francisco. Por supuesto que sin querer y sin darte cuenta de la gravedad de lo que hacías, como tampoco se dan cuenta la mayoría de los hombres que nos acusan de indiferencia o que niegan nuestra existencia. De todos ellos, solo hay un grupo que nos molesta de verdad y en ese no estás tú.

—¿Cuál es, Señor?

—El de aquellos que utilizan los sufrimientos de los demás como excusa para alejarse de Dios pero que, a la vez, no hacen absolutamente nada para aliviar el dolor de los hombres. Estos son, probablemente, la mayoría. Están siempre con la retórica del porqué si Dios es amor permite que los hombres lo pasen tan mal, pero ellos no mueven un dedo para que la situación de esos hombres mejore. Con frecuencia, incluso, son ellos los culpables de buena parte del dolor de sus hermanos y encima tienen la desfachatez de acusarnos a nosotros de complicidad con sus crímenes. Si alguna vez te encuentras con un hombre así, con alguien que dice que no cree en Dios porque los niños y los inocentes están sufriendo, pregúntale qué hace él para que esa situación deje de existir. Y dile que Dios le ha creado a él precisamente para paliar de algún modo tanto sufrimiento y que si él no hace nada, el culpable no es Dios, sino él. ¡Ah, si los hombres asumieran sus responsabilidades! En lugar de eso, están continuamente buscando a quién pueden cargarle las consecuencias de sus pecados. En realidad, lo que los hombres buscan no es un Dios que sea amor, sino un Dios que deje de ser Dios para que se convierta en su esclavo, en un títere que satisfaga sus caprichos, que colme sus necesidades, que haga por ellos la tarea que ellos mismos tienen que llevar a cabo. Y ese Dios, efectivamente, no existe. El Dios que existe es otro, pero a ellos no les conviene creer en el Dios verdadero y por eso lo rechazan. La existencia del dolor es una excusa que les viene muy bien para justificar su propia inoperancia. No todos son así, como te he dicho, pero sí muchos.

—En todo caso, Señor, ¿qué respuesta hay que dar a los que, con sinceridad, se interrogan sobre por qué si Dios es amor existe tanto sufrimiento en el mundo?

—La respuesta que yo di en su momento y que no ceso de reiterar día tras día. La respuesta de un Dios que se hace hombre, que sabe de enfermedades, riesgos y miedos. Un Dios que hace milagros pero que no pone en los milagros el centro de su mensaje. Un Dios que viene a demostrar con hechos y no con palabras que de verdad ama y se interesa por los hombres. Un Dios, en definitiva, que da la vida por sus amigos y por sus enemigos, que muere en una cruz para abrirle a todo ser humano la puerta de la esperanza. Esa y no otra es mi respuesta.

—Y para aquellos que no tengan suficiente, para los que se sigan preguntando por qué no nos habéis creado libres y perfectos a la vez, para los que trabajan por aliviar el sufrimiento de los demás y a la vez mantienen sus dudas de fe, ¿qué respuesta darles, Señor? —pregunta Francisco.

—Yo mismo me hice esa pregunta una vez. La verdad es que nunca supuse, antes de aquel momento, que llegaría a hacérmela. ¡Pocas horas antes de subir a la Cruz lo tenía todo tan claro! Sin embargo, cuando el momento se acercaba, en aquella hora de angustia y agonía sobre las piedras blancas iluminadas por la luna en el huerto de los olivos, empecé a ver las cosas de otra manera. Mejor dicho, empecé a no verlas. La duda fue creciendo y se convirtió en un tormento indescriptible. Imagínatelo, si puedes: Dios que duda de Dios. Dios que es el que todo lo ve y todo lo sabe, lleno de dudas como cualquier hombre sencillo enfrentado ante la enfermedad y la muerte. El Todopoderoso, reducido hasta el último extremo a una experiencia vulgar, a una experiencia que ha tenido lugar millones de veces cada día desde que el hombre fue creado. Hasta ahí tenía que llegar la encarnación: hasta beber hasta el último sorbo de las experiencias humanas que no estuvieran reñidas con la santidad divina. Y ese último sorbo fue la duda. Cuando me introdujeron en aquella cárcel, situada en la casa del Sumo Sacerdote, el pavor me asaltó con una fuerza indescriptible. Cuando me sacaron de allí, por la noche, tuve que hacer enormes esfuerzos para controlarme y no dar rienda suelta a mi miedo, un miedo absolutamente humano. Luego, ante Poncio Pilato, ante Herodes, junto a los soldados que se burlaban de mí, la sensación de caos, de turbación espiritual, de pánico y de abandono fue creciendo de tal modo que cada vez podía controlar menos mis sentimientos. Excuso decirte lo que fue para mí la tortura de la flagelación, en aquel patio enlosado del Pretorio. O lo que fue el camino hacia el Calvario, escuchar la burla de la gente mezclada con el llanto de las mujeres que me compadecían. Por último, tras las caídas en el camino, el momento final: los clavos que entraban en mi carne agotada, la tensión de las cuerdas que me izaban hacia el Cielo, la asfixia de aquella posición insoportable, el dolor en la cabeza provocado por las espinas de aquella burda corona que habían tejido para escarnecerme, la herida de la lanza del soldado, la sed, esa terrible sed que me atormentaba tanto como todas las demás penas. Eso por no contarte lo que significaron los dolores espirituales: la separación de mi querida Madre, que estaba allí, ante mis ojos, aparentando fortaleza pero destrozada por dentro; la humillación de los insultos de los que me odiaban, junto a la traición de aquellos que me habían prometido fidelidad absoluta. Todo eso, querido Francisco, fue lo que me hizo exclamar: «Dios mío, Dios mío, ¿por qué me has abandonado?» ¿Quién era el que así gritaba? No era, desde luego, el Dios impasible en que creen los filósofos. Tampoco el Dios caprichoso en que creen los griegos y los romanos. Mucho menos era yo, en aquel momento, el modelo de santón que ha vencido toda ansiedad y todo deseo y que se dispone a introducirse en el nirvana, como creen en Oriente. La mía no fue una muerte dulce, ejemplar, aureolada por un clima de paz y serenidad. Moría el Hijo de Dios en el potro de la tortura y moría gritando, desesperado, como cualquier hijo de vecino, como cualquier hombre sin letras y sin cultura al que le aplicaran el hierro y el fuego.

—Pero ¿qué tiene que ver lo que a vos os ocurrió, Señor, con la respuesta que se les deba dar a los que se preguntan por qué Dios permite que los hombres sean malos y hagan sufrir a sus semejantes? —vuelve a preguntar Francisco, que no entiende hacia dónde quiere ir el Señor.

—Veo que no comprendes lo que intento decirte. Tú, como la mayoría de los hombres, quieres de mí una respuesta que satisfaga vuestra curiosidad intelectual. Algo así como: «Dios permite la existencia del mal por esto y por aquello», o «Dios no ha hecho al hombre libre e incapaz de pecar a la vez por tal o cual motivo». Sí, vosotros los hombres siempre queréis respuestas de ese tipo. Como te estaba diciendo, yo también, en aquel momento oscuro y trágico, también las pedí a Dios. Lo que quiero decirte, y a través de ti a tantos como se hacen esa pregunta, es que ese tipo de respuestas no existen. Mi Padre no me las dio ni siquiera a mí. Su respuesta a mi pregunta fue el silencio. El silencio de Dios, que resonaba como una sentencia de muerte y de condenación eterna en aquella tarde del Viernes Santo. Pero aquel silencio era solo la mitad de la respuesta. La otra mitad, lo comprendí allí mismo colgado en el madero, la otra mitad la tenía que dar yo. Si mi Padre callaba yo, en cambio, podía hablar. Si mi Padre no contestaba a mis preguntas angustiosas, yo sí podía hacerlo. Más aún, entendí que si había sido necesario que ocurriera todo lo que estaba sucediendo era precisamente para que, desde aquel elevado púlpito, con los ojos de la Humanidad entera pendientes de mí, yo pudiera hablar y decir lo que mi Padre, por una razón misteriosa que en aquel momento no podía entender, callaba. Y no olvides que no solo mi Padre es Dios. El que habló en la Cruz, es decir yo mismo, también era Dios. La respuesta de la divinidad no solo podía proceder del Cielo, sino que también podía surgir de lo hondo de la tierra, de aquel abismo en que se había convertido el Calvario.

—¿Cuál fue vuestra respuesta, Señor?

—Ya la conoces, recuérdala. Después de haber preguntado por qué estaba ocurriendo todo aquello y por qué me encontraba así, abandonado del Cielo y de la tierra, aparentemente rechazado por todos menos por mi Madre, hice mi acto de fe: «Padre mío, me abandono en ti», dije. «Dios mío, en tus manos encomiendo mi espíritu». Fueron mis últimas palabras antes de expirar. Ahora sí que todo estaba concluido. No solo había salvado al mundo con mi sangre, sino que había dado mi lección y había proclamado mi respuesta.

—Entonces, Señor, la respuesta es la fe. ¿No existe otra? —concluye Francisco.

—Exactamente. No existe otra. Y eso no lo dice alguien que no conoce algo sobre el problema, una especie de teórico de esos que se pasan la vida metidos en una habitación sin saber nada de las dificultades reales de los hombres. Si mi respuesta tenía valor era por un doble motivo: porque yo era un auténtico hombre, experto en sufrimientos y que hablaba en aquel momento desde el mayor dolor imaginable tanto como desde la mayor inocencia que cabía pensarse, y porque yo era también Dios. No solo mi Padre es Dios, te lo repito. El Espíritu y yo mismo participamos de la naturaleza divina. Mi palabra en la cruz era también Palabra de Dios. Y, además, era una palabra que solo yo podía pronunciar, pues si mi Padre hubiera hablado en aquel momento y me hubiera invitado a la fe, hubiera sido fácil decir que Él no sabía lo que estaba pidiendo porque no tenía experiencia del dolor que sufría aquel al que le pedía que creyera en su amor. En aquel Viernes Santo, símbolo de todos los momentos de angustia y amargura que viven los hombres, el único que podía hablar era yo. Mi Padre calló. Duro fue, efectivamente, su silencio, en primer lugar para Él. Pero era forzoso que callara, porque solo a mí, el Verbo, me correspondía hacer uso de la Palabra. Y mi voz habló de fe, de confianza, de esperanza.

—¿Creéis que los hombres os entenderán y os imitarán?

—Habrá de todo. Pero, al menos, yo habré hecho mi parte para que la difícil cuestión del porqué del dolor pueda ser, si no entendida, sí asumida. Si yo, que he sufrido más que nadie y más inocentemente que nadie, he aceptado el misterio y he dado la respuesta de la fe, ¿por qué no lo puedes hacer tú?, ¿por qué no lo puede hacer cualquier otro? Además, Francisco, no conviene olvidar que si es legítimo el empeño del hombre por iluminar con la luz de la razón todo tipo de oscuridades, ese empeño resultará siempre insuficiente en lo que concierna a Dios. Cuando yo me hice hombre no fue para abrir una escuela de filosofía en la que se explicara con detalle todo lo concerniente a la divinidad, como si mi misión en la tierra fuera que desapareciera el misterio. Los que buscan eso de mí, o de cualquier otro, no solo están pidiendo imposibles —porque la razón humana jamás podrá captar en su totalidad la grandeza del Dios que la ha creado—, sino que me están pidiendo incluso algo perjudicial para ellos. ¿Por qué tiene que desaparecer el misterio? El misterio es fecundo, nos estimula a buscar, a esforzarnos en desentrañarlo. El misterio nos demuestra que hay siempre un mundo más allá que está intacto y que nos reserva paraísos maravillosos e inexplorados. La aceptación del misterio forma parte de la comunión con Dios. Casi te diría que el único acto de amor puro y verdadero que el hombre puede hacerle directamente a Dios es la fe, porque la caridad es una forma de amor que se le da a Dios a través de los hombres en los cuales está presente ese Dios. Pero la fe es la dádiva de amor dada al mismo Dios. Por la fe, por la aceptación del misterio, el hombre le dice a Dios que cree en Él; que cree, más allá de lo que digan las pruebas y los testimonios acumulados en su contra, que Él es amor y que no duda de su amor ni va a dudar de él pase lo que pase. Y eso, querido Francisco, yo ni podía ni quería suprimirlo. Si los hombres piensan que yo he venido a suprimir la fe y a no dejar ningún ángulo sumergido en la oscuridad y en la duda, es que esperan de mí que yo les resuelva a base de milagros todos sus problemas. En el fondo, los hombres lo que quieren es que yo lo haga todo, mientras que yo lo que deseo es que ellos aprendan a amar: a Dios, mediante la fe, y al prójimo, mediante la caridad.

—¿Cuál es la respuesta que esperáis de mí, Señor? —pregunta el religioso.

—La misma que espero de todos aquellos que se llaman cristianos. Yo para esto he venido, para que al ver mi vida y mi muerte, mi derrota en la cruz y mi victoria en la Resurrección, tú y todos los demás digáis: «Porque tú me has amado, yo quiero amarte, porque tú has amado yo quiero amar. Porque tú has creído, en medio de los dolores más horribles, que Dios sigue siendo amor, yo quiero tener tu misma fe y proclamar el amor de Dios cuando me encuentre yo mismo crucificado». Querido Francisco, me gustaría que dijeras: «Tu fe es mi fe y tu amor es mi amor. Quiero tener tu fe y quiero tener tu medida de amor».

—Señor, estoy asustado. Me siento tan pequeño e incapaz que solo me atrevo a responderte, como te dijo una vez uno de aquellos pobres que te pedían la limosna del milagro: «Auméntame la fe». Auméntame la fe y auméntame el amor.

—Es una buena petición, Francisco. Si los hombres que dudan, en lugar de resolver la difícil cuestión del por qué existe el dolor negando que Dios existe, me pidieran eso mismo, a la vez que se esfuerzan en imitarme y llevan, en mi nombre, alivio al que sufre, no solo verían más claro sino que habría mucho menos dolor en el mundo del que ahora hay. En lugar de eso, por desgracia, la mayoría se refugia en la comodidad de la duda y se cruza de brazos sin hacer nada.

—Hemos terminado todas las cuestiones, Señor. Dejadme ir ahora. Tengo muchas cosas en qué pensar. Estoy lleno y creo que no puedo seguir recibiendo ni una gota más de la sabiduría que mana de vuestros labios —dice Francisco, que desea poner fin a la conversación con el Señor, pues está, incluso físicamente, agotado.

—Dices bien. Hemos terminado con tus cuestiones, pero no con las mías. Habíamos quedado en que los dos hablaríamos claramente, de amigo a amigo, sin ocultar nada. Tú me has expuesto tus dudas, al menos aquellas de las que eras consciente. Pero yo tengo algo que decirte y me gustaría que fuera esta misma noche. Así que, si no te importa, quisiera seguir un rato más. Necesito desahogar contigo mi corazón de Dios. ¿Estás dispuesto a asumir esa carga?

—Por supuesto, Señor. Es un honor inmenso. Perdonad, incluso, que no me haya dado cuenta de que quizá también vos teníais algo que decirme aparte de contestar a mis preguntas. Ya veis, soy siempre el mismo egoísta, que pienso solo en mí y que ni siquiera estando junto a vos me doy cuenta de que sois un ser vivo y de que vos también tenéis necesidad de ser escuchado, comprendido, amado.

—Por ahí van las cosas, Francisco. Te quejabas de que los hombres no te querían, de que apreciaban solo la imagen santa que despides, pero no lo que hay dentro de esa imagen. Te quejabas de que para muchos eras un mero instrumento para acercarse a Dios o para conseguir del Padre, del Espíritu o de mí mismo, algún favor y algún milagro. Y tienes razón. Los hombres sois así. Pero tú, querido amigo, también lo eres. Ahora soy yo quien quiero quejarme de ti.

—Señor, no puedo pediros que no sigáis porque sé que necesitáis hacerlo —dice Francisco que, súbitamente, ha comprendido todo sin necesidad de que Cristo le diga una sola palabra más, y que ha caído de rodillas y está empezando a llorar—. No puedo pediros que calléis —añade—, pero sí que tengáis misericordia de mí y no olvidéis que soy un miserable pecador, incapaz de amaros como os merecéis.

—Estate tranquilo, criatura de Dios, no pretendo humillarte ni reprocharte nada. Solo quiero hablarte con la claridad del amigo que no guarda nada en la trastienda y que lo expone todo para que nada de lo escondido pueda enturbiar la amistad. ¿Recuerdas en una ocasión, allá en La Porciúncula, en que te mostré por un instante algunos de los secretos de mi corazón?

—Sí, Señor. ¿Cómo podría olvidarlo? Recuerdo que aquel día, estando en oración, me mostrasteis una fila interminable de gentes que acudían ante vuestro altar llenos de problemas. Eran hombres y mujeres, jóvenes y ancianos, de todas las razas y colores de la tierra, de todas las clases sociales. Todos se postraban ante vos y de las bocas de todos salían las mismas oraciones: «Señor, dame. Señor, dame». Esa es la oración que sube incesantemente hasta el Cielo. Recuerdo que después de haber visto durante un rato aquel espectáculo salí corriendo de la ermita, llorando, y que uno de mis amigos, quizá fue fray León o fray Bernardo, me preguntó el por qué de mis lágrimas y yo solo supe contestar: «El amor no es amado». Lo recuerdo, Señor, ¿cómo podría olvidarlo?

—Sí, entonces entreviste un poco la angustia de mi corazón sangrante. ¡Qué poco he conseguido de los hombres! Vine a este mundo a llevar a la plenitud la revelación que habíamos comenzado en los inicios del pueblo de Israel, con Abraham, con Isaac, con Moisés. Vine a enseñar que Dios, además de ser Creador, Juez, Señor y Todopoderoso, es también ternura, misericordia y, sobre todo, es Padre. Vine a poner en marcha una nueva creación, a intentar crear un hombre nuevo que diera paso a una tierra nueva. Pensé que los hombres, al descubrir la grandeza del amor de Dios, pasarían del temor al amor, del interés por ganarse el cielo al deseo de amar a quien tanto les ha amado al margen de si van a sacar algo o no por ello. Eso pensé, ingenuo de mí. Y en cambio no es eso lo que he conseguido. La mayoría, incluso de los que son asiduos al templo y se glorían de ser buenos cristianos, están más preocupados por la salvación de su alma que por amar a quien les ha regalado esa salvación pagando un precio de sangre. ¿Qué ocurriría sin un día mi Vicario en la tierra dijera que no es pecado mortal ir a misa el domingo, o que no es obligatorio comulgar al menos una vez al año? Estoy seguro de que la mayor parte de los que ahora van al templo dejarían de ir, porque lo que a ellos les preocupa no es si yo estoy allí solo o acompañado, sino si tienen en orden su maleta por si les llega la hora de presentarse ante el juicio de mi Padre.

—Pero decíais que queríais quejaros de mí. ¿Es que yo soy así también, Señor? Vos, que veis mi corazón y conocéis lo más profundo de mis sentimientos, ¿descubrís ahí un rastro de interés y de egoísmo?

—Sí y no, Francisco. Tu alma está limpia y en ella nos complacemos la Trinidad bienaventurada, lo mismo que se goza mi Madre y disfrutan los ángeles del Cielo. Pero quiero decirte que espero algo más de ti y que lo espero esta noche, lo quiero ahora.

—¿De qué se trata, Señor? —pregunta el religioso, que no acierta a comprender qué quiere Cristo de él.

—Piensa un poco, querido amigo. Has hecho mucho por mí. Dejaste tu familia y tu espléndida posición. Has abrazado la más alta pobreza. Has desafiado a las enfermedades lo mismo que a los poderosos para defender mi causa y la causa de los pobres. Has puesto en peligro tu vida y de hecho eres más un guiñapo que un hombre, a pesar de que eres todavía joven, debido a la acción implacable de las enfermedades. Lo has hecho todo eso por mí, por amor a mí, y no has pensado nunca en lo que ibas a sacar por ello, en los premios que, ciertamente, recibirás cuando te llegue la hora de la muerte y seas acogido por los ángeles en el Cielo. Pero hay algo más, ¿no lo ves?

—No, Señor, perdonadme, pero no lo veo. Decídmelo vos, por favor, y estad seguro de que lo haré gustosísimo.

—Francisco, criatura de Dios, hay un paso más que me gustaría que dieras. Hasta ahora estás trabajando por mí, incluso hasta la extenuación. Y lo haces por amor. Pero estás fuera de mí, por más que yo, sobre todo mediante la Eucaristía, esté dentro de ti. Quisiera que nuestra unión fuera aún más plena. Me gustaría que nos consumáramos en uno, que se produjera entre tu alma y mi persona un matrimonio espiritual, un desposorio místico, por el cual, aun siendo tú siempre un hombre y yo Dios, fuéramos de alguna manera una sola cosa.

—Señor, me invitáis a una boda que es más que un honor y un tesoro, es un increíble privilegio. ¿Qué tengo que hacer?, decídmelo.

—Cuando el dolor llame a tu puerta, querido muchacho, reconócelo como una presencia mía. Me refiero a cualquier dolor o a cualquier criatura que sea portadora de dolor. La identificación conmigo pasa por ser como yo en el amor y en el dolor, pasa por amar como yo he amado y por sufrir como yo he sufrido. Más aún. La identificación conmigo, ese desposorio espiritual al que me refería, consiste en saber que en cada dolor hay una cierta presencia mía, que no es igual que la Eucarística, en el sentido en que no es sacramental, pero que te permite estar conmigo y, de alguna manera, ser como yo. Hasta ahora has dicho: acepto este dolor, Señor, por ti. O bien: ayudo a esta persona que está sufriendo, Señor, por ti, que estás presente en ella. Ahora tendrás que decir: en este dolor, Señor, estás tú, y estoy dispuesto a estar toda la vida así, crucificado, con tal de estar contigo. Estoy dispuesto a vivir permanentemente al servicio de quien sufre no solo por amor a ti, sino también por participar de ti y por estar contigo. Sediento de dolores, de angustias, de sufrimientos, deberás ir por el mundo, buscándome a mí, para aliviar los manantiales de dolor que los hombres ponen en mi corazón y que estallan en sangre y en torturas en tantos hijos de los hombres.

—Entiendo lo que queréis decirme, Señor. Ahora entiendo. Sé que no me estáis pidiendo que sacralice el dolor, porque nada más lejano a vuestro corazón que el masoquismo. Vos no queréis el dolor, pero el dolor existe. Vos no queríais subir a la cruz, pero fue necesario para redimir al hombre. Y desde entonces, ahí estáis, presente en cada sufrimiento, pequeño o grande. No basta con aceptarlo como algo inevitable, sino que queréis que le abrace y que me deje abrazar por él porque en él estáis vos.

—Eso es, pero no olvides que solo te pido eso cuando el dolor sea inevitable. Nuestra misión es luchar contra el sufrimiento, no propagarlo, ni hacer de él un ídolo. El amor es enemigo del dolor y busca que desaparezca. No me complazco en torturas ni en sufrimientos. Pero, a pesar de eso, el dolor existe. En ese dolor, en el que pese a todo lacera tu cuerpo y el cuerpo de tus hermanos, he querido yo hacerme presente para que, con mi presencia, quede aliviada su amargura. Estando yo ahí, el dolor se convierte en algo menos duro, más ligero, asumible incluso porque es portador de la presencia de Dios. Es así como puedo aliviar, incluso, lo que ya los médicos no pueden curar, lo que ninguna fuerza humana puede solucionar.

—Ahora que he comprendido —dice Francisco— dejadme, Señor, que os pida un gran regalo.

—Adelante, estoy esperando tu petición y, si es la que creo, no tardaré en concedértela.

—Dadme, Señor Crucificado, Amor, que por amor subisteis al madero de la cruz, dadme amar como vos habéis amado y sufrir como vos habéis sufrido. En la medida en que sea posible a un ser humano frágil y pecador como soy yo, hacedme capaz, Señor, de anonadarme en vos, de abandonarme en vos, de ser como vos. Hacedme capaz de saciar vuestra sed de amor, de abrazaros y desaparecer en vos cada vez que una angustia visite mi alma. Hacedme capaz de consolar a mis hermanos y de explicarles que ese dolor que no tiene solución es una presencia vuestra con la que vos queréis transformar en un regalo lo que no vale, en un tesoro lo que es despreciable. Señor, os lo suplico, hacedme capaz de amar como vos habéis amado y de sufrir como vos habéis sufrido.

—Querido Francisco, criatura de Dios, hombrecillo bueno y humilde en el que me complazco. Otros muchos vendrán después de ti que beberán de la fuente de espiritualidad que tú has inaugurado. Pero tú eres el primero que me pides este don y por eso quiero no solo concedértelo, sino plasmar mi regalo con un signo en tu cuerpo que sea testimonio de la pasión de amor que pongo en tu alma. ¿Estás dispuesto?

—Sí, Señor. En esta hora solemne solo puedo y quiero decir lo que vuestra Madre le dijo al ángel en el momento de vuestra concepción. Mi alma exclama, con Ella: «He aquí la esclava del Señor, hágase en mí según tu palabra». Adelante, Señor, estoy dispuesto.

Un gran resplandor llenó en ese momento la cueva. Fray León, que había permanecido a una prudente distancia y que no había podido captar nada de la conversación, sí notó el efecto luminoso que salía de la gruta. En cuatro zancadas llegó hasta la entrada de la misma, olvidándose de toda precaución. No pudo, sin embargo, proseguir. Lo que vio le dejó clavado en el sitio, entre espantado y emocionado. Francisco yacía, de rodillas, en el centro del pequeño recinto, con los brazos abiertos y extendidos. Enfrente de él se veía un crucifijo con una forma extraña.

Seis alas cubrían el cuerpo del Crucificado, como si fueran las alas de un serafín, uno de los grupos de ángeles que honran a Dios en el Cielo. Pero lo más extraordinario no era eso. De las llagas de las manos, los pies y el costado de Cristo salían unos rayos luminosos que iban a sus homólogos en el cuerpo de Francisco y que, según fray León pudo ver, taladraban la carne del religioso. Sin duda que las heridas que el Señor estaba causándole a su amigo debían hacerle daño, pero no era esa la impresión que fray León percibió. Por el contrario, Francisco, en pleno éxtasis, gemía, pero no de dolor sino de arrobo y exaltación. El asustado compañero de fatigas del fundador de los Hermanos Menores solo alcanzó a oír, entre exclamación y exclamación, una frase que Francisco repetía mientras miraba fijamente al Crucificado: «Amar como tú has amado y sufrir como tú has sufrido».

La escena duró unos minutos, sin que el observado se diera cuenta de la presencia del observador, puesto que Francisco daba la espalda a la entrada de la gruta. Ambos estaban inmóviles y así hubieran estado durante horas. Pero el efecto no se prolongó mucho tiempo. De repente, la visión cesó. La luz se fue y Francisco se desplomó sobre el suelo. La cueva quedó completamente a oscuras, pues la pequeña vela que Francisco había llevado consigo se había consumido hacía tiempo. Fray León, sin embargo, no tuvo ninguna dificultad en acercarse inmediatamente a su maestro y recogerle con ternura. Pasó un brazo bajo la cabeza de Francisco y con el otro recogió sus piernas. No pesaba mucho, avejentado y consumido por las penitencias como estaba. Con cuidado para no tropezar y dar en el suelo con su pesada carga, emprendió el camino hacia fuera. Afortunadamente, conocía de sobra el trayecto y, una vez hubo salido de las galerías que formaban las cuevas, la luna llena de aquella noche le sirvió de guía para llegar a la choza de Francisco.

Despacio, con infinita ternura, dejó el cuerpo exhausto de su amigo en el camastro de paja. Francisco no había dejado de gemir todo el tiempo. Parecía haber perdido la noción de dónde estaba y de qué le había ocurrido, pero no se había desmayado. León, una vez liberado de la carga, encendió una vela y se dispuso a volver al lado de su maestro. Lo que vio lo dejó paralizado de nuevo: las manos, los pies y el costado de Francisco presentaban unas heridas semejantes a aquellas con las que se representa a Cristo crucificado. Las heridas sangraban si no abundantemente sí al menos lo suficiente como para manchar toda la ropa, tanto la de Francisco como la del propio León, que había llevado el cuerpo de su amigo en brazos. León buscó rápidamente una palangana con agua y unos paños limpios. Con gran delicadeza, para no hacerle daño, limpió las heridas, incluida la del costado. Después las vendó como pudo. Pronto las heridas dejaron de sangrar, aunque su tamaño era considerable.

Francisco no tardó en recuperarse, al menos en parte. Extrañado, le preguntó a su compañero:

—¿Qué me ha pasado, León?

—No lo sé, padre —le contestó este—. Vi una gran luz que salía del interior de la cueva y entré. Estabais en el suelo y un serafín con forma de Crucificado despedía sobre vos unos rayos de fuego. Luego todo desapareció y vos os desplomasteis. Os recogí. Os traje aquí y entonces comprobé que teníais estas extrañas heridas en vuestro cuerpo —añadió, explicando lo que había sucedido.

—¡Dios mío! —dijo Francisco mientras se incorporaba en el lecho y miraba sus manos vendadas, en las cuales, como en los pies y el costado, notaba el dolor de las heridas—. Así que esta era su firma —añadió—. Gracias, Señor, por haber escuchado mis súplicas y haberme otorgado el don de identificarme con vos.

—Padre —dijo León, que seguía sin entender bien qué había pasado, pero que estaba preocupado por el sufrimiento que podía estar atravesando su maestro—, ¿estáis seguro de que esto es cosa de Dios? ¿Cómo puede el Señor hacer daño a sus amigos?

—¡Calla, León! —le contestó Francisco con dulzura—. Tú no puedes comprender ahora, pero lo entenderás más adelante. Además, no creas que me duele tanto. Es más bien como un escozor, algo que escuece suavemente y que va rápidamente pasando. Esto es un extraordinario don que el Señor me ha concedido porque yo se lo he pedido. Para uno que ama de verdad a alguien, no hay mayor placer que identificarse con la suerte del ser amado. ¿Cómo podría ser yo feliz viéndole a Él sufrir? ¿Qué otra cosa puede desear el que ama y adora al Rey coronado de espinas que llevar en su frente algunas de las que a Él tanto daño le hacen?

—¿Pero de qué sirve este sufrimiento vuestro, esta extraña asimilación entre vos y Él? —vuelve a preguntar León, testarudo—. Si al menos vuestro dolor beneficiara a alguien, lo entendería —añade—, pero esto, permitidme que os lo diga, no lo comprendo.

—Ni es culpa mía ni es culpa suya que no lo entiendas, querido León —le responde Francisco—. Yo mismo no lo hubiera entendido hasta hace muy poco. Pero esta noche, amigo mío, han ocurrido muchas cosas. El Señor me ha abierto su corazón y lo que he visto en él es mucho más amargo que lo que jamás pude intuir. No sé si recuerdas aquella ocasión en La Porciúncula, cuando me sucedió algo parecido y salí llorando y gritando que Cristo, el Amor por excelencia y el origen de todo amor, no era amado por los hombres. Pues bien, lo que he comprendido esta noche es aún más que eso. Me he visto a mí mismo y he comprobado cuán lejos estoy de la identificación plena con Su Majestad y con su divina voluntad. ¡Le amo tan poco, León!

Si le amara más, cada dolor, por pequeño que fuera, se convertiría en una ocasión magnífica para estar en su compañía, pues, apréndelo, hay una misteriosa pero auténtica presencia suya en cada uno de los sufrimientos que tenemos que soportar en la vida.

—Padre —vuelve a insistir el religioso—, sigo sin entender. Nosotros amamos las penitencias y las practicamos. También asumimos con gusto los sacrificios que van ligados al servicio a los pobres. Pero todo eso tiene un sentido. Lo primero, el dominio de nuestro cuerpo, que se hace así más dócil al cumplimiento de la voluntad divina. Lo segundo, el ejercicio de la caridad al servicio del prójimo. Pero esto que me decís es otra cosa y no lo comprendo.

—¡Qué le vamos a hacer! —responde Francisco—. Yo mismo probablemente tampoco lo hubiera entendido hace unas horas. Y es que, como el Señor me ha enseñado, estamos tan impregnados del concepto de la utilidad que no valoramos nada que no tenga como resultado un beneficio concreto, bien sea a favor del cuerpo o del alma, de uno mismo o de otro. Pero hay cosas que sin tener ninguna utilidad son las más beneficiosas. Te aseguro que lo que te estoy diciendo lo es. Si, por ejemplo, el cristiano consiguiese amar tanto a Dios como para sentirse feliz cuando sufre por el mero hecho de estar en compañía del ser amado, ese hombre habría encontrado la piedra filosofal de la felicidad. Porque de lo que todos huimos es del dolor. Si, en cambio, se logra ser feliz incluso cuando hay dolor, nunca nada ni nadie podrá arrebatarnos la felicidad.

—Pero, perdonad que insista, eso significa que sacralizamos el dolor, que lo convertimos en algo bueno, en algo que hay que procurar para uno mismo y para los demás —objeta fray León, un poco escandalizado.

—En absoluto. El Señor me ha enseñado esta noche a distinguir entre una cosa y otra. Él no vino al mundo para que la gente sufriera, sino para conducirnos a la salvación y darnos la plenitud de la alegría y la felicidad. Lo que sucede, querido amigo, es que no siempre es posible aliviar al hombre de sus sufrimientos. No siempre los médicos lo curan todo, como puedes comprobar mirando mi pobre y enfermo cuerpo. La muerte es inevitable más pronto o más tarde, lo mismo que son inevitables tantas y tantas amarguras y sufrimientos. ¿Qué hacer ante esas situaciones? ¿Qué hacer cuando has agotado la sabiduría de los médicos o cuando no hay forma de aliviar el sufrimiento tuyo o del prójimo? Si hasta ese momento Cristo nos manda actuar en su nombre para llevar consuelo al que sufre, a partir de ese instante es Él mismo quien quiere intervenir. Haciéndose presente en el dolor inevitable, lo transforma, lo purifica, lo convierte en la posibilidad de estar junto a Él. Para el que no le ama, eso no representa nada. Pero, en cambio, para el que le ama esa presencia suya se convierte en un don extraordinario. Su hombro cansado se introduce, junto al del cristiano, debajo de la cruz y esa cruz, que sigue ahí, ya no es llevada por uno solo. De este modo, él consigue aliviar lo insoportable, consolar al que ya nadie podía ayudar. Es algo así como la Eucaristía. Tú sabes, querido León, que cuando comulgas, el Cuerpo del Señor logra romper todas las fronteras y superar todas las distancias. Hasta el ser más querido está fuera de ti, a veces extraordinariamente lejos de ti. Él, en cambio, entra dentro y, desde dentro, te consuela, te conforta, te empuja a luchar y a mantener viva la esperanza. Claro que el que no comulga o no lo hace bien, no experimenta ese consuelo y quizá se pregunté para qué sirve comer un frágil y pequeño pedazo de pan ácimo. Pues bien, querido amigo, algo así es lo que el Señor me ha revelado esta noche.

—Empiezo a entender, padre, y creo que se trata, efectivamente, de un don maravilloso. Sin embargo, me sigue dando miedo. ¿No podría ser interpretado por algunos como una exaltación del dolor por el dolor? ¿No podrá dar lugar a una especie de espiritualidad del sufrimiento?

—De que eso no ocurra nos tenemos que encargar nosotros. Cuando nos vean desvivirnos por aliviar el dolor del hermano, comprenderán que no hacemos nada de eso que dices. Pero, mientras llevamos al enfermo al médico, mientras hacen efecto las medicinas y después si estas no sirven de nada, le diremos al enfermo: «Alégrate, hermano. El Señor está especialmente contigo en este momento. Él ha querido unirse a ti a través de ese dolor. Abrázalo por amor a Él y encontrarás un alivio que ninguna medicina te puede dar». Y hasta es posible, querido León, que se cure más rápidamente.

—En fin, padre, no sé si os entenderán. Lo que sí sé es que vos estáis sangrando. Confío en que curen pronto estas heridas y en que no añadan a vuestros sufrimientos más dolores.

—Estate seguro de que así será. Por cierto, hermano León, lo que ha ocurrido esta noche tiene que quedar completamente en secreto entre nosotros. Este privilegio, el de llevar en mi cuerpo las marcas de la Pasión de Cristo, no debe ser sabido por nadie. Me resultaría imposible vivir tranquilo si la gente lo supiera. Pensarían de mí y de mi santidad cosas inexactas.

—Pensarían la verdad, que sois un santo en vida —responde León.

—Te prohíbo que digas eso. No es verdad. Yo soy un pecador. Tienes que aprender que los dones de Dios no tienen nada que ver con los méritos de aquellos a los que el Señor regala esos dones. La santidad es otra cosa y yo estoy aún muy lejos de ella.

—No voy a discutir con vos sobre eso, padre. Además, será la Iglesia, en su momento, la que diga si habéis sido santo o no. Por mi parte, no tengo la menor duda. En cuanto a estas heridas, descuidad, no diré nada a nadie, pero me tenéis que permitir que os cure y, si no cicatrizan bien, habrá que llamar a un médico para que las observe.

—No te preocupes. Son de Dios y Él hará que todo vaya bien. Anda, ayúdame a levantarme, que quiero rezar un rato. Déjame y ve tú a descansar algo. Pronto amanecerá y tendremos que ir a la oración. Todos los dones particulares que Dios nos envía no nos deben eximir de cumplir con nuestras obligaciones como religiosos, incluida la de la obediencia a un horario y a un superior que no nos entiende. Pero, querido León, no te imaginas lo diferente que es ver la crisis de la Orden y tu propia miseria como algo que no sirve para nada y que es la plasmación de un fracaso, a verlo como una ocasión de estar en íntima comunión con el Señor. El problema, la enfermedad, sigue ahí, pero yo ya no soy el mismo. Ese problema antes me hundía. Ahora me salva.

León besa la mano de Francisco mientras lo ayuda a levantarse. Después, en silencio, sale de la choza. Está aturdido. ¡Han sido tantas las cosas que ha visto en esta extraña noche! Mientras camina hacia su propia celda va pensando en lo último que le ha dicho su maestro. Si el hombre lograra ser feliz con el sufrimiento —medita—, nada, absolutamente nada le podría quitar la felicidad. Porque cuando las cosas van bien, ser feliz es muy sencillo, pero ¡hay tan pocos momentos en que todas las cosas van bien a la vez! León comprende que Francisco tiene razón en lo que le ha dicho acerca de que, por más que se intente, hay sufrimientos que no se pueden evitar. A él mismo, como a todos, le ha ocurrido eso muchas veces. Y si se consiguiera que esos momentos, o largas temporadas, pudieran quedar iluminados por la compañía de

Cristo, todo sería efectivamente distinto. Pero intuye enseguida cuál es el problema real con que tiene que enfrentarse el cristiano para beneficiarse de ese don. Ese problema es el miedo. Miedo a que decirle «sí» a Dios sea como un abrir de par en par la puerta al dolor. Miedo absurdo, porque en el fondo es como si el hombre pudiera, con su rechazo interior, impedir que algo malo le sucediese. Pero miedo humano y comprensible al fin.

Por eso, dentro ya de su propia choza, un poco mareado por la trascendencia de la revelación que Cristo le acaba de hacer a Francisco y que él mismo va comprendiendo poco a poco, cae de rodillas y exclama:

—Señor, yo también quiero creer, pero ayuda a mi poca fe. Ayúdame a decir cada día «Hágase tu voluntad». Ayúdame a creer de verdad que eres mi Padre y que no deseas nada más que mi beneficio. Ayúdame a pedirte, como te ha pedido Francisco, fuerza para amar y fuerza para sufrir. Tengo miedo al dolor y, en el fondo, tengo también miedo al amor. Ayúdame, Señor, para que venza mi miedo y pueda amarte y amar, aunque eso suponga aumentar aún más mi ración de sufrimiento.

Mientras reza, la aurora empieza a romper la oscuridad de la noche. Los pájaros, aquellos que un día habían acudido en tropel a recibir la bendición de manos de Francisco, estallan en un coro jubiloso de trinos. La naturaleza se despereza radiante en esa mañana de septiembre. La tormenta ha pasado. El aire es fresco. Pronto el paisaje será límpido. Las sombras, del alma y de la noche, retroceden. Cristo, una vez más, ha vencido.

## LA PERFECTA ALEGRÍA

Es otoño. El mes de septiembre ya está acabándose. Aún los árboles siguen vestidos de verde y solo algunos chopos y las más tempranas de las hayas estrenan el ocre en sus hojas. El aire sigue siendo cálido, pero cada vez está más cargado de humedad. Las tormentas de las últimas semanas han servido para que pasase definitivamente la página del verano. Los campesinos se afanan en las labores propias de la estación, cosechando la uva y la fruta, aprovechando la tímida hierba del otoño para que pasten los rebaños de ovejas, de cabras y de vacas.

Dos hombres avanzan por el camino que une el monte Alverna con las grandes ciudades del centro de Italia: Florencia, Siena, Perugia, Asís. Dos hombres que, de lejos, parecen motas de polvo mimetizadas con el paisaje. Uno de ellos va montado en un borrico, a pesar de lo cual se le nota cansado y a duras penas capaz de mantenerse erguido en la humilde cabalgadura. El otro marcha a su lado, como si del escudero de un bravo príncipe se tratara. Ninguno de los dos lleva armas. Apenas una pequeña alforja que cuelga de la grupa del burro. De vez en cuando se paran para saludar a algún conocido. De vez en cuando un grupo se acerca a ellos con la intención de besar las manos y los pies del que monta el animal y de recibir de él la bendición.

Son fray Francisco y fray León. Su tiempo en el Alverna ha terminado. Aquel singular monasterio, hecho de bosque y sombra, de paz y luz, ya no volverá a acoger en sus pobres chozas al fundador de la Orden de los Hermanos Menores. Aunque en ese 30 de septiembre de 1224 solo cuenta con 42 años, marcha de allí para siempre. Él lo sabe. Sabe que su final se acerca, que le queda apenas el tiempo justo para despedirse de algunos amigos y de contribuir a poner armonía en su querida familia. Lo sabe y, sin embargo, no pierde la paz. La certeza de que su vida termina ya no le turba ni le angustia. Quizá unas semanas antes sí lo hubiera hecho. Ahora no. Ahora es un hombre completamente transformado. Ha luchado contra Dios, contra sí mismo, contra el tiempo, contra el mal. Ha luchado como luchan los hombres, con la fe ingenua de creer que está al alcance de sus manos cambiar las cosas y cambiarse a sí mismos. Al final ha comprendido que es Dios quien actúa, quien obra las maravillas, quien escribe derecho con renglones torcidos, por más que ese Dios necesite, para llevar a cabo sus planes, de la colaboración humana. Ese Dios, que se le ha revelado como el dueño y señor de la Historia humana, le ha asegurado que todo va bien, que no debe estar inquieto por nada. Le ha pedido, en definitiva, confianza. Y Francisco, que le ha dado un «sí» absoluto a Dios, se ha sumergido en un desposorio místico con Él, abrazando la cruz representada por los conflictos de la Orden tanto como la cruz de sus propias miserias personales. Por eso ahora es un hombre completamente nuevo y lleno de paz. Además, lleva en su cuerpo y no solo en su alma, las huellas de esa identificación plena con Cristo crucificado. Las llagas que Cristo quiso hacerle en las manos, los pies y el costado, representan, ciertamente, una molestia. Pero son para él una bendición, una prueba de que el Señor ha escuchado sus súplicas y le ha concedido lo que deseaba: amar como Él había amado y sufrir, por amor a Él, como Él mismo había sufrido.

Ahora los dos religiosos van hacia el Sur. León ha insistido en que lo vea un médico en Fonte Colombo, una de las ermitas habitadas por los Hermanos Menores. Es un especialista de los ojos y el fiel amigo de Francisco confía en que cure o al menos frene la ceguera de su fundador. Francisco se deja llevar. Sabe que su final está próximo, quizá un año, a lo sumo dos. No tiene mayor interés en recuperar la vista, porque se dedica a observar con detalle lo que le describe su alma: el espectáculo del amor de Dios hecho hombre, crucificado y resucitado por salvar al hombre. Pero se deja llevar. Que el médico haga con él lo que quiera y que le aplique, si le place, la horrible terapia del hierro candente en las sienes marchitas. Después, se lo ha hecho prometer a León, irán a San Damián. Necesita estar en Asís para cuando llegue el momento. No quiere morir en otro sitio. No quiere irse tampoco sin despedirse de sor Clara. Es en lo único en que se ha puesto tozudo: pase lo que pase, desde Fonte Colombo irán a Asís; nada de ir a Roma, a negociar con el Papa y los cardenales algún compromiso sobre la Regla que ha escrito y que, por fin, después de sucesivas enmiendas, Honorio III aprobó tres años antes. Nada de intentar privilegios para los frailes, ni siquiera con la excusa de que así podrán evangelizar mejor. Mucho más lejos aún de sus deseos la intriga o la política para socavar la posición dominante de fray Elías.

Por cierto, ahora puede ya pensar en fray Elías con completa calma. No pierde la paz interior. No se atormenta. El amor hacia aquel viejo compañero de fatigas, ha vuelto a ocupar el lugar que tuvo antes. Ya no se irrita cuando piensa en algunas de las medidas que está aplicando en el gobierno de la Orden. Ni siquiera se ha molestado cuando le han dicho que ha comprado grandes terrenos en las afueras de Asís con el fin de edificar allí un gran convento y un soberbio templo en el que enterrarle a él, Francisco, cuando muera. ¡Qué ironía! ¡El pobre de los pobres enterrado en una iglesia edificada a propósito para honrar a quien no quiso tener en vida más que humildes chozas donde habitar! Pero a él, a Francisco, todo eso ya no le importa. Está tan lleno de Dios, tan identificado con el Crucificado, que cada dolor, pequeño o grande, representa una especie de comunión mística con el esposo de su alma. Es, por otro lado, lo mejor que puede hacer, pues aunque se hubiera opuesto rotundamente, su enfrentamiento con Elías no hubiera servido de nada. El superior general no solo tiene el apoyo de Roma, sino también de la mayoría de los frailes. El conjunto de la Orden, que ama apasionadamente al fundador, considera, sin embargo, a este como un hombre de otra época. En el fondo, están deseando que se muera para poder canonizarle y utilizar su pintoresca figura como un imán que atraiga aún más a los jóvenes de toda Europa hacia la que se perfila como la Orden más influyente de la Iglesia. Los otros, la pequeña minoría que quiere a Francisco más por sí mismo que por lo que representa y que desea vivir lo más estrictamente posible el mandato de la santa pobreza, están desconcertados. Francisco lo sabe y teme por su futuro. Pero ya no puede hacer nada por ellos. Nada más que rezar y ofrecerle al Señor sus sacrificios y sus dolores para que encuentren la forma de compaginar la fidelidad al fundador con la fidelidad a la Orden. Su deseo es que la familia por él iniciada no se rompa, que no se consuma en luchas intestinas, que progrese en armonía. Pero ha aprendido, y eso es lo que desea transmitir a todos los suyos, que el misterio nos envuelve, que no podemos entender del todo los planes de Dios, ni siquiera por qué el Señor permite que ocurran cosas que evidentemente van contra su voluntad. Por eso quiere aprovechar el tiempo que le quede de vida para confortar a los más íntimos, para transmitirles su última experiencia y dotarles de una armadura que les permita soportar incluso las persecuciones sin apartarse de Cristo, de la Orden, de la Iglesia. Por eso, cuando llevan ya un buen rato de camino y no se ve la montaña del Alverna, se dirige a fray León mientras andan.

—Hermano León, ovejuela de Dios, quisiera preguntarte algo —le dice Francisco a su fiel amigo.

—Preguntad lo que queráis padre. Pero antes que nada os diré que estoy muy contento de veros tan lleno de paz y de alegría —responde este.

—De alegría precisamente es de lo que quería hablarte. ¿Sabrías decirme, hermano, dónde está la perfecta alegría?

—No sé, padre. Seguro que vos tenéis ya la respuesta. Decídmelo vos —contesta León.

—Esfuérzate un poco, hombre —le dice Francisco, con una sonrisa—. Está claro que deseo enseñarte algo, pero quiero saber hasta qué punto has intuido lo que el Señor a mí mismo me ha revelado hace tan solo unos días.

—Bien padre, haré un intento, aunque sé que no voy a acertar. La perfecta alegría no está, desde luego, en tener mucho dinero, porque en cualquier momento lo puedes perder todo. Además, ese dinero no siempre ha sido acumulado de manera honrada. Tampoco está en gozar de buena salud, porque también ese tesoro es frágil. Mucho menos reside la perfecta alegría en gozar de los bienes de este mundo de manera inmoderada: comiendo, bailando o haciendo uso indebido de los sentidos y placeres.

—De acuerdo, León, has dicho bien. En nada de eso está la perfecta alegría. Los hombres suelen creer que ahí está y no es cierto, lo mismo que tampoco está en el poder o en la fama. Pero entonces, ¿dónde reside ese tesoro al que todos aspiran? —pregunta Francisco.

—Quizá, padre, la perfecta alegría está en trabajar mucho por Cristo, por la evangelización, y en conseguir que muchas almas vuelvan a Dios y se conviertan. Ahí puede ser que esté la plenitud de la felicidad para un cristiano.

—No, León, tampoco ahí está la perfecta alegría. Sigue pensando a ver si aciertas.

—Me sorprende lo que me decís, padre —objeta León—. Siempre pensé que la mayor alegría estaba unida al éxito espiritual, a la victoria en la lucha por la causa de Cristo.

—El éxito cuando va unido a la gloria de Dios y al bien de la Iglesia es algo deseable, por supuesto —responde Francisco—, pero también es siempre un peligro, pues con frecuencia el que busca el éxito para Dios termina por buscarlo para sí mismo, aunque camufle esos sentimientos con la excusa de que todo lo que desea es para el Señor. Además, si ahí estuviera la perfecta alegría, Nuestro Señor sería muy injusto con los enfermos y con todos aquellos que ya no pueden hacer nada porque han perdido la capacidad de moverse de un lado a otro, por no citar a los que nunca han tenido cualidades para llevar a cabo un apostolado brillante. No, decididamente, en el éxito no está la perfecta alegría. Sigue pensando un poco más.

—Estará, entonces —responde León—, en las obras de caridad. Si un hermano de nuestra Orden se pasa el día entero de un lado a otro para servir a los pobres, para aliviar a los leprosos y llevar comida a los hambrientos, al final de la jornada, aunque esté muy agotado, se sentirá lleno de alegría y podrá decir que ha alcanzado la felicidad.

—Siento desilusionarte, querido muchacho, pero tampoco ahí está la perfecta alegría. Es maravilloso lo que dices y, efectivamente, cuando uno se entrega a los demás se experimenta una gran felicidad, pero esa no es la plenitud de la felicidad. Además, te repito lo de antes, si así fuera, los que no pueden hacer nada, los que necesitan ser ayudados, no podrían gozar de la alegría que Dios ha destinado a sus hijos. Solo los fuertes, los sabios y los sanos podrían ser felices. No, decididamente, ahí tampoco está la perfecta alegría.

—Bien, padre, me rindo. Ya sabía yo que no iba a acertar. Decidme entonces vos dónde está esa plenitud del gozo y de la dicha.

—León, ovejuela de Dios, si nosotros que vamos ahora de camino, llegáramos esta noche a un convento de nuestra Orden y pidiéramos en él acogida. ¿Qué crees que deberían hacer los frailes?

—Abrirnos las puertas, por supuesto —contesta León—. Y eso —añade— no solo porque sois vos, el fundador de la institución, quien lo solicita, sino porque la hospitalidad es un deber que todos los hermanos tenemos que prestarnos recíprocamente.

—Pues bien, anota esto fray León en tu memoria y transmíteselo a todos los que te pregunten qué pensaba yo sobre las cosas de la vida. Si nosotros llegáramos, ya anochecido y con mal tiempo y no como hoy que hace un día espléndido. Si llegáramos a un convento y pidiéramos una cama y un poco de alimento con el que reponer nuestras fuerzas, y saliera el hermano portero y nos preguntara quiénes somos, y, al contestarle nosotros que somos dos hermanos menores que vamos de paso, él nos rechazara, entonces ahí podríamos empezar a degustar la perfecta alegría. Y si, a continuación, nosotros insistiésemos y él, abriendo de nuevo la puerta, saliera con una gruesa estaca y nos moliera a palos y nos arrojara al frío y a la nieve, ahí podríamos seguir experimentando la perfecta alegría. Y si, después de todo esto, nosotros, ateridos de frío y muertos de hambre, estuviéramos contentos porque hemos podido ser perseguidos como Nuestro Señor y hemos podido sufrir como él, entonces y solo entonces, querido hermano León, habríamos logrado disfrutar de la perfecta alegría.

—Padre, me dejáis sorprendido con vuestras palabras. ¿La perfecta alegría está entonces en el sufrimiento? —pregunta León un poco escandalizado.

—No. La perfecta alegría está en el amor. Pero no hay amor sin sufrimiento, sin fidelidad, sin fatiga. El olivo no da la aceituna sin que la raíz se afane en extraerle a la tierra el agua. El campo no da la cosecha sin que el labriego la trabaje duramente y sin que el cielo envíe la lluvia. El estudiante no aprueba los exámenes sin esfuerzo ni aplicación ante los libros. Del mismo modo, el amor no existe sin esfuerzo y, en muchos casos, sin sufrimiento. Cuando los hombres confunden amor con sentimiento, están equivocándose gravemente. Porque lo hacen así, los maridos abandonan a sus mujeres por otras más jóvenes y ponen como excusa que ya no las aman; en realidad, nunca las amaron, lo mismo que tampoco aman a la nueva con la que viven. Solo se han amado a sí mismos y han utilizado la belleza ajena para darse a sí mismos satisfacciones. La perfecta alegría está en la plenitud del amor y es Cristo, que fue el que alcanzó esa plenitud, quien nos enseña que Él nos amó del modo más sublime posible muriendo en la Cruz por nosotros.

—Entonces, para amar a Cristo ¿hay que sufrir por Cristo y como Cristo? —pregunta León, asustado.

—Para amar a Cristo lo único que hay que hacer es amar a Cristo. Lo que pasa es que ese amor exigirá a veces sufrimiento y, cuando eso ocurra, habrá que aceptarlo y aceptarlo con alegría. Más aún, uno que ama de verdad a otro, en este caso a Cristo, sueña con vivir unido a él, con identificarse con él, con no separarse de él. Y si eso lo anhela el novio o el amante, ¿por qué no lo podríamos desear nosotros? El amigo de Cristo tiene el derecho y el deber de intentar estar siempre con el Señor, de imitarle en todo, en el amor y también —en la medida de sus fuerzas— en el dolor. Por eso, querido León, me ves ahora así, tan contento, tan lejos de la amargura que minaba mi alma en los días pasados. Ahora lo puedo decir abiertamente, tengo la perfecta alegría.

—¿Cómo la habéis conseguido, padre? —pregunta el religioso.

—Porque ahora que estoy enfermo y casi ciego, que no sirvo para nada, que mis opiniones no influyen en el gobierno de la Orden, que no soy escuchado como antes en el palacio del Papa. Ahora, querido León, me parezco muchísimo más que nunca a Cristo crucificado. «Eres tú —Jesús— le digo, quien viene a visitarme revestido de todos los disfraces que empleaste allí en el Calvario. En mi enfermedad tengo la ocasión de identificarme contigo, el enfermo por excelencia; en mi soledad estás tú, que habías sido abandonado por todos; en mi inutilidad también te reconozco, pues tú en la Cruz no servías ya, a los ojos de los hombres, para nada y tu obra se había arruinado. En la aridez que ha asolado mi alma estos días, también estabas tú, Señor bendito, que experimentaste incluso el abandono del Padre y que dudaste de que todo aquello sirviera para algo. Eres tú, Jesús crucificado y abandonado, el que me abrazas y me visitas ahora, en este momento decisivo de mi vida. Eres tú quien me pides que te deje entrar en mi alma. Eres tú, Señor del Calvario, Rey coronado de espinas, quien me suplicas que te reconozca y que no reniegue de ti como hizo Pedro antes del canto del gallo. Y yo te digo: aquí estoy, para hacer tu voluntad. Ven a visitarme. Fúndete conmigo. Déjame que comparta contigo el pan amargo de la soledad, la herida profunda del fracaso, el llanto del abandono divino. Sí, Señor, te quiero y te he querido y, por amor a ti, esposo de mi alma, estoy dispuesto a estar así siempre, crucificado, identificado contigo y unido a ti». Esto es lo que le digo a Cristo, hermano León. Y esto que yo le digo está al alcance de cualquiera. Es posible a todos los hombres, pues también los ricos, los sanos, los triunfadores, tienen momentos de dolor. Es posible precisamente porque en el instante en que todo se derrumba, en el que menos sirves, en el que menos rindes, ahí es donde más te pareces a Cristo crucificado. Si los hombres, si vosotros mis queridos hermanos menores, aprendierais esto, si tan solo vivierais y predicarais esto, no solo seríais felices sino que prestaríais a la Iglesia y a la Humanidad el mayor de los servicios. En el fondo, León, se trata de creer en Dios, en su amor, en la existencia de la gracia, en el efecto redentor de la Cruz. Por el contrario, los hombres solo creen en ellos, en su fuerza, en lo que obtengan de su trabajo y de sus fatigas. Creen en el éxito y cuando no lo consiguen, que suele ser lo que sucede con más frecuencia, se desaniman y se hunden y piensan que ya no merece la pena vivir y que todo lo que han hecho antes no sirve para nada. No se dan cuenta, pobrecillos, de que es precisamente en ese momento, en el del fracaso y el de la cruz, cuando más se asemejan a Cristo, cuando más posibilidades tienen, ofreciendo su dolor, de influir en el mundo, de redimirlo, de cambiarlo. Cristo crucificado, el fracasado y el inútil, fue precisamente el Redentor. No hay que olvidarlo nunca, por más que sea el misterio más difícil de entender de todos aquellos que asumimos por la fe.

—Ahora comprendo, padre, en qué ha consistido vuestro cambio. Pero vos debéis aceptar que si a vos mismo os ha costado tantos años entender todo esto, a la mayoría de los cristianos le resultará aún más difícil, por no decir imposible, hacerlo —afirma León.

—Lo comprendo perfectamente, querido amigo. Pero, precisamente porque sé que es difícil, es por lo que quiero que tú no olvides lo que digo y que lo transmitas a los otros. No sé qué será de esta Orden. Está en manos de Dios y eso me basta. Pero me gustaría que no fuera una Orden dedicada a hacer obras sociales, ni tampoco a evangelizar o a la oración contemplativa. Me gustaría que fuera una familia religiosa dedicada a cantar el amor de Dios por su pueblo, a consolar al que sufre a base de hacerle ver que está muy cerca del Señor, que es enormemente útil para el mundo y para Dios precisamente en ese instante de debilidad y flaqueza. Todo lo demás, la oración, la evangelización y la ayuda a los pobres, vendrán por añadidura y serán frutos que se desprenden de un árbol rico en savia porque está alimentado con la misma vida de Dios, con la sangre que brotó de su costado y de las heridas de su frente. No quiero una Orden «útil» a los ojos del mundo. Quiero una Orden santa, una Orden que sea manantial inagotable de espiritualidad, pues esa es la mayor utilidad que podremos prestar los Hermanos Menores a la Iglesia y, sobre todo, a los pobres. Si esto se entendiera bien, dejarían de pelearse por la pobreza, como yo mismo he hecho de algún modo. Ni siquiera por la pobreza merece la pena pelear. Dios es el que importa y Dios es amor. Si las luchas en torno a la pobreza nos llevan a perder el amor, a perder la unidad y la presencia del Señor en medio nuestro, ¿qué se habrá conseguido con ellas? ¿qué habrán conseguido incluso los que logren que se viva más pobremente, si es que son esos los que vencen?. En el primer lugar de nuestro corazón tiene que estar Dios, que es unidad y que es amor. Lo demás se nos dará por añadidura. Y cuando el dolor invada nuestra alma, al ver que las cosas no son como deberían después de haber intentado que sí lo fueran, recordemos que ahí, en ese dolor y en ese fracaso, está Cristo crucificado y alegrémonos de estar con él, unidos a él, colaborando con él en la redención del mundo, de la Iglesia, de la Orden.

León calla. Comprende perfectamente por qué su amigo le ha contado todo eso. Sabe que tiene la misión de transmitírselo a los demás religiosos y teme que ni unos ni otros le van a hacer mucho caso. Pero no quiere decírselo a Francisco por no hacerle sufrir, aunque ahora ya está seguro de que está capacitado para darle la vuelta a todo sufrimiento y convertirlo en motivo de unión con Dios y, por lo tanto, de alegría. León, pues, permanece en silencio y va aplicándose a sí mismo lo que Francisco le ha enseñado.

Mientras tanto, el tiempo pasa. Los dos religiosos siguen andando. Suben y bajan colinas. Evitan los pueblos para que la gente no identifique a Francisco y no se arremoline a su lado, pidiéndole milagros de todo tipo, desde curar a una mula hasta hacer que mane agua en un pozo seco. Van en silencio desde hace mucho tiempo. De repente, León se sorprende, porque escucha a su maestro cantar en voz baja. Aplica el oído para entender lo que dice y cree oír algo parecido a esto:

*Altísimo, omnipotente, buen Señor,*
*tuyos son los loores, la gloria, el honor y toda bendición.*
*A ti solo, Altísimo, convienen*
*Y ningún hombre es digno de hacer de Ti mención.*

—¿Qué cantáis, padre? —pregunta fray León, entre curioso y extrañado— ¿Acaso habéis compuesto un huevo himno, como aquel que dedicasteis a las virtudes?

—Estoy en ello, hermano León —responde Francisco—. Es tanta la alegría que experimento que necesito expresarla en forma de himnos y cantarla con todo mi corazón. Mi carne, como ves, está llagada, pero aparte de que me duelen muy poco estas heridas hechas por la mano del Maestro, la plenitud de mi alma es tal que se parece a un volcán en erupción. Por eso estoy componiendo unos versos con los que quiero darle las gracias a Dios porque por amor nos ha creado, nos ha redimido, nos ha hecho hermanos.

—¿Habéis terminado ya la composición?

—No. Según van pasando los días encuentro nuevas cosas por las que dar gracias y nuevas criaturas a las que llamar hermanas. Durante la estancia en Fonte Colombo y después, en San Damián, acabaré el himno.

—¿Podéis recitarme lo que lleváis compuesto?

—No es mucho más de lo que has oído. Le doy gracias a Dios por todas las criaturas, por el sol, la luna, las hermanas estrellas, el viento, el agua y el fuego. Todo es don suyo, todo es expresión de su amor, todo es gracia.

—¿Todo, padre? ¿Incluso la muerte? —pregunta León, al que se le ha ocurrido de repente que quizá Francisco esté escribiendo su epitafio, su despedida, con ese nuevo himno que está creando.

—Sí, querido León. También la muerte. Aún no sé cómo la incluiré en mi himno, pero también ella merece ser llamada hermana.

—Pero padre, la muerte es terrible. Nos separa de los hombres, nos separa de la vida, viene precedida de sufrimiento y deja tras de sí grandes amarguras. ¿Cómo podéis cantarla y atreveros a llamarla hermana?

—No fui yo, sino Cristo quien nos enseñó que la muerte que hay que temer es la del alma. Muchos de los que lloran por la desaparición de un ser querido, no se han preocupado, mientras vivió, de que su alma estuviera viva, ni se preocupan tampoco de que, una vez muerta, la persona amada disfrute para siempre de la compañía de Dios. La muerte se llora tanto más cuanto menos se cree en la vida eterna. Para nosotros, los que creemos, la muerte es solo un tránsito, un peaje que debemos pagar pero que nos permite cruzar el puente que nos separa de la felicidad plena. Por eso San Pablo decía que para él era una ganancia morir, porque antes había afirmado que su vida era estar con Cristo. A estas alturas de mi vida, sobre todo después de lo que el Señor me ha querido revelar en el monte Alverna, me encuentro, querido León, más allí que aquí; el corazón se me escapa hacia el Cielo y muero porque no muero.

—¿Eso significa, padre, que os queda poco de vida? ¿Queréis decirme que nos vais a abandonar pronto? ¿Qué voy a hacer yo sin vos, que va a ser de nosotros?

—Querido muchacho, no te aflijas. Recuerda que solo Dios es nuestro todo y que lo demás, incluida la más hermosa de las amistades, es solo un reflejo del amor de Dios. Si las cosas del mundo son tan hermosas, si el amor entre los hombres puede llegar a ser tan grande, tan bello y tan fuerte, ¿qué no será Dios, que lo ha creado todo, incluido el amor? Todo pasa, querido León, ovejuela de Dios, todo pasa. Solo Dios permanece. Pasará nuestro tiempo en la tierra, el mío antes que el tuyo, pero también el tuyo. Quedará, en cambio, para toda la eternidad, la página de amistad que hemos escrito juntos, el cariño que nos hemos tenido, la fidelidad que me has mostrado. Y eso no se romperá ni desaparecerá con la muerte. Con su Resurrección, Cristo ha vencido a la invencible. La muerte ya no tiene poder ni sobre la vida ni sobre el amor. Aunque yo me vaya, estaremos juntos siempre, lo mismo que estaré siempre al lado de los otros hermanos y de todos los que, en los años venideros, quieran identificarse con nuestro estilo de amar a Dios y al hombre. Luego, cuando te llegue a ti el momento, el reencuentro será definitivo y para siempre. Así que no sufras en vano. Venga, enjuga esas lágrimas y escucha el resto del himno que he compuesto.

Francisco, que no puede bajar del borrico por las heridas de los pies, pone la mano en la cabeza de su amigo, que no puede parar de llorar. Ahora es él quien consuela al que antes le ayudó cuando estaba en sus horas bajas. Así es entre los hermanos menores, unos reciben y otros dan, para cambiarse después los papeles cuando el que antaño estaba bien cae y el que sufría se recupera de sus angustias y dolores. Mientras, suavemente como si fuera una madre que canta una nana para dormir a su hijo, recita el himno que ha compuesto:

*Loado seas, mi Señor, con todas tus criaturas,*
*especialmente el hermano sol,*
*el cual hace el día y nos da la luz.*

*Y es bello y radiante con grande esplendor;*
*de Ti, Altísimo, lleva significación.*

*Loado seas, mi Señor, por la hermana luna y las estrellas;*
*en el cielo las has formado claras, y preciosas, y bellas.*

*Loado seas, mi Señor, por el hermano viento,*
*y por el aire, y nublado, y sereno, y todo tiempo,*
*por el cual a tus criaturas das sustentamiento.*

*Loado seas, mi Señor, por la hermana agua,*
*la cual es muy útil, y humilde, y preciosa, y casta.*

*Loado seas, mi Señor, por el hermano fuego,*
*con el cual alumbras la noche,*
*y es bello, y jocundo, y robusto, y fuerte.*

*Loado seas, mi Señor, por nuestra hermana madre tierra,*
*la cual nos sustenta y gobierna,*
*y produce diversos frutos con coloridas flores y hierbas.*

*Loado seas, mi Señor, por quienes perdonan por tu amor*
*y soportan enfermedad y tribulación.*
*Bienaventurados los que las sufren en paz,*
*pues de Ti, Altísimo, coronados serán.*

Francisco deja de cantar. Ha terminado lo que lleva meditado y compuesto del himno. Ha quitado su mano de los revueltos cabellos de León, que ha dejado de llorar. El fiel amigo levanta los ojos hacia su maestro y le dice, con ternura:

—Gracias, padre. No sé cómo podré soportar vuestra ausencia. Supongo que la vida dejará de tener sentido y una gran angustia me asfixiará durante semanas y semanas. Pero nada podrá apagar el recuerdo de estos años junto a vos. Pase lo que pase, me sentiré siempre como el hombre más afortunado del mundo por haber podido estar a vuestro lado y por haber contribuido a ayudaros en los momentos más difíciles. Sé que tenéis razón con lo que me decís acerca de la muerte, del encuentro con Dios, de la vida eterna. Pero pensad que si a vos os ha costado tanto tiempo llegar a experimentarlo, mucho más me costará a mí, que no os llego ni al talón en santidad. Pero vuestras enseñanzas no serán en vano. Cuando llegue el momento, acusaré el golpe y me hundiré. Pero, después de un tiempo, con la ayuda de Dios y con la ayuda vuestra que estaréis en el Cielo, saldré de mi pozo. Dios quiera que sea yo también capaz de cantar, algún día, vuestro himno, incluida la estrofa que va a componer en la que llamáis hermana incluso a nuestra mayor enemiga, la muerte.

—Venga, muchacho, todo irá bien, ya lo verás —le dice Francisco—. Todo irá bien. Recuerda solamente esto: Dios existe y Dios es amor. Pase lo que pase, él nunca nos repudia ni nos rechaza. Los hombres quizá sí, pero Dios no. No lo olvides, todo, hasta el dolor y la muerte, todo es amor, todo es gracia.

La tarde declina. Los dos compañeros descienden una suave cuesta. En el valle hay una aldea. Sale humo de las chimeneas y varios campesinos se dirigen al pueblo conduciendo a los rebaños. Dos carretas tiradas por bueyes llevan sendas cargas de uva a los lagares. Los perros juegan y asustan a las ovejas. Una vaca muge en su establo mientras la ordeñan. Es la vida, dura, sencilla, honesta, de los hombres del campo. Francisco y León se dirigen a la aldea. El sol se pone tras ellos. Es rojo, pero no anuncia sangre, sino amor, el amor que los dos religiosos llevan en su corazón. Un amor, el de Dios, que han recibido gratis y que gratis quieren dar a todos los hombres.

# CRONOLOGÍA

**1182:** Nacimiento de San Francisco en Asís.

**1184:** Sínodo de Verona. El papa Lucio III y el emperador Federico I decretan contra los herejes la excomunión y el destierro, así como la confiscación de bienes, pero no la muerte.

**1200:** Felipe II Augusto de Francia hace quemar vivos a ocho herejes cátaros en la ciudad de Troyes. Al año siguiente quemó uno en Nevers y otros muchos más en 1204.

**1202:** Guerra entre Asís y Perugia. Batalla de Collestrada. San Francisco prisionero. Muere Joaquín de Fiore, creador de la doctrina de la era del Espíritu con la que se entraría en una tercera edad marcada por la aparición de una orden muy estricta en la cuestión de la pobreza. Algunos de los «observantes» o «espirituales» franciscanos se apoyarán en estas tesis años después.

**1205:** Viaje a Apulia. Sueño de Spoleto. Llamada de Cristo en San Damián.

**1206:** Juicio paterno ante el obispo de Asís. Reconstrucción de San Damián.

**1207:** Felipe II Augusto de Francia reprime, a petición del Papa, la herejía de los albigenses en la región de Toulouse. El Papa pidió expresamente que en los juicios se respetara siempre la vida del hereje. La guerra duró hasta 1229 y fue dirigida por Simón de Montfort, con episodios de gran crueldad.

**1208:** Primeros discípulos de San Francisco. Misa de San Matías, en la que reciben la inspiración de vivir la pobreza evangélica.

**1209:** Aprobación de la Orden por el papa Inocencio III.

**1212:** Santa Clara huye de su casa y es recibida en La Porciúncula. San Francisco intenta viajar en vano a Siria. El santo cae muy enfermo.

**1213:** Viaje de San Francisco a España para intentar pasar a Marruecos. El conde Orlando de Chiusi le regala el monte Alverna. Siguen las graves fiebres.

**1214:** Encarga a Santa Clara el gobierno de San Damián. Se repone de sus enfermedades en el Alverna, donde los pájaros acuden a él para que les predique y les bendiga.

**1215:** Concilio de Letrán, en el cual, entre otras cosas, se oyen voces a favor de las medidas violentas contra los herejes. Sin embargo, la aprobación de la tortura en los juicios no fue admitida hasta años después, bajo el gobierno del papa Inocencio IV (Sinisbaldo Fieschi) (1243-1254).

**1216:** Aparición de la Virgen, rodeada de ángeles, en La Porciúncula. Obtiene el privilegio de la indulgencia plenaria. Vuelve a padecer intensas fiebres estando en San Urbano. Muere el papa Inocencio III. Es elegido como su sucesor Honorio III.

**1217:** Primer Capítulo general de la Orden, que queda dividida en 11 provincias. Muere Petrus Valdo, fundador de la herejía que lleva su nombre, los valdenses.

**1219:**   Envía misioneros a Marruecos, Túnez y Oriente. Él parte, con algunos compañeros, a Egipto, a la ciudad de Damieta, sitiada por los cruzados. San Francisco llega a ser recibido por el sultán, ante el cual predica el Evangelio. Enferma de los ojos y empieza a perder la vista.

**1220:**   Martirizados los primeros franciscanos en Marruecos. San Francisco renuncia al gobierno de la Orden y nombra superior general a Pedro Cattani. El emperador Federico II condena por hereje a Hugo Speroni, que negaba los sacramentos, creía en la justificación por la predestinación y afirmaba que el sacerdote indigno no tenía poderes de consagración y perdón.

**1221:**   Muere Cattani. Gran misión franciscana a Alemania. El papa Honorio III aprueba, sin bula, la primera Regla. En el Capítulo general, conocido como «de las esteras» se reúnen ya cerca de 10.000 religiosos; en él es elegido superior general fray Elías de Cortona. San Francisco funda la Tercera Orden para los seglares. Padece de nuevo graves fiebres.

**1223:**   San Francisco escribe una nueva Regla y la da al superior general, fray Elías, que la pierde. La escribe de nuevo y el Papa la aprueba con bula. Celebra la Navidad en Greccio e inaugura la práctica de los belenes navideños.

**1224:**   Gran misión franciscana a Inglaterra. Bendición a fray León en el monte Alverna. El 4 de septiembre tiene lugar la impresión de las llagas estando en dicho monte. Empieza a escribir el «Cántico al hermano Sol» o «Himno a las criaturas». A finales de septiembre deja el Alverna y marcha a Fonte Colombo.

**1225:** En Fonte Colombo, San Francisco es operado de los ojos y se queda prácticamente ciego. Estando en San Damián, concluye el «Cántico al hermano Sol».

**1226:** Logra que se reconcilien los dos bandos en que estaba dividida Asís. Muere en la Porciúncula (3.10).

**1227:** Muere el papa Honorio III. Es elegido como su sucesor el cardenal Hugolino, protector de la Orden, que toma el nombre de Gregorio IX.

**1228:** Es canonizado por Gregorio IX (16.7).

**1229:** Tomás de Celano escribe su primera vida de San Francisco

**1230:** Traslado del cuerpo del santo a la basílica de Asís, hecha construir por fray Elías.

**1231:** El papa Gregorio IX crea formalmente la Inquisición.

**1239:** El papa Gregorio IX destituye a fray Elías como superior general de la Orden de los Hermanos Menores, según unos por haberse desviado de la espiritualidad del fundador y según otros por haber apoyado al emperador Federico contra el Papa.

# OTROS TÍTULOS PUBLICADOS

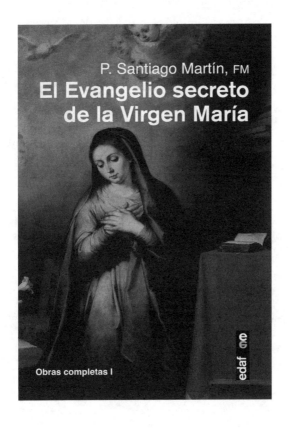

P. Santiago Martín, FM

**El Evangelio secreto de la Virgen María**

Obras completas I

edaf

P. Santiago Martín, FM

# Para qué sirve la Fe

Obras completas II

edaf